LES PRÉCURSEURS

DES FÉLIBRES

1800-1855

I0612007

PAR

FRÉDÉRIC DONNADIEU

ILLUSTRATIONS DE PAUL MAUROU

PARIS

MAISON QUANTIN

COMPAGNIE GÉNÉRALE D'IMPRESSION ET D'ÉDITION

7, RUE SAINT-BENOIT

—

1888

Tous droits réservés.

AUX FÉLIBRES

DE PARIS

AVANT-PROPOS[1]

Sous le titre de *Précurseurs,* je comprends ceux qui ont préparé, sinon pressenti, l'avènement des Félibres. Pour ceux-ci, en effet, comme pour toute vie intellectuelle ou physique, il n'y a pas eu génération spontanée, mais transmission héréditaire. Le difficile est de choisir, parmi les ouvriers de la première heure, dans notre siècle, ceux qui ont brillamment sculpté leur pensée ou leur rêve en quelque bloc solide, sans rejeter tout à fait ceux qui ont apporté aux assises du

[1]. Les études qui composent le présent volume, revues et augmentées depuis, ont obtenu, en 1883, le premier prix offert par le Ministère de l'Instruction publique, au concours ouvert par la Société des Félibres de Paris.

monument le mortier et le moellon nécessaires. Nous nous sommes inspiré, pour faire ce choix, du principe même qui caractérise la renaissance félibréenne. Relever la langue d'oc de l'abaissement moral et matériel qu'elle avait subi avant eux, tel fut le double et généreux souci des Félibres, tel devait être aussi et tel fut, en réalité, celui de leurs *Précurseurs* dignes de ce nom.

De ce point de vue s'évanouit la foule des rimeurs qui ne peuvent prétendre à un portrait en pied, ni même à un médaillon, dans notre galerie. Restent les poètes, et leur nombre dépasse les étroites bornes d'un volume. Parmi ceux que nous regrettons d'avoir forcément omis, nous devons citer : Victor Gelu, Benedit, Fortuné Chailan dans le groupe marseillais ; Bergeret à Bordeaux, Ranchér à Nice, Navarrot en Béarn, Damase-Arbaud dans la haute Provence, les frères Rigaud à Montpellier, le chansonnier inédit Roch Bourguet à Béziers. On voudra donc bien considérer notre galerie comme fermée d'une simple cloison provisoire. Elle pourra s'agrandir et se prolonger plus tard, suivant l'accueil du public ou nos propres convenances.

On a dit avec raison que la France était assez riche pour avoir deux littératures. Quelques personnes cependant, — non, certes, de celles qui

voient de haut et de loin, — seraient disposées à
signaler un danger dans cette richesse et préten-
draient intéresser notre patriotisme, — vieille erreur renouvelée de l'abbé Grégoire, — à la destruction radicale des idiomes provinciaux. Il n'y
a là qu'une double chimère. Et d'abord les langues, quelles qu'elles soient, se transforment avec
le temps et ne se suppriment pas par ordre. D'un
autre côté, la grande patrie française et son unité,
œuvre des siècles, n'ont rien à perdre, mais tout
à gagner au contraire à la culture des dialectes
locaux et populaires, source vivante d'originalité
intellectuelle et de force morale qu'il faut se gar-
der de tarir. C'est par elle que la langue nationale se retrempe et se rajeunit. C'est la fontaine
de Jouvence où l'âme française trouve toujours
de nouvelles forces et des grâces nouvelles pour
s'exprimer. Mais l'unité n'est pas l'uniformité.
Autant la première est nécessaire, autant la
seconde est odieuse, et nous voudrions voir chaque province étudier son patois, qui fut presque
toujours une langue littéraire, et par lui mieux
apprendre la langue française.

Au surplus, — et ceci suffira, j'espère, pour éviter toute méprise, — s'il avait jamais existé parmi
les Félibres d'autres visées que celles qu'autorise
le plus pur, le plus inviolable patriotisme, celui

qui écrit ces lignes, non seulement ne fût pas resté des leurs, mais les eût combattus un des premiers. Séparer, diviser la France ! En tout temps, c'eût été une folie ; aujourd'hui, que serait-ce donc ?

Janvier 1887.

A

FRÉDÉRIC MISTRAL

PORTAIL DE SAINT-GILLES

FABRE D'OLIVET

1767-1825

Fabre d'Olivet, le premier de nos *Précurseurs*, est un de ces esprits curieux qui ne peuvent se résoudre à jeter leurs idées dans le moule commun. Même lorsqu'ils s'égarent, les hommes de cette trempe laissent toujours après eux quelque trace lumineuse. Poète, historien, philosophe, Fabre d'Olivet appartient aux derniers rameaux de ces grandes familles de chercheurs mystérieux des vieux âges, dont on a pu dire qu'en poursuivant des chimères, ils ont conduit aux vérités éternelles. Précurseur, il le fut non seulement

en littérature, par ses *Poésies occitaniques,* mais aussi
par ses écrits sur l'histoire et la philosophie des religions. C'est ainsi que dans un *Discours sur l'essence
et la forme de la poésie chez les principaux peuples de
la terre,* discours qui précède sa traduction des *Vers
Dorés* de Pythagore, publiée en 1813, on trouve, har-
diment exposés, les principes nouveaux qui servent
aujourd'hui à l'étude des religions et à la philosophie
de l'histoire. Il est aussi un des premiers qui aient montré l'utilité, pour la science historique, de l'étude comparée des langues. Ce sont là des mérites, qui, pour
être oubliés ou peu connus, n'en sont pas moins réels
et considérables. Qu'importent les erreurs partielles et
les interprétations hasardées ? Une érudition plus sûre,
basée sur l'observation des faits, redresse les unes et
rejette les autres. Mais de tels progrès ne peuvent
s'accomplir que grâce à ceux qui ont découvert ou appliqué tout d'abord les bonnes méthodes. Fabre d'Olivet est de ce nombre.

Né le 8 décembre 1767[1], à Ganges, dans cette partie pittoresque de l'ancien Languedoc où se trouve la
célèbre « Grotte des Fées ou des Demoiselles » et qui

---

1. Et non en 1768, comme le répètent plusieurs Dictionnaires biographiques. Voici, du reste, son acte de baptême, et
l'acte de mariage de ses père et mère.

« Extrait du registre intitulé : *Continuation du registre des
mariages et batêmes des protestans qui composent l'Église
réformée de la ville de Ganges, au diocèse de Montpellier :*

« L'an mille sept cens soixante-sept et le trente unième du
mois de décembre a été batisé Antoine, de la ville de Ganges,

devait former plus tard le département actuel de l'Hérault, Fabre d'Olivet[1] était de la famille du calviniste
Jean Fabre, dit « l'Honnête criminel », que sa piété
filiale a rendu fameux[2]. Envoyé fort jeune à Paris

au diocèse de Montpellier, né le huitième dudit mois, fils légitime de Mr Antoine Fabre et de D[lle] Antoinette Olivet, pré-
senté par Sr Jean Monfageon et D[lle] Suzanne Fabre. — J. Gal,
pasteur, signé.

« L'an mile sept cens soixante-quatre et le dix du mois de
may a été béni le mariage de Sr Antoine Fulcrand Fabre, fils
légitime de Sr Antoine Fabre et de D[lle] Catherine Mourat,
avec D[lle] Antoinette Olivet, fille légitime de Sr Jean Olivet et
de D[lle] Antoinette Jalaguier, tous de la ville de Ganges, au diocèse de Montpellier. — J. Gal, pasteur, signé.

1. C'est probablement pour se distinguer de nombreux ho-
monymes que notre poète ajouta le nom de sa mère à celui
de son père, usage fréquent de nos jours encore pour des
noms aussi répandus que Fabre, Durand, etc.

2. Jean Fabre, de Nîmes, obtint de prendre la place de son
père, arrêté dans une assemblée de protestants le 1er janvier 1756. Ce dévouement filial a fourni à Fenouillot de Falbaire, d'après les indications de Marmontel, le sujet d'un
drame intitulé l'*Honnête criminel*, dont Talma joua le principal rôle sur le théâtre de la République le 4 janvier 1790. Il
avait été déjà représenté sur un Théâtre de salon, en 1767,
chez la duchesse de Villeroy, puis devant Marie-Antoinette, et
sur les théâtres de province, avec le sous-titre de l'*Amour
filial*.

Il fut aussi question de jouer cette pièce sur la scène anglaise. C'est ce qui résulte d'une lettre de Falbaire à Garrick,
en 1768, lettre dans laquelle le dramaturge français annonçait
à l'acteur anglais l'envoi de la seconde édition de l'*Honnête
criminel*, ornée de cinq figures de Gravelot. Un exemplaire de
cette édition fut vendu 70 francs à la vente de Morel de Vindé.
Voy. l'*Art au* xviiie *siècle*, par Ed. et J. de Goncourt, édition
Quantin, p. 30 et 43.

Un autre drame d'un de nos compatriotes, *Michel Brémond*,

pour apprendre le commerce des soies, alors florissant dans le midi de la France, Fabre d'Olivet ne tarda pas à se livrer tout entier à son goût pour les lettres. Le théâtre l'attira d'abord, et il y débuta dans une année fameuse, en 1789, par une pièce intitulée *le Génie de la Nation;* puis ce fut le *Quatorze juillet 1789* [1], joué en juillet 1790 sur le « Théâtre des Associés », qui devait s'appeler successivement « Théâtre patriotique » et « Théâtre sans prétention [2]. » L'auteur du *Théâtre de la Révolution* dit au sujet de cette pièce « qu'elle offre un certain intérêt par le toast que porte un brave grenadier, vainqueur de la Bastille, à la santé du Roi ». Les dix vers de ce toast sont curieux, en effet, au point de vue historique. Nous citerons à notre tour, dans le même ordre d'idées, ceux de la scène III, que l'auteur met dans la bouche de M. de Saint-Preux, voulant montrer ainsi que toutes les classes de la nation, chose vraie alors et de trop courte durée, étaient unies dans les mêmes sentiments d'amour et de respect pour le Roi :

qui dut un certain succès à son principal interprète, Frédérick-Lemaître, rappelle, sous plus d'un rapport, la pièce sentimentale et déclamatoire de Fenouillot de Falbaire.

1. Le *Quatorze juillet 1789,* fait historique en un acte et en vers. Paris, Laurens junior, 1790, in-8°. La brochure de 55 pages, qui se trouve à la Bibliothèque nationale, avait été jusqu'ici respectée du lecteur. Nous avons eu le plaisir d'en couper nous-même les pages, l'année dernière.

2. Le *Théâtre de la Révolution*, par Henri Welschinger. Paris, Charavay frères, 1881, p. 25.

Fidèle à ce pouvoir qu'il chérit de tout temps,
Il respecte ses rois, sans servir ses tyrans.
Et toi, prince chéri, qu'il reconnaît pour maître,
Ton cœur par des cruels fut égaré peut-être ;
Ton cœur, né pour le bien, par l'erreur ébloui,
Crut longtemps, sans le faire, être guidé par lui.
Va, ne crains pas l'effort d'un peuple magnanime :
C'est pour toi qu'il combat, c'est ton nom qui l'anime.
D'un despotisme affreux s'il rompt l'infâme loi,
C'est pour serrer les nœuds qui l'unissent à toi.

Ces vers ne sont pas pour grandir la réputation de
Fabre d'Olivet comme poète français. Il en a fait de
meilleurs, entre autres ceux qu'il a dédiés à sa mère
en tête de ses *Poésies Occitaniques*. L'excuse de ceux
que nous venons de citer comme renseignement historique serait, s'il en était besoin, que le Théâtre
de la Révolution en contient beaucoup de plus mauvais.

Les autres pièces de Fabre d'Olivet sont *l'Amphi-
gouri* (1790); *le Miroir de la Vérité* (1791); *Toulon
soumis*, grand opéra représenté en 1794, et que
M. Welschinger a négligé de citer dans son curieux
volume; *le Sage de l'Indostan,* drame philosophique (!)
en un acte et en vers (!!), mêlé de chœurs de musique (1796).

On a qualifié de « faibles essais » les premières
pièces de notre auteur [1].

1. *Biographie universelle*, édit. 1855.

D'autres biographes ont constaté dans ses œuvres théâtrales « de la gaieté et des situations comiques », ce qui est bien quelque chose, mais aussi « le manque de goût et l'abus des réflexions rebattues et des lieux communs usés[1] ». Nous nous bornons à enregistrer ces jugements sommaires sous toutes réserves; leur examen excéderait trop les limites d'une revue rapide de l'œuvre dramatique de notre auteur.

Tout en écrivant ses comédies, drames et opéras, Fabre d'Olivet faisait de la musique une étude spéciale. Les sentiers battus ne lui convenant guère, il voulut ressusciter la musique des Grecs, et il crut y avoir réussi avec l'invention d'un troisième mode, qu'il appela *mode hellénique*. Il ne se doutait pas, nous dit le premier des biographes cités, « que Blainville[2] l'avait déjà découvert en 1751 sous le nom de *mode mixte* parce qu'il participe en effet du majeur d'*ut* et du mineur de *la* ». J.-J. Rousseau consacre une partie de l'article MODE de son Dictionnaire de musique à l'examen de ce système. Il en parle encore avec plus de détails dans une *Lettre* à l'abbé Raynal où nous relevons ce passage : « La gamme de son mode est précisément semblable au diagramme des Grecs... C'est notre ancien mode plagal qui subsiste encore dans le

1. Dictionnaire Larousse.

2. Violoncelliste et musicographe français (1711-1769), auteur d'une brochure intitulée : *Essai sur un troisième mode.* J.-J. Rousseau le qualifie de « savant musicien » dans son dictionnaire de musique, au mot MODE.

plain-chant[1]. » La bonne foi de Fabre d'Olivet n'é-
tant pas mise en doute, il se serait donc rencontré,
sans le savoir, avec le premier inventeur, qui, en définitive, n'inventa rien, c'est là le piquant de cette
double découverte. Il est probable que Blainville et
Fabre d'Olivet tirèrent, chacun à sa manière, de principes connus, des effets nouveaux et différents. Quoi
qu'il en soit, disons à la louange de Fabre d'Olivet
qu'un *oratorio* de sa composition, écrit presque en entier d'après son système, fut exécuté à grand orchestre
par les artistes de l'Opéra, au Temple des protestants,
en l'honneur du couronnement de Napoléon. Plus
de deux mille personnes, dit-on, l'écoutèrent avec
plaisir.

La musique et le théâtre n'empêchaient pas Fabre
d'Olivet de poursuivre d'autres travaux. Dès 1799, il
préludait à l'œuvre poétique, objet principal de cette
étude, en publiant une sorte de roman ou « histoire
provençale », traduction supposée d'un ancien manuscrit, sous le titre couleur du temps : *Azalaïs et le
gentil Aimar*. Nous ne devons retenir de ces trois
volumes que les couplets suivants, peu connus
sans doute, car ils n'ont pas reparu dans le recueil
de 1803 :

1. Voir dans les *Écrits sur la musique* de J.-J. Rousseau sa
Lettre à M. l'abbé Raynal, au sujet d'un nouveau mode de
musique inventé par M. Blainville, et datée de Paris, « le
30 mai 1754, au sortir du concert ».

CANSON DEIS TROUBADOURS

———

Ara que ven de naisse
La sazou deis amours,
Que l'agnel torna paisse,
Aimás, jouines pastours,
L'aiguetta que murmura,
Leis ausselets, las flous,
Tout dis, dins la natura,
Aimás, res n'es tant dous.

Una pastoureletta
Es una tendra flou,

CHANSON DES TROUBADOURS

———

Maintenant que vient de naître
La saison des amours,
Que l'agneau revient paître,
Aimez, jeunes bergers,
Le ruisseau qui murmure,
Les oiselets, les fleurs,
Tout dit, dans la nature,
Aimez, rien n'est si doux.

Une jeune bergère
Est une tendre fleur

Que zéfir, sus l'erbetta,
Espélis d'un poutou ;
Sé la voulés poulida,
Pourtas y léu la man ;
La troubàres passida,
S'esperàs à deman.

Proufita, pastourella,
Deis jours de toun printens ;
Plai dessan que sies bella,
Aima, quand n'es lou tens :
L'aiguetta que murmura,
Leis ausselets, las flous,
Tout dis, dins la natura,
Aimas, rès n'es tant dous[1].

Que zéphyr sur l'herbette
Fait éclore d'un baiser ;
Si vous la voulez jolie,
Cueillez-la bien vite ;
Vous la trouverez flétrie,
Si vous attendez à demain.

Profite, pastourelle,
Des jours de ton printemps ;
Plais tandis que tu es belle,
Aime, quand c'est le temps,
Le ruisseau qui murmure,
Les oiselets, les fleurs,
Tout dit, dans la nature,
Aimez, rien n'est si doux.

1. Cette chanson se trouve au tome II, p. 113 et 114

C'est le premier essai languedocien de notre
poëte, souvenir gracieux des petits vers des Bernis,
des Gentil Bernard et autres papillons roses du
xviiie siècle. On sait que leur empire ne devait pas
finir avec la brillante société dont ils furent les délices et l'image.

Il nous reste à dire quelques mots des œuvres diverses par lesquelles Fabre d'Olivet se fit connaître
comme historien, philosophe et philologue.

Ce fut d'abord en 1801 ses *Lettres à Sophie sur
l'histoire,* dont la dédicace curieuse, car elle est dédiée — sans l'être — à Bonaparte, est marquée au coin
emphatique de toute la littérature du temps. Des
œuvres fameuses, telles que les *Lettres à Sophie* de
Mirabeau, les *Lettres à Émilie,* de Demoustier,
d'autres moins connues, avaient mis à la mode ce
genre de littérature par correspondance, vraie ou
supposée, que la célébrité des auteurs n'a pu défendre contre de justes critiques. Sainte-Beuve n'a-t-il
pas dit des premières « qu'elles ont, pour la plupart,

---

d'*Azalaïs et le gentil Aimar,* Paris, an VII, in-8°; 3 volumes.
L'air de la chanson se trouve noté à la fin du tome II. Cet ouvrage manque, ainsi que plusieurs autres de notre auteur, à la
Bibliothèque nationale. Nous devons la copie de cette chanson
et les détails de cette note à l'obligeance de M. le docteur
Noulet, de Toulouse, le savant bibliographe des patois du
Midi de la France, qui prépare en ce moment (3 décembre 1885) l'édition définitive des œuvres de Goudelin, et dont
la bibliothèque est sans rivale pour tout ce qui touche à l'ancienne littérature méridionale.

le faux goût, le faux ton exalté du moment, les fausses couleurs » ?

Nos *Lettres à Sophie,* qui n'ont rien de commun que le titre, on le pense bien, avec celles du grand orateur de la Révolution, furent entreprises « pour l'instruction d'une sœur, qui le sollicitait de continuer le cours de ses études de géographie et d'histoire, en lui apprenant ce qu'il savait touchant l'histoire des premiers âges du monde ». Cette tâche ne laissait pas de l'effrayer un peu, dit notre auteur, dans l'avant-propos de ses *Lettres.* Il fallait apprendre, pour être en état d'enseigner ; c'est ce qu'il fit. Après s'être mis en goût avec l'*Histoire philosophique du monde primitif,* par Delisle de Sales, ouvrage écrit, dit-il, « avec le génie de Newton et la plume brillante de Fontenelle », il lut, « presque sans s'arrêter, les quarante volumes de l'*Histoire philosophique des hommes, du même Delisle de Sales* ». — Est-ce assez de courage ! Du reste, il y eut, durant tout le cours du xviii⁰ siècle, une véritable fureur de pénétrer les mystères des âges primitifs. Le Président de Brosses donnait bien la note de son temps, quand il traitait, avec sa charmante désinvolture habituelle, les siècles postérieurs à Cyrus « de petits jeunes gens ». On voulait tout savoir, ou tout deviner, de ce qu'on ne saura peut-être jamais.

Un autre érudit, et de plus un compatriote de notre auteur, Court de Gebelin, qu'il appelle « le savant qui a le mieux connu l'analogie des langues, et qui, à force de travaux, a découvert l'existence d'une langue unique », avait dû aussi exercer une grande influence sur son esprit. Il ne crut pourtant pas ses maîtres sur parole, et « remontant aux sources, nous dit-il, il partit de là pour faire ce que personne n'avait encore essayé : des lettres historiques, dont la brièveté et le coloris des détails sauvassent, en quelque sorte, la pesanteur et l'aridité scientifique du fond, et qu'une femme pût lire sans perdre trop de temps ou sans gagner trop d'ennui ».

Nous avons déjà cité les *Vers Dorés* de Pythagore, traduits et commentés, ainsi que les vues neuves et remarquables contenues dans l'Introduction de ce livre.

Nous n'avons plus qu'à mentionner les deux ouvrages les plus importants de Fabre d'Olivet dans l'ordre de l'érudition : *la Langue hébraïque restituée* (1815-1816) et *De l'état social de l'homme* (1822), ouvrage reproduit en 1824 sous le titre d'*Histoire philosophique du genre humain,* etc. Citons encore pour mémoire *Caïn,* « mystère dramatique de Lord Byron, traduit en vers français et réfuté dans une suite de remarques philosophiques et critiques, etc. » (1823), et *le Retour aux beaux-arts,* dithyrambe pour l'année 1824, qui fut son chant du cygne. Fabre d'Olivet mourut, en effet, l'année suivante, sans avoir acquis d'autre réputation, au dire de ses biographes, que celle de visionnaire et de fou. Triste condamnation d'une vie d'incessant labeur, mais qui ne doit pas être

acceptée sans réserve, car elle a pesé sur plus d'une
tête illustre, et la postérité plus équitable ne l'a pas
toujours ratifiée.

Ce qui le prouve une fois de plus, et ce qui nous
amène à donner plus de développements que nous ne
l'aurions fait à cette partie de notre travail, c'est la
polémique engagée naguère entre M. Victor Méunier
et M. le Marquis de Saint-Yves d'Alveydre. Ce dernier est l'auteur de plusieurs ouvrages de philosophie
religieuse et sociale, qui ont pour titre : *la Mission
des Souverains ; la Mission des Ouvriers ; la Mission
des Juifs.* C'est celui-ci (bel in-8° de près de 1,000 pages,
orné du portrait de l'auteur, Paris, 1884, Cal-
mann Lévy) que M. Victor Meunier, Directeur du
Cosmos et rédacteur de la Causerie scientifique au
journal *le Rappel,* déclare avoir « connu avant sa naissance, avant son auteur peut-être ». Et il explique ce
phénomène en disant que M. le Marquis de Saint-Yves
d'Alveydre « a pris toutes ses idées, ses pensées, le
plan de son livre, le livre, sa méthode, ses grandes
lignes, la suite et l'enchaînement de ses parties, tous
ses détails essentiels, les vérités et les erreurs, les découvertes et les illusions, les principes et les chimères
qu'il peut renfermer, il a tout pris : la succession des
races rouge, noire et blanche sur le trône de l'univers,
et chacune à son tour réalisant une civilisation prodigieuse; l'Arie primitive identifiée avec la Celtide; la
migration arienne d'Europe en Asie sous la conduite
de Ram ou Rama (un Druide qui n'est autre que le

héros chanté par Yalmiki dans le grand poème indien le *Ramayana*)*; les causes de cette migration, ses résultats; la constitution d'un empire universel théocratique; le cycle de Ram et sa durée, trente-cinq siècles de paix, de grandeur et de bien-être; sa fin amenée par le schisme d'Irshon, et ce qui s'en est suivi; oui, jusqu'aux moindres remarques philologiques, jusqu'aux étymologies, qui, d'ailleurs, jouent là un rôle immense, jusqu'aux néologismes, jusqu'aux dates exactes d'événements dont la preuve est à faire; tout, tout, tout... Il a tout emprunté à un livre qu'il ne cite même pas, à celui-ci : *Histoire philosophique du genre humain, ou l'homme considéré sous ses rapports religieux et politiques dans l'état social, à toutes les époques et chez tous les peuples de la terre,* par FABRE D'OLIVET (2 vol. in-8°. Paris, 1824, chez Brière).

Et le critique continue : « Fabre d'Olivet, *homme d'imagination et de savoir, esprit original, systématique, romantique, profond, fécond, modeste, sympathique,* est encore auteur, pour ne citer que ce qui a trait à notre sujet, d'une œuvre considérable : *la Langue hébraïque restituée* (2 vol. in-4°), qui était fort en odeur de sainteté auprès de l'abbé Latouche quand il nous enseignait à épeler l'hébreu, et que M. de Saint-Yves, qui n'en parle nulle part, connaît au moins autant que *l'Histoire philosophique du genre humain,* car c'est là qu'il a appris sur « le sens mystérieux et secret du *Sépher* » (lisez *Genèse,* bonnes gens) tout ce qu'il en dit si pontificalement.

« On lui doit également, pas à ce dernier, enten-dons-nous, à celui qu'il a avalé, assimilé et digéré, on doit à Fabre d'Olivet sur les vers dorés de Pythagore, sur l'essence et la forme de la poésie, sur le rythme, sur la musique, des travaux dont la trace se suit aisé-ment dans *la Mission des Juifs*, où ils ne sont jamais cités non plus. Enfin Fabre d'Olivet est auteur de M. le marquis de Saint-Yves d'Alveydre. » (*Le Rappel* du 7 juillet 1885.)

M. Meunier ne se borna pas à ces allégations; il confronta dans un autre article du 10 juillet le texte de *la Mission des Juifs* avec celui de *la Langue hébraï-que restituée,* et il montra clairement les nombreux emprunts du premier au second.

Après ces attaques, ou plutôt ces constatations, on devait s'attendre à une riposte de l'auteur incriminé. Sa réponse, en effet, ne tarda point à paraître dans le même journal, et elle ne manque pas d'originalité. Sans nier les emprunts dont on l'accuse, M. de Saint-Yves d'Alveydre se défend d'être un plagiaire et pré-tend n'avoir *différé* de citer la principale source de son livre que pour ne pas partager le sort de Fabre d'Olivet lui-même, condamné et raillé sans même avoir été lu. Ce dernier, dit-il, « est également vivant dans moi et dans mes œuvres;... au lieu de m'avoir atteint, M. Meunier m'a rendu un service personnel, en m'in-clinant aujourd'hui à devancer l'heure, à démasquer une de mes forteresses, et à dire enfin publiquement que Fabre d'Olivet est un de mes maîtres préférés.

J'ajouterai même que personne, en aucun temps, n'a rendu à la mémoire d'un homme enseveli par les critiques superficiels de son époque sous le mépris, la raillerie et l'oubli, un hommage plus éclatant que le mien à Fabre d'Olivet.

« M. Victor Meunier dit lui-même que je me suis assimilé son œuvre tout entière, ce qui n'est pas une petite affaire; mais il oublie d'ajouter que si cette dernière tient dans la mienne, mon œuvre ne tient pas dans la sienne, et que j'ai noyé l'éclectisme de Fabre d'Olivet dans mon Christianisme universaliste et rationnel. De plus, au lieu de vouloir prouver un système personnel par l'histoire et par les autres sciences, je n'y ai cherché que la loi organique de la démocratie. Aussi, peut-on dire de mes *Missions* et des livres d'Olivet : Ils se ressemblent quant aux faits, mais s'opposent ou diffèrent quant aux conséquences sociales.

« Maintenant, comme je veux croire M. V. Meunier parfaitement sincère à mon égard, je lui dirai pourquoi je n'ai nommé Fabre d'Olivet que deux fois dans mes *Missions,* et cela comme en passant.

« Si j'avais commencé par où je devais continuer, voici ce qui serait arrivé. Comme la plupart des hommes en place, soit dans les Églises, soit dans les États, jugent beaucoup plus d'après l'opinion officielle que par eux-mêmes, sauf exceptions, on eût enterré mes œuvres sans les lire, sous les mêmes épitaphes que celles de d'Olivet. Or, voici quelques-unes de celles que les critiques ont gravées sur la tombe de ce grand homme méconnu. » Suivent des extraits du *Dictionnaire universel de Bouillet,* du *Dictionnaire de la conversation,* et des indications d'articles ou de biographies divers ; puis il ajoute :

« Dans ces notices, qui se répètent toutes, je n'ai pas cité le pire : le ridicule de la fondation d'un nouveau culte sans fidèles, le suicide même, autant d'inexactitudes, autant de calomnies.

« Or le lecteur susdit qui, en lisant dans mes livres une apologie, ou simplement des citations marquantes de *la Langue hébraïque* ou de *l'État social* de Fabre d'Olivet, eût ouvert les Dictionnaires que je cite, ne l'eût connu que sous les trois aspects d'homme insensé, ridicule et mis *à l'index,* sans parler du reste.

« C'est pourquoi, connaissant le terrain, j'ai dû manœuvrer en conséquence, et, pour que le minerai injustement décrié de Fabre d'Olivet ne fît point repousser dès l'abord son métal précieux, quant à l'érudition, j'ai dû, momentanément, taire cette mine indignement calomniée, quitte, plus tard, à la nommer solennellement, en montrant l'or pur qu'on pouvait tirer du vrai Fabre d'Olivet, oui, l'or pur, affiné et ramené à mon titre personnel d'universaliste et de synarchiste chrétien. »

Enfin la défense de M. d'Alveydre se termine ainsi : « En résumé, la fausse opinion sous laquelle on avait enterré Fabre d'Olivet a, grâce à moi, sa contre-partie, sans pouvoir nuire désormais, je l'espère, au côté chrétien et purement social de mes *Missions.* Toutes les églises, tous les sanctuaires du monde les ont sous les yeux de leurs pontifes et de leurs prêtres ; elles sont auprès de tous les souverains, et toutes les Loges maçonniques sont averties de leur loi démocratique. Enfin, ma *Mission des Ouvriers* a déjà semé dans les masses laborieuses les germes antiques du vrai socialisme éternel : celui de la solidarité de tous les intérêts économiques.

« Que M. Victor Meunier daigne en faire autant, et ni moi, ni Fabre d'Olivet, ni aucun maître de la science religieuse et sociale, ne l'accuserons de plagiat ; loin de là. » (*Le Rappel* du 16 juillet 1885, lettre datée du 10 juillet et signée : Saint-Yves d'Alveydre.)

M. Victor Meunier répliqua dans le numéro du lendemain : « Nous avons dit que l'ouvrage de Fabre d'Olivet a passé tout entier dans celui de M. de Saint-Yves, où il n'est cité nulle part. M. de Saint-Yves avoue l'absorption et constate même qu'elle « n'a pas été une petite affaire ». Cela posé, en admettant qu'il ait eu des motifs acceptables de supprimer son maître, il ne pouvait méconnaître que nous n'avons fait qu'exercer notre droit et remplir notre devoir de critique... M. de Saint-Yves a exposé ses motifs. Ils sont de la catégorie de ceux qui peuvent faire qu'un fils ait honte de son brave homme de père et le renie. Le maître de M. de Saint-Yves a été méconnu, ridiculisé, persécuté, diffamé, calomnié : son élève ne peut donc reconnaître ce qu'il lui doit... Le lecteur appréciera... N'ayant fait autre chose que de signaler un plagiat extraordinaire, tant par son étendue que par le contraste de l'acte avec les prétentions gigantesques de son auteur, et le plagiat étant reconnu par celui-ci, qui le justifie, comme on vient de le voir, notre honneur de critique est hors de cause. Le reste de la lettre importe peu... En terminant, M. de Saint-Yves me souhaite d'être traité après ma mort comme il a traité Fabre d'Olivet; j'y consens, *ce serait la preuve que j'aurais laissé des écrits de valeur;* mais j'y mets une condition, c'est qu'un honnête homme me rendra ce que j'ai fait pour Fabre d'Olivet, c'est-à-dire qu'il me tirera de la *Mission* d'alors... Enfin, M. de Saint-Yves m'assure que, si j'imite jamais sa conduite envers Fabre d'Olivet, il ne m'accusera pas de plagiat. Lui, c'est évident; mais ma conscience ? »

Ici l'incident est clos, suivant la formule parlementaire; mais le nom de Fabre d'Olivet devait revenir encore sous la plume de M. Victor Meunier, peu de jours après (*Rappel* du 28 juillet), à propos d'un article de la *Gazette géographique* reproduit par le *Cosmos.* Cet article constate, dit M. Meunier « que l'opinion d'après laquelle nos premiers ancêtres sont venus d'Asie, et particulièrement de la Bactriane, a cessé de régner paisiblement parmi les érudits. *Origine européenne des Aryas,* tel est son titre.

« Voici comment la *Gazette* trace l'historique des vues dissidentes; c'est là que nous trouvons à reprendre, sinon dans l'intérêt du patriotisme, au moins dans celui de la vérité et de la justice.

« D'abord, il y a un peu plus de vingt ans, «un original anglais », Latham, aurait eu « l'idée subite » de transporter en Europe la patrie primitive des Aryas. Ensuite, un professeur de Gœttingue s'est « capricieusement approprié » cette trouvaille. En troisième lieu, « un imaginatif érudit » de Francfort plaça au pied même du Taunus, par conséquent dans le duché de Nassau, le berceau de la race aryenne. A partir de ce moment, le système des origines européennes compta « de nombreux et zélés propagateurs ».

« La *Gazette* continue en rappelant qu'en 1879, devant la Société d'anthropologie de Paris, Mme Clémence Royer plaçait dans la vallée inférieure du Danube le lieu de dispersion de la famille Aryenne.

« Enfin, l'article termine en rapportant qu'un ethnographe compétent, M. l'abbé Van den Gheyn, partisan de l'origine asiatique, et qui vient de consacrer un travail d'ensemble à l'analyse et à la discussion des bases de l'opinion contraire, arrive à ce résultat que « la question du berceau des Aryas n'est rien moins que tranchée en faveur de l'Europe », et que « le problème demeure toujours pendant », ce qui, de la part d'un adversaire surtout, nous paraît être une grande concession.

« *Quoi qu'il en soit, ce que nous tenons à dire, c'est que le système de l'origine européenne n'est ni anglais, ni allemand et qu'il ne date pas de vingt ans, ayant été développé, il y en a plus de soixante, dans un ouvrage en deux volumes, maintenant connu de nos lec-*

*teurs, par le Français Fabre d'Olivet, qui décidément
n'a pas de chance.*

« Non qu'il en soit le premier et seul auteur. La
vieille école d'érudition chauvine que Michelet ou
Henri Martin qualifie de « parti gaulois » avait droit
à une citation dans l'historique de la *Gazette géographique.* Ce qui appartient à d'Olivet, c'est la base
nouvelle qu'il a donnée à ce système, fondé par lui sur
l'interprétation des livres sacrés des Indiens, et c'est le
moule dramatique dans lequel il l'a coulé ; c'est l'iden-
tification de Rama avec le druide Ram ; c'est l'affir-
mation de l'empire universel établi par celui-ci, et qui
donna au monde trente-cinq siècles de bonheur, parce
que son organisation satisfit à la fois aux trois puissances qui gouvernent l'univers, etc. »

On le voit, Fabre d'Olivet n'était pas aussi oublié
que nous le croyions nous-même en commençant notre
travail, et ce n'est pas à ces seules poésies languedociennes, comme nous le disions devant la *Cour d'a-
mour* de Verchant, quelques jours avant les articles du
Rappel, qu'il aura dû sa part de renommée tardive. Il
sort de ces débats « un plus gros monsieur qu'auparavant », pour emprunter le mot familier que Sainte-
Beuve appliquait à Flaubert, après sa querelle au sujet
de *Salammbô.* On peut dire maintenant que le « visionnaire et le fou » de la légende biographique, fut une
individualité remarquable, une figure originale, un
novateur, un érudit aventureux sans doute, mais que
son imagination ne pouvait toujours trahir, s'il est

vrai, comme l'assure Villemain, « que l'imagination, qui se compose à la fois de vivacité et de sensibilité, cette imagination qui voit ce qui n'est pas devant ses yeux, qui est touchée de ce qu'elle n'a pas senti elle-même, est une qualité nécessaire du grand historien ; et l'on peut dire en ce sens qu'il a besoin d'être poète, non seulement pour être éloquent, mais pour être vrai ».

N'oublions pas de faire encore remarquer que Pierre Leroux n'a pas craint de reprendre pour son compte, en 1840, dans son livre *De l'Humanité* (t. II, p. 512 et suiv.) l'une des théories de Fabre d'Olivet, d'après laquelle la *Genèse* serait une allégorie de la Création, telle que la comprenait le collège des prêtres égyptiens dont Moïse aurait fait partie.

En résumé, Fabre d'Olivet partagea, de son vivant, le sort de tous les chercheurs curieux de nouveautés et de découvertes. Et voilà que pour la seconde fois depuis sa mort, on constate qu'il a laissé « des écrits de valeur » et que ses théories sont très sérieusement discutées par des hommes de mérite, tandis que d'un autre côté on le voit reproduit, sans reconnaissance, et à deux reprises différentes, dans des ouvrages qui ne prétendent à rien moins qu'à renouveler la face du monde. Ceux-ci du moins, en attendant l'ère promise du parfait bonheur, auront toujours eu ce résultat de faire revivre son nom. Ainsi lui revient, — d'un peu loin, sinon la gloire, au moins l'honneur d'une consécration posthume de ses brillantes facultés.

Nous ne nous sommes occupé jusqu'à présent que de la vie publique en quelque sorte de notre écrivain. Sa vie privée offre peu d'incidents notables. C'est par lui-même que nous savons ce que fut sa jeunesse. Élevé par une mère dont il nous a laissé un portrait des plus flatteurs dans la Dédicace, prose et vers mêlés, de ses *Poésies Occitaniques,* le poète a mis tout son cœur à rappeler ses premiers souvenirs.

C'est d'abord un hommage à la langue du berceau, cette vieille langue d'oc à laquelle il allait consacrer ses chants :

D'un langage si doux, ô combien ma jeunesse,
Ma Mère, a dû chérir les faciles attraits !
     Tantôt ma naïve tendresse
Empruntait ses accents pour payer tes bienfaits ;
Tantôt pour t'exprimer mes mobiles souhaits,
Dans mon heureux instinct, guidé par la nature,
Je rappelais un mot dont l'expression sûre,
Rapide, remplaçait de mes cris imparfaits
     Le vague et pénible murmure.
     Souvent, en ma jeune saison,
Lorsque, abreuvé d'ennui sous le nom de science,
Je fréquentais l'école, ou plutôt la prison
D'un pédant renfrogné dont la lourde ignorance,
     De l'idiome de la France
Dégradait la noblesse et corrompait le son,
     J'oubliais ma triste leçon ;
Et du maître irrité transgressant la défense,
     Je remplaçais son bizarre jargon
Par le mot plus heureux de ma timide enfance.

Aujourd'hui même où l'âge a mûri ma raison,
     Où de Gessner et de Milton,
Du Tasse, de Virgile et du divin Homère,
     Je puis entendre les écrits ;
Où mon âme dévore et Racine et Voltaire,
Je reviens avec joie aux refrains favoris
     Des vieux chants que tu m'as appris.
J'éprouve qu'à nos cœurs la langue la plus chère
     Est toujours celle où nous fûmes instruits
     A proférer le tendre nom de Mère.

Puis après quelques allusions à des revers de fortune, qui ne purent altérer la sérénité ni les grâces ma-
ternelles, le poète nous apprend qu'il avait un frère
aux armées :

« L'un de tes fils s'honore au milieu des combats, »

et que ses sœurs éclairaient de leur jeune sourire le
foyer paternel assombri par le malheur. Quant à lui,
voici son portrait moral :

Et moi, que le devoir loin de tes yeux appelle,
Moi, des beaux-arts adorateur fidèle,
     Je leur consacre mon loisir ;
Heureux de te donner un moment de plaisir.
Heureux, de ton génie héritier plus docile,
Si j'eusse réuni, guidé par tes leçons,
Les fruits de mon étude aux roses de ton style,
Aussi facilement que j'ai joint nos deux noms.

Enfin, sa reconnaissance filiale va jusqu'à rappor-

ter à sa mère tout le succès de son livre, s'il doit en
avoir : — Je ne sais, dit-il, quel est le sort que l'avenir
me prépare; la renommée est une loterie où une foule
immense d'actionnaires prend des billets : quelques
petits lots sortent; mais les grands sont rares, et la
roue tourne souvent un siècle entier sans en donner
un. Quelque petit que soit le mien, il me satisfera, si
du moins je puis apprendre à la postérité

> Que j'eus une Mère sensible
> Dont l'esprit fut doué des plus rares talents,
> Et dont l'ambition paisible
> Dédaigna les plaisirs brillants,
> Pour consacrer sa vie au soin doux, mais pénible,
> D'élever ses jeunes enfants.
> Content, à mes lecteurs, de pouvoir dire encore :
> « Quelque rang qu'on ait assigné
> A ce livre ingénu par le temps épargné,
> S'il renferme un seul trait dont la douceur m'honore,
> Si quelque grâce le décore,
> Ma Mère m'a tout enseigné :
> Parmi les Troubadours on l'eût nommée Isaure,
> Parmi les Français, Sévigné. »

Quelle mère, quel cœur délicat n'applaudiraient,
malgré la faiblesse fréquente et le prosaïsme de la
forme, un hommage si gracieusement exprimé !

La vie de notre poète, on le sait, fut entièrement
consacrée à l'étude. « Confiné dans une retraite stu-
dieuse, nous dit l'un de ses biographes, il laissa passer
la Révolution devant lui. Il avait épousé une femme

fort instruite; mais cette conformité de goûts ne les rendit pas plus heureux, et il confirma par son expérience qu'un savant ne doit pas épouser une femme de lettres [1]. » Serait-ce pour se consoler de ses malheurs conjugaux qu'il s'abandonnait à « *la fièvre des projets* », comme il le dit dans une lettre autographe que nous avons sous les yeux. « Quoique toute fièvre ait ses dangers, ajoute-t-il, mieux vaut celle-là qu'une autre. Puis-je vous demander si vous la partagez encore (j'entends la fièvre des projets)? Êtes-vous dans les mêmes dispositions à cet égard que lorsque vous partîtes de Paris? Dites-moi un mot là-dessus. Un mot, un seul mot. Je vous en prie instamment. J'ai aussi ma fièvre, et celle-ci n'est point intermittente; elle est fortement enracinée dans mon âme, et sans doute elle ne finira pas même avec ma vie [2]. »

1. Mme Fabre a publié en 1820 et en 1822 un volume intitulé : *Conseils à mon amie sur l'éducation physique et morale des enfants.*

Le fils de Fabre d'Olivet fut aussi un littérateur de talent. Voici en quels termes le *Journal des Débats* du 24 juillet 1848 annonçait sa mort: « M. Fabre d'Olivet, d'une ancienne famille chère aux belles-lettres, ancien secrétaire particulier de M. Odilon Barrot, sous-chef au bureau de l'Instruction publique de l'hôtel de ville depuis 1830, connu par plusieurs productions littéraires, est mort après quelques jours de souffrance. Ce jeune homme laisse dans la plus profonde misère une mère et des sœurs, dont il était l'unique soutien. »

2. Cette lettre, dont nous ne citons qu'un très court passage, porte pour suscription : Madame Camusat, à Hyères, département du Var. Elle est datée du 24 octobre 1824 et donne l'adresse de l'auteur: rue des Vieilles-Tuileries, 35.

Cette année si fiévreuse pour Fabre d'Olivet fut marquée par un *Retour aux Beaux-Arts, Dithyrambe pour l'année 1824*, d'une centaine de vers, où il marie la mythologie à ses impressions du moment, — qui ne sont pas couleur de rose, et où il annonce de nouvelles productions musicales [1], sans préjudice d'une reprise de ses travaux philosophiques, dès que sa santé le lui permettra.

Cette permission lui fut refusée. Sa mort, survenue l'année suivante, anéantit les projets de toute nature que ses soixante-sept ans ne l'empêchaient pas de former.

Nous arrivons à ses poésies.

Fabre d'Olivet, avons-nous dit, avait étudié la littérature des Troubadours, que Raynouard et Fauriel n'avaient pas encore vulgarisée, et qui n'était connue que par l'Histoire Littéraire de Lacurne de Sainte-Palaye, publiée par l'abbé Millot. Le recueil du savant ami du Président de Brosses lui permit de citer des fragments authentiques de quelques compositions du XIIIe siècle, et comme il était peu connu, il pensa probablement que ses propres œuvres seraient mieux

---

Lors de la publication de *la Langue hébraïque* (1815-16), il habitait rue de Traverse, 9, faubourg Saint-Germain.

1. Six romances nouvelles, paroles et musique, du même auteur, chez Meissonnier, éditeur de musique, petite galerie des Panoramas, 15. A part l'oratorio dont nous avons parlé, Fabre d'Olivet a encore composé un œuvre de quatuors pour deux flûtes, alto et basse, qu'il a dédié à Ignace Pleyel, et un grand nombre de romances qui ne portent pas son nom.

accûeillies sous le pavillon protecteur des poètes du
moyen âge. *Le Troubadour,* Poésies Occitaniques du
xiiie siècle, traduites et publiées par Fabre d'Olivet,
Paris, an XI (1803), tel est le titre de ses deux volumes. Le Troubadour ! Ce nom, que les faiseurs de
romances sentimentales du Directoire et de l'Empire
ont rendu passablement ridicule, était alors dans tout
l'éclat de sa vogue. N'y eut-il pas, à Paris, un *Théâtre
des Troubadours* (1799-1801), fondé par l'acteur-
auteur Léger, celui-là même qui fit la cynique pièce
de *la Papesse Jeanne* [1], et dont une autre de ses nombreuses productions, *la Journée de Saint-Cloud ou
le 18 Brumaire,* marque la fin du théâtre de la Révolution (1799) ? Jusque-là « troubadour » et « sensible »
forment le fond de la langue. La littérature oscille
entre ces deux pôles jusqu'à la venue de Chateaubriand. D'un bout de la France à l'autre, le nom de
troubadour était si bien porté, qu'un autre poète du
Midi, Auguste Tandon, s'en laissa décorer comme d'un
titre d'honneur, et trouva tout naturel de s'intituler
avec complaisance « Troubadour de Montpellier ». Le
titre de notre recueil était donc à la mode du jour, et
il s'explique d'autant mieux que l'auteur présentait au
public ses propres productions sous le couvert des
troubadours eux-mêmes. Les contemporains furent-
ils dupes de cet innocent subterfuge, qui devait si bien
réussir plus tard au savant auteur du *Carya Maga-*

1. Jouée le 26 janvier 1793 au théâtre Feydeau.

Le Retour d'Elyz en Provence est une idylle d'une certaine ampleur où se retrouvent les mêmes qualités poétiques et rythmiques, mais avec moins de naturel dans l'expression. Ces poésies ne sont autre chose que des « Bergeries », ainsi que les anciens poètes français les appelèrent. Les troubadours les nommaient *Pastourelles*. On sait tout ce que le genre comporte de fadeurs. C'est l'éternel rendez-vous des lis et des roses sur les joues des pseudo-bergères. C'est la non moins éternelle description des yeux et de la bouche, à tel point qu'on désirerait voir... ce que montre si bien la *Baigneuse* de Courbet, par exemple. Une scène « naturaliste » — une seule — serait même la bienvenue, et ferait, pour un moment, une heureuse diversion.

Pourtant notre poète rachète par la fraîcheur et la grâce des images, ainsi que par le naturel qui semble inséparable de son idiome, le maniérisme et le poncif du genre adopté.

Les chansons ou *Lays de l'Amour et de l'Amitié* que l'auteur a enchâssées dans sa pièce, avec une nouvelle variété de rythmes, sont, malgré leurs mignardises voulues, pleines de charme et de frais coloris. Nous regrettons de ne pouvoir tout citer.

Les littératures anciennes ont fourni également à Fabre d'Olivet le sujet d'*Épîtres amoureuses* en vers languedociens qui touchent souvent au lyrisme. Le ton de l'Épître est ordinairement plus modeste ; mais comme il s'agit des amours de *Sapho* et de *Phaon*, d'après Ovide, il ne faut pas trop s'étonner de cette infraction aux usages épistolaires.

Moins élevées, mais aussi plus naturelles, sont les quatre petites pièces intitulées *Lai Saʒous* où l'on peut noter la propriété pittoresque des épithètes, ainsi qu'un choix de termes techniques et locaux sur les travaux de la campagne, — notamment sur les vendanges, — qu'on trouverait difficilement ailleurs.

Enfin diverses poésies telles que *l'Escaraugnada de l'Amour,* « l'Égratignure de l'Amour » ; *la Pastura acoutida,* « la Bergère poursuivie » ; *la Pichota masca,* « la Petite sorcière » ; et *lou Levar d'Anna,* « le Lever d'Anna », terminent le recueil et se distinguent par les qualités déjà signalées.

Comme tous ceux qui ont connu les œuvres des troubadours, Fabre d'Olivet a su varier les rythmes de ses poésies de manière à éviter l'ennui qui naît toujours de l'uniformité du mètre. Grâce à la même influence fécondée par sa connaissance approfondie de la langue latine, il a su aussi adopter une orthographe claire et rationnelle à base étymologique, qui marque un progrès véritable sur les usages de son temps, et qui aurait pu, en partie du moins, servir de modèle au nôtre.

La dissertation sur la langue d'oc que notre poète a placée en tête de ses *Poésies occitaniques* pourrait, aujourd'hui encore, être lue avec profit. Une nouvelle édition des œuvres languedociennes de Fabre d'Olivet aurait son intérêt[1]. Elle prouverait, entre autres choses, mieux que n'ont pu le faire nos citations écourtées, que le poète est digne de tous nos éloges.

1. Nous préparons cette édition. Elle fera partie des publications spéciales de la *Société pour l'étude des langues romanes*, de Montpellier. Une correspondance de F. d'O., depuis peu de temps en notre possession, et contenant de curieux détails sur le rôle politique et religieux qu'il avait *un moment* rêvé, ce qui a pu donner lieu à l'accusation de vouloir fonder un nouveau culte, y sera analysée.

siècle, était aussi une publication précieuse à cette époque où les textes anciens étaient des plus rares.

De 1805 à 1827, Martin avait eu le temps d'étudier une littérature qu'il ne connaissait pas probablement lorsqu'il composa ses fables et ses contes en patois. Ses études sur les troubadours n'influèrent pas cependant sur son style ni sur son orthographe, à en juger par quelques poésies inédites que contient son second recueil. Martin est resté avant tout un poète local. Les lauriers de l'abbé Favre, le joyeux prieur de Celleneuve, qui a eu et qui garde encore à Montpellier une vogue si étonnante, l'ont plus séduit que ceux des troubadours. Il a étudié ces derniers en historien plutôt qu'en poète, et sa Chrestomathie, qui contient des textes en prose et en vers embrassant plusieurs siècles, a dû lui fournir les éléments d'un travail important pour l'idiome languedocien : nous voulons parler de son *Dictionnaire montpelliérain-français*. Ce travail, aussi considérable que précieux, est encore inédit. Il est aujourd'hui la propriété de la Société des langues romanes de Montpellier, qui en a fait classer les cartes, et qui le publiera sans doute quelque jour. C'est M. le docteur Noulet, de Toulouse, l'historien et le bibliographe des patois du Midi au xviiie siècle, l'éditeur de *las Joyas del Gay Saber*, qui a fait à la Société de Montpellier ce don important. La bibliothèque de cette Société possède en outre de Martin un petit vocabulaire bayonnais [1].

- 1. Pierquin de Gembloux, dans sa Bibliographie patoise, in-

Notre poète légua à la Bibliothèque de sa ville natale
un exemplaire autographe complet de ses œuvres pa-
toises. M. Moquin-Tandon, légataire d'un second
exemplaire de ces mêmes œuvres, a fait imprimer à Toulouse en 1846, et à vingt-cinq exemplaires seulement,
une des pièces de ce recueil intitulé : « Histouera de
mon recul de fablas ou galimathias en rimas ». Dans
ce badinage poétique, Martin raconte l'histoire de sa
vocation littéraire, inspirée par la lecture des fables
d'Auguste Tandon, son ami et son prédécesseur dans
la carrière languedocienne.

D'après tous ces détails biographiques et littéraires,
il est aisé de conclure que notre poète lexicographe a
les meilleurs titres pour être mis au rang des Précurseurs des Félibres.

dique une autre œuvre de notre auteur, qui serait intitulée :
Confession de Zulmé, en vers patois de Montpellier, in-8º.

A

M. ANTONIN GLAIZE

AUGUSTE TANDON

Maison Quantin

AUGUSTE·TANDON

1759-1824

Dès la première année de ce siècle, un contemporain de Fabre d'Olivet, celui-là même qui fut surnommé « le troubadour de Montpellier », Auguste Tandon, faisait paraître dans cette ville, où il était né, un volume de *Fables, Contes et autres pièces en vers*, destiné à un grand succès. Succès mérité, du reste, car, malgré quelques gallicismes introduits en fraude pour les besoins de la consommation populaire, aucun re-

cueil dans ce genre et dans cette langue n'est supérieur
à celui d'Auguste Tandon pour la verve, l'esprit, le
naturel, la gaieté décente et communicative. D'autres
auront plus d'ampleur et de variété ; leur domaine
s'étendra plus loin et sera plus riche. Auguste Tandon
n'a que deux champs à lui, deux champs modestes,
mais qui, bien cultivés, ont donné plus d'une fois des
moissons glorieuses, et où les glaneurs eux-mêmes font
tous les jours d'honorables fortunes. Fabuliste et conteur, Auguste Tandon, soit qu'il imite, ou qu'il crée,
n'a d'autre mérite — et il a suffi à son ambition
comme il suffit à notre plaisir — que celui de suivre
d'assez près les traces de La Fontaine ou de ses émules,
et de montrer comme eux, dans cette comédie aux cent
actes divers de la Fable et de l'Humanité, sa verve
enjouée ou moqueuse, tantôt aiguisant l'épigramme et
tantôt simplement badine, mais toujours sans fiel en
ses traits les plus vifs, les plus acérés.

Notre conteur était d'une famille où le savoir, les
dons heureux de l'imagination et de l'esprit étaient et
sont restés héréditaires. L'un de ses parents, Antoine
Tandon (1717-1806), médecin et anatomiste, a laissé
un nom à Montpellier dans la science médicale du
XVIIIe siècle. Un autre, Barthélemy Tandon (1720-1775),
se distingua comme directeur de l'Observatoire, con-
struit en grande partie par ses soins sur une tour des
anciens remparts de Montpellier. C'est lui qui fit,
dans cette ville, les premières observations de latitude.
Aussi les encouragements de Cassini, Lacaille et Le-

monier, lorsque ceux-ci s'occupèrent de prolonger la méridienne de l'Observatoire de Paris dans le Midi de la France, ne lui manquèrent pas. Il se livra ensuite, afin d'élever plus aisément sa nombreuse famille, à des opérations de banque, qui furent loin de l'enrichir. Doué, paraît-il, de beaucoup d'esprit, il composa quelques poésies languedociennes, notamment une chanson à boire qu'on dit fort originale et qui devint facilement populaire. Toutes ces dispositions devaient revivre dans notre fabuliste et se perpétuer encore après lui.

Auguste Tandon montra, en effet, de rares aptitudes pour les mathématiques. Il reçut des leçons de littérature du joyeux prieur de Celleneuve, l'abbé Favre, et entra comme commis dans la maison de banque de son parent Barthélemy Tandon, qui le prit plus tard pour son associé. Nous ne savons si la fortune sourit plus à ses calculs qu'à son inspiration. La fable de l'*Agounizan* qui se termine par ce vers satirique : *Es un talos, reussira,* nous ferait supposer le contraire. Quoi qu'il en soit, l'élève de l'abbé Favre fit honneur à son maître, et s'il n'atteignit pas les proportions colossales de son rire homérique, il ne tomba jamais dans les excès de trivialité qui donnent un cachet spécial à l'œuvre du fameux abbé. On verra, dans la notice suivante, que son petit-fils Moquin-Tandon a dignement continué les traditions intellectuelles de sa famille.

Pendant la Révolution, Auguste Tandon remplit les fonctions d'officier municipal, de vérificateur de l'em-

prunt forcé et de commissaire des guerres. Il était lié
avec son compatriote Cambon, le créateur du Grand-
Livre de la Dette publique, et entretint avec lui une
correspondance suivie. La poésie languedocienne dut
servir de délassement à ses graves occupations, qui ont
laissé peu de traces dans son œuvre. Nous n'avons en
effet, dans son recueil, que deux fables, écrites en
1790, et une autre dédiée à Chaptal, ministre de l'intérieur sous l'Empire, qui contiennent des allusions aux
événements politiques de ces deux époques. A part ces
exceptions, le poète ne quitte jamais le domaine des
idées morales, des conseils pratiques suggérés à son
esprit judicieux et bien équilibré par le spectacle de la vie
humaine ; c'est dire qu'il touche à bien des choses dé-
licates, mais toujours d'une main légère, avec la discré-
tion et la réserve d'un homme de bonne compagnie,
ce qui n'exclut ni le piquant ni la franchise.

Comment donner une idée de la manière à la fois
élevée, simple et familière de notre conteur ? Comment choisir, parmi une centaine et plus de fables et
de contes, le meilleur spécimen de son talent ? On pourrait citer parmi ses contes : *Lou Saraiè, L'Apendris
arrachur de dents, Lou Jugeamen del loup* où se
donnent libre carrière les qualités ordinaires de notre
conteur, assaisonnées parfois d'un grain de malice
rabelaisienne, dans le dernier notamment. A noter
aussi des bonheurs d'expression tels que celui-ci : *aviè
la mina amoustelida,* qui peint admirablement les
traits tirés, allongés, d'un homme épuisé d'excès, et

dont l'expression *museau de fouine* ne peut donner qu'une idée approximative. Parmi ses fables, certaines imitations de La Fontaine et d'autres fabulistes, « tous grands arrangeurs du bien d'autrui », peuvent être mises, sans trop de désavantage, à côté de leurs modèles. Celles dont il a trouvé les sujets autour de lui ont encore plus de saveur. Nous pourrions indiquer en ces divers genres *lou Singe et lou Dauphin, lou Veouze, l'Esclava, l'Indiena,* et bien d'autres; mais comme des titres n'apprennent rien, il vaut mieux décrocher un de ses plus jolis crayons et le mettre sous les yeux du lecteur.

L'AMOUR ET LA FOUIÈ

Se me demandavas perqué
Nous reprezentou l'Amour joûyne,
Poulit, flourat, gras coûmo un moûyne,
Vous ou dirièy pas, per ma fé;

L'AMOUR ET LA FOLIE

Si vous me demandiez pourquoi
On représente l'Amour jeune,
Joli, le teint rosé, gras comme un moine,
Ne vous le dirais, par ma foi;

'. Et se vouïâs que vous diguèsse
Perqué lou drolle es toujour nut,
Perqué tèl ou tèl attribut,
N'ou dirièy pas noun plus quand ou pouguèsse,
Percè qu'aco finirié pâ.
Vole soulamén vous countâ
D'ount'ven qu'es privat dé la vîsta,
Vous lâyssan maistres de jugeâ
Sé fâou n'avédre l'àma trista,
Ou sé d'aco fâou s'amuzâ.

L'Amour et la Fouïè jougâvou
D'argén, et sans doute béoucop ;
Car l'un et l'aôutre s'apliquâvou.
S'endévénguèt qué, sus un cop,
Y'ajèt, entre éles, de grabuge.

Et si vous vouliez savoir
Pourquoi le drôle est toujours nu,
Pourquoi tel ou tel attribut,
Ne le dirais non plus, le pourrais-je,
Car nous n'en finirions pas.
Je veux seulement vous conter
D'où vient qu'il est privé de la vue,
Vous laissant maîtres de juger
S'il faut en avoir l'âme triste
Ou bien s'il faut s'en amuser.

L'Amour et la Folie jouaient
De l'argent, et beaucoup sans doute ;
Car l'un et l'autre s'appliquaient.
Il arriva que, sur un coup,
Entre eux surgit une dispute.

L'Amour diguèt qu'èra a perpâou
Dé préndre Jupiter per juge;
La Fouïè n'ou vouïè p'antâou,
Veziè dé yon véni l'ourage,
Savié qué soun cas pudissiè,
Et qu'a paga jusqu'àou dâoumage
Jupiter la coundannariè;
Aco faziè pas soun afàyre.
L'Amour qué lou bon drech aviè réndut hardit,
Et qu'haïssiè lou mounde chicanâyre,
Vous l'enzénguèt tout de roustit.
La Fouiè qu'èra pa'ndurénta,
Quand sé séntiguèt mâou-ménâ,
Fâouïè la veyre gruméjâ :
Sa coulèra séguèt vièulénta ;
Car dins lous iols dâou pus poulit das dîous,

L'Amour dit qu'il est à propos
De prendre Jupiter pour juge;
La Folie n'entend pas ainsi,
Voyant de loin venir l'orage,
Et sachant, vu son mauvais cas,
Qu'à payer jusques au dommage,
Jupiter la condamnera;
Ce n'était pas là son affaire.
L'Amour que le bon droit avait rendu hardi,
Et qui détestait les gens de chicane,
Vous l'arrangea de la belle façon.
La Folie n'est pas endurante.
Quand elle se sentit malmenée,
Il fallait la voir écumer, (de rage) :
Sa colère fut violente ;
Car dans les yeux du plus joli des dieux,

La perfida envouïèt, énfouncèt sous harpîous.
    Yé lous curèt ; et, sans que vous où dîgou,
    Jugeâs das cris dâou pâoure Amour.
Vénus, sa mèra, arîva ét prétén que punigou
La que l'aviè privat dé la clartat dâou jour.
      Vouguèt qué lous Dious s'assémblèssou
      Et qu'eles-mèmes decidèssou
      S'èra, per un crime parèl,
      Quâouque suplice prou cruèl.
« Moun Fil, s'ou dis, à la flou dé soun age,
Privat das iols, déqué vay dévéni ?
      Sans un counductou, poudra-ti
      Sé métre jamais en vouïage ?
Restara-ti toujour âou mème éndréch ?
      Ah ! Jupiter, fazè–mé dréch,
Vous, Apoulloun, vous, Diôu de la lumièra,

    La perfide lança, enfonça ses griffes.
Elle les lui vida ; et, sans qu'on vous le dise,
    Vous jugez bien des cris du pauvre Amour.
Vénus, sa mère, arrive et prétend qu'on punisse
Celle qui l'a privé de la clarté du jour.
      Elle voulut une assemblée des Dieux,
      Et faire décider par eux
      S'il était, pour un pareil crime,
      Quelque supplice assez cruel.
« Mon fils, dit-elle, à la fleur de son âge,
Privé des yeux, que va-t-il devenir ?
      Sans un conducteur, pourra-t-il
      Se mettre jamais en voyage ?
Restera-t-il toujours au même endroit ?
      Ah ! Jupiter, rends-moi justice.
Vous, Apollon, vous, Dieu de la lumière,

Moun pâoure fil ès coundannat
A véyre pa-pus vostre ésclat.
Ajas piétat dé sa mizèra.
Et vous, Minèrva, et vous, Junoun,
Soungeâs, pecâyre ! que souy mèra ;
Véngea-mé, véngeâs Cupidoun.
Vous, Mars, n'ay pas bezoun d'ou dire,
Sans doute vous récuzarés ;
Et vous, Vulcain, sériè bé pire
S'oupinaves dins lou coungrés. »
Es pas aqui que finiguèrou
Lous perpâous que tenguèt Vénus ;
Fenna et Mèra, dévès pénsâ jusqu'ounte anèrou.
Lous Dîous assemblâs décidèrou,
Couma l'Amour, tout soul, poudiè pa-pus
Sé counduire dins sa roûta,

Mon pauvre fils est condamné
A ne plus voir votre éclat.
Ayez pitié de sa misère.
Et vous, Minerve, et vous, Junon,
Songez, hélas ! que je suis mère ;
Vengez-moi, vengez Cupidon.
Vous, Mars, n'ai besoin de le dire,
Pour sûr vous vous récuserez ;
Et vous, Vulcain, ce serait pire
Si vous opiniez au congrès. »
Ce n'est pas là que finirent
Les propos que tint Vénus ;
Femme et Mère, pensez jusqu'où ils allèrent.
Les Dieux assemblés décidèrent,
Vu que l'Amour, tout seul, ne pouvait plus
Se conduire en son chemin,

Pioy· que yé veziè pas goûta,
· Qu'a l'avéni la Fouïè·
Gnoch et jour lou counduiriè.

Parce qu'il n'y voyait goutte,
Qu'à l'avenir la Folie
Nuit et jour le conduirait.

Dans cette fable, notre poète a pris La Fontaine
pour guide : il s'est gardé de négliger les traits heureux du grand fabuliste ; mais il ne s'est pas refusé le
plaisir de développer, ou mieux, si l'on peut dire, de
compléter son maître. Ainsi l'on trouvè dans l'interprétation languedocienne un reflet de ce début plein de
charme en sa vivacité mutine :

Tout est mystère dans l'amour,
Ses flèches, son carquois, son flambeau, son enfance ;
Ce n'est pas l'ouvrage d'un jour
Que d'épuiser cette science...

Mais La Fontaine n'a-t-il pas un peu écourté la
scène du jeu ? La querelle qui amène « ce mal, qui
peut-être est un bien », n'a-t-elle pas été escamotée par
le fabuliste, trop pressé, comme son Amour, « d'as-
sembler le conseil des Dieux » ? Si La Fontaine a eu
tort, — je me permets seulement de poser la question
— notre poète a eu raison d'entrer en quelques
détails. Autre différence pour la plainte de Vénus. La
Fontaine nous en donne une brève, mais vivante

analyse. Tandon la fait parler en personne, et il l'arrête sur l'expression « femme et mère », admirablement trouvée, et qui finit bien sa harangue, tandis que La Fontaine l'a négligemment jetée, en guise de trait comique, au cours de son résumé.

C'est assez, je pense, pour montrer qu'une imitation ainsi entendue n'a rien de servile, et qu'en « arrangeant le bien d'autrui », suivant le mot de M. de Montaiglon, rappelé tout à l'heure, Tandon, lui aussi, a pris ses aises. Toutefois il est visible qu'il n'a eu sous les yeux d'autre modèle que La Fontaine. Celui-ci en avait eu un des plus charmants et aussi des plus prolixes, ce qui, disons-le en passant, aurait pu lui donner le goût de la brièveté, s'il ne l'eût pas eu de son propre fonds, comme il l'a si souvent prouvé. Le modèle qui a inspiré La Fontaine et qui en était digne, c'est une femme, un poète, vraiment poète et vraiment femme, rare union dans l'histoire littéraire, la *Lionnoize* Louise Labé. Son *Débat de Folie et d'amour* est une des plus ingénieuses allégories d'un siècle fécond en ce genre, et que Voltaire lui-même, peu enclin à regarder au delà du XVIIe siècle, a mis à côté des meilleures de l'antiquité. « La plus belle fable des Grecs, dit-il en ses *Questions sur l'Encyclopédie*, est celle de Psyché ; la plus plaisante fut celle de la Matrone d'Éphèse. La plus jolie parmi les modernes fut celle de la Folie, qui, ayant crevé les yeux à l'Amour, est condamnée à lui servir de guide. »

Cependant La Fontaine n'a pas pris à Louise Labé

le motif de la dispute entre l'Amour et la Folie. On en jugera par l'*Argument* de l'œuvre de la belle Cordière, que nos lecteurs ne seront pas fâchés sans doute de pouvoir apprécier dans son propre style : « Jupiter faisoit un grand festin, où estoit commandé à tous les Dieus se trouver. Amour et Folie arrivent en mesme instant sur la porte du Palais : laquelle estant ià fermée, et n'ayant que le guichet ouvert, Folie voyant Amour ià prest à mettre un pied dedens, s'avance et passe la première. Amour se voyant poussé, entre en colère ; Folie soutient lui apartenir de passer devant. Ils entrent en dispute sur leurs puissances, dinitez et préseances. Amour, ne la pouvant vaincre de paroles, met la main à son arc et lui lasche une flesche, mais en vain : pource que Folie soudein se rend invisible et, se voulant venger, ôte les yeus à l'Amour. Et pour couvrir le lieu où ils estoient, lui mit un bandeau, fait de tel artifice, qu'impossible est lui ôter. Vénus se pleint de Folie, Jupiter veut entendre leur diferent. Apolon et Mercure débatent les droits de l'une et l'autre partie. Jupiter, les ayant longuement ouiz, en demande l'opinion aus Dieus : puis prononce sa sentence[1]. »

C'est donc une question de préséance, et non une querelle de jeu, qui met aux prises la Folie et l'Amour. Cette donnée — que La Fontaïne n'a pas suivie —

---

1. *Euvres de Louïze Labé, Lionnoize.* A Lion, par Durand et Perrin, 1824.

et ses curieux développements, tout à fait dans l'esprit du xvie siècle, c'est-à-dire avec quelque longueur et pédantisme, mais aussi avec le grand style et la grâce d'une femme d'élite, sont bien, croyons-nous, de l'invention de Louise Labé. Elle connaissait certainement et elle a même imité l'*Encomium Moriæ* en quelques passages de son plaidoyer de Mercure; mais l'œuvre d'Érasme n'a pu lui fournir ce qu'elle ne contient pas : le plan de sa composition et ses ingénieuses scènes dialoguées.

Il est si intéressant de retrouver la filiation des idées, de suivre leurs migrations à travers les esprits, qu'on nous pardonnera sans doute une digression, qui ne nous a pas trop éloignés d'ailleurs de notre fabuliste.

Parmi les Fables ou Contes d'Auguste Tandon, combien d'autres seraient dignes d'être cités, un de ces derniers surtout, le plus connu peut-être! Il a pour titre *Lous Ustanciurs,* « Les Vauriens ». C'est le récit plaisant des méfaits et larcins de deux jeunes drôles, qui font le désespoir des fermiers et propriétaires des environs de Montpellier. La réputation de ce Conte est méritée. C'est le plus développé et il abonde en traits comiques. Mais il n'est pas le seul en ce genre, et l'on comprend sans peine le succès qui accueillit ces petits chefs-d'œuvre de gaieté familière, au ton local et pittoresque. Une seconde édition, augmentée, parut en 1813, et fut reçue aussi bien que son aînée. On peut regretter que d'autres œuvres de cet esprit charmant et cultivé, telles que des *Contes en vers français,* un *Recueil d'historiettes* en prose, et deux d'*Observations grammaticales et orthographiques* sur l'idiome languedocien, n'aient pas vu le jour. A défaut de ces pièces inédites, qui ne sont pas restées aux mains de sa famille, et dont nous ignorons la destinée, une nouvelle édition des *Fables et Contes* d'Auguste Tandon serait encore, croyons-nous, bien vue du public.

A M. LE BARON

CHARLES DE TOURTOULON

MOQUIN TANDON

Maison Quantin.

MOQUIN-TANDON

1804-1863

L'hérédité intellectuelle est ici manifeste. Petit-fils d'Auguste Tandon, descendant de Barthélemy Tandon, astronome distingué, et d'Antoine Tandon, médecin et anatomiste connu, notre conteur-poète a du premier la verve, l'esprit, les goûts littéraires, des derniers les remarquables aptitudes scientifiques. Sa famille paternelle était originaire de Gex et appartenait à la religion réformée. A l'époque de la révoca-

tion de l'Édit de Nantes, deux frères Moquin émi-
grèrent à Genève. Les détails de leur fuite qu'a bien
voulu nous donner l'un des fils de Moquin-Tandon,
aujourd'hui professeur à la Faculté des sciences de
Toulouse, et à qui nous devons aussi d'avoir pu faire
graver fidèlement les traits de son père, sont assez
curieux. Afin de ne pas éveiller les soupçons, ces deux
frères s'éloignèrent insensiblement de la ville en faisant semblant de jouer au palet. Ils n'emportaient
que très peu de choses avec eux, deux objets notamment que possède encore M. Moquin-Tandon fils,
une carapace de tortue doublée en argent qui servait
de gobelet, et un cœur en cornaline monté aussi en
argent. Le père de Moquin-Tandon, né à Genève,
rentra le premier en France et se fixa à Montpellier,
où il épousa Cécile Tandon, fille de l'auteur des
Fables et Contes, à laquelle l'éditeur Renaud dédia
la deuxième édition de ce livre. C'est par suite de ce
mariage que le nom de Tandon fut réuni à celui de
Moquin, et c'est ainsi que le futur membre de l'Institut
put se distinguer d'un frère de son père, portant naturellement le même nom que lui.

Moquin-Tandon, qui naquit à Montpellier le
7 mai 1804, trouva donc de bonne heure, autour de
lui, des exemples et des conseils précieux. Tout jeune,
il profita des leçons du savant de Candolle, dont il
devint le confident et l'ami. « A quatorze ans, il cor-
respondait avec des savants distingués ; il envoyait au
professeur Schinz, à Zurich, des nids d'oiseaux qu'il

avait conquis dans ses expéditions d'adolescent ; et ce qui était pour ses camarades l'objet d'un jeu frivole ou cruel était déjà pour le jeune naturaliste un sujet d'intéressantes observations. Élève et collaborateur de Dunal, d'Auguste de Saint-Hilaire, de Dugès qui l'ont bientôt deviné, à vingt et un ans il a mené vaillamment presque toutes les sciences naturelles de front, composé ses premières poésies, les *Juvenilia ;* dans l'espace d'un an il soutient trois thèses remarquables, dont l'une sur les Dédoublements, étude neuve des lois symétriques auxquelles s'assujettit la nature dans l'évolution des plantes. Quatre ans après (en 1829), Moquin commença sa véritable carrière ; il fut nommé professeur de physiologie comparée à l'Athénée de Marseille. »

Le biographe que nous venons de citer [1] ajoute : « Si on voulait étudier par grandes lignes la vie de Moquin-Tandon, il faudrait la suivre à travers les quatre grandes cités où elle s'est produite : Montpellier et Marseille, Toulouse et Paris ; ce sont comme les étapes de cette belle intelligence toujours en marche, toujours en progrès. A Montpellier, elle se prépare ; à Marseille, elle s'exerce ; à Toulouse, elle se déploie ; à Paris, Moquin-Tandon se complète dans son œuvre et dans sa gloire. »

A Montpellier, à part les exemples de sa famille

---

1. M. le docteur Achille Janot : *Éloge de M. Moquin-Tandon,* lu en séance publique de l'Académie des jeux floraux de Toulouse, le 8 janvier 1865.

qui devaient lui inspirer le goût de la littérature
romane, il eut la bonne fortune de recevoir les leçons
de l'archiviste Desmazes, ancien secrétaire du savant
bénédictin dom Pacotte. C'est ce qui lui-permit de
produire plus tard ce curieux pastiche de la langue
romane du XIII⁰ siècle qu'il a intitulé *Carya Magalo-*
nensis, et qui devra nous occuper tout spécialement.
Moquin-Tandon s'y est montré, en effet, aussi érudit
chroniqueur que prosateur excellent, soucieux de couleur locale et de pittoresque. A ce double titre, son
œuvre se relie au mouvement de rénovation littéraire
et de recherches archéologiques, qui s'accentua et se
propagea en France, à la suite de la publication de
Notre-Dame de Paris. En même temps que les artistes
et les architectes dessinaient et étudiaient les monuments de la période romane ou gothique, de patients
chercheurs exhumaient des archives publiques et privées les vieux textes romans : chartes communales,
chansons populaires, théâtre des fêtes publiques, et
toutes ces exhumations se mêlant, dans le midi de la
France en particulier, aux traditions orales toujours
vivantes dans la langue même des âges ressuscités, ne
furent pas sans influence, à l'insu peut-être des réno-
vateurs, sur la renaissance littéraire que la seconde
moitié de ce siècle a vu fleurir.

.... Toulouse ne pouvait pas laisser éteindre, dans
l'âme de notre poète, les souvenirs de la langue méridionale. La ville où le charmant auteur du *Ramelet*
moundi est resté en possession d'une popularité qui

ne vieillit pas et qui va enfin recevoir la plus brillante consécration[1], la ville où siège l'Académie de
Clémence Isaure, — en dépit de ses persistantes infi-
délités à la mémoire de sa fondatrice, — cette ville
devait fournir à Moquin-Tandon plus d'un auditoire
sympathique et charmé. On nous dit, en effet (Éloge
cité), « que, si le matin, le professeur dissertait sur les
classifications zoologiques, rédigeait un mémoire de
botanique, le soir le poète remplaçait parfois le savant ;
il lisait dans un salon l'histoire d'une souris racontée
par elle-même, une spirituelle satire contre le papier
timbré, ou effeuillait une de ses *Pâquerettes* de Montpellier. »

C'est à Toulouse, où il fut nommé, en 1833, professeur d'histoire naturelle à la Faculté des sciences,
et où il se distingua par une remarquable activité, que
fut publié le singulier livre dont nous avons déjà fait
connaître le titre. Cette supercherie n'est pas la première du genre. Elle aurait pu se réclamer, dans le
passé, de l'exemple de Rabelais lui-même, ancêtre à
plus d'un titre de notre poète. On sait que l'auteur de
Pantagruel « avait dédié à son ami Aymeri Bouchard

---

1. Un monument va être élevé à Pierre Goudelin, à Toulouse. Le conseil municipal a voté, à cet effet, 20,000 francs et
le conseil général 10,000 francs. Les statuaires toulousains
bien connus, Falguière, Mercié, Barthélemy, Marqueste, Laba-
tut et Idrac, ce dernier mort depuis, ont été chargés de la statue et des bas-reliefs. M. le docteur Noulet prépare, de son côté,
l'édition définitive des œuvres du poète.

une édition du *Testament de Lucius Cuspidius*, pièce reconnue depuis apocryphe, notamment par le savant Barnabé Brisson, mais dont la rédaction habile et la savante latinité trompèrent les érudits du temps[1] ». Les érudits de nos jours ne furent pas plus clair-voyants que ceux du XVIe siècle. Voici à ce sujet les confidences de l'auteur lui-même par la plume d'un ami :

« Le *Carya Magalonensis* est une contrefaçon habile et exacte de cette langue romane, qui a eu autre-fois tant de gloire et qui est aujourd'hui le sujet de tant d'études. Publié il y a sept ans (ceci était écrit en 1844) comme un manuscrit du XIVe siècle, il trompa la clairvoyance des critiques les plus éprouvés. M. Ray-nouard lui-même, dont les décisions semblaient infail-libles, crut à son authenticité. Il écrivit à l'auteur pour le féliciter d'avoir mis en lumière un ouvrage qu'il considérait comme devant ajouter des renseignements curieux à l'histoire de la langue d'oc. « Je regarde, « dit-il, comme une publication très utile celle que « vous avez faite du *Carya Magalonensis,* j'y ai « recueilli plusieurs mots qui entreront dans mon « lexique roman. » Quelques journaux de Toulouse et de Montpellier furent induits en erreur, comme le savant philologue, par l'innocent artifice que l'au-

---

1. *Notice biographique sur Rabelais,* par Rathery. *Œuvres de Rabelais,* édition Burgaud des Marets et Rathery: Paris, Didot, 1872.)

teur cependant avait confié à ses amis en leur distribuant la première édition de son livre. »

Nous devons interrompre ici le narrateur pour noter au passage quelques particularités curieuses. Ainsi tous les livres que publia Moquin-Tandon lui causèrent des ennuis, en lui suscitant des jalousies, ou même des inimitiés, dont les ardeurs dangereuses étaient en rapport direct avec leur valeur et leur succès. Le *Carya* ne devait pas faire exception à la règle.

Un seul de mes livres, celui que je vous ai dédié (écrivait-il le 10 juin 1837 à M. Auguste de Saint-Hilaire, dans une lettre qui fait bien connaître l'homme et le savant), a été reçu avec enthousiasme. Raynouard, de l'Institut, l'a proclamé un chef-d'œuvre ! Cet ouvrage était anonyme, ou pour mieux dire pseudonyme. Quand on a su qu'il venait de moi, une diatribe a paru dans un journal de Toulouse, et plusieurs archéologues de Montpellier m'ont accusé d'avoir pillé le *Thalamus*.

Il y a des personnes qui se laissent abattre par l'injustice et qui ne sont plus bonnes à rien ; d'autres se révoltent et deviennent hargneuses et méchantes. Je ne me suis jamais laissé aller à aucun de ces excès, et s'il plaît à Dieu, je serai toujours le même.

Quelques pages plus haut, dans cette même lettre, il disait au sujet de discussions soulevées par la publication de ses premiers travaux sur les Monstruosités végétales :

Ces jours derniers, M. Geoffroy père m'a adressé une seconde lettre dans laquelle il me demande des armes pour battre les clameurs. J'ai répondu que mon naturel était peu belliqueux et que je désirais, non seulement ne pas descendre dans l'arène, mais encore n'y faire descendre personne pour mon compte.

Ce jour ouvert sur le caractère de notre savant, étranger, on le voit, aux terribles aigreurs de ses confrères de tous les temps, reprenons les confidences commencées.

« L'auteur soulève aujourd'hui le voile derrière lequel il s'était caché et nous permet de reconnaître, dans l'écrivain ingénieux qui s'est joué en composant le *Carya,* un homme dont la raison élevée est une des plus solides espérances de la science moderne. M. Alfred Moquin-Tandon est professeur à la Faculté des Sciences et au Jardin des Plantes de Toulouse, et président de l'Académie royale des sciences, inscriptions et belles-lettres de cette ville. Au plaisir qu'il a pris à semer dans son ouvrage des termes et des définitions empruntés à l'histoire naturelle, il semble qu'on eût dû reconnaître, même sans son aveu, les goûts du botaniste dans la fiction de l'érudit...

« C'est en dépouillant les archives de Montpellier, que M. Moquin-Tandon a eu l'idée de rassembler, dans une composition où quelques-unes des allures de la poésie ajoutent un charme piquant à la naïveté de la chronique, les principaux événements dont l'antique Maguelonne a été le théâtre pendant les premiè-

res années du xive siècle. Grâce aux recherches qu'il a
faites dans des monuments alors inédits de l'histoire
du Midi, il a pu peindre, d'une couleur toute nouvelle,
les formes administratives, les croyances populaires,
les mœurs, la foi des habitants de l'une des villes qui
a joué au moyen âge le rôle le plus brillant et le plus
original. Il a complété l'illusion, en prêtant au récit de
l'époque qu'il a représentée, les formes exactes de la
langue qu'elle parlait.

« En douze chapitres courts, heureusement variés,
disposés avec art, il a tracé un tableau vif et fidèle de
la société dans la seigneurie de Montpellier, au com-
mencement du xive siècle. Il fait ainsi successivement
passer devant nos yeux le récit d'un miracle, arrivé
en 1300, dans l'île de Maguelonne ; la relation des
fêtes qui eurent lieu à Montpellier, lorsque le pape
Clément V y fit son entrée ; la condamnation et l'exé-
cution d'un évêque hérétique et dissipateur ; le détail
de la nourriture des chanoines de Maguelonne, en
1321 ; la fondation de l'Académie du Gai Savoir ; la
description d'une procession solennelle qui eut lieu à
Montpellier, en 1323, pour obtenir la fin de la séche-
resse ; le panégyrique du roi Sanche, prêché par
l'évêque de Maguelonne ; l'histoire naïve de Saint
Roch et de son chien..... L'auteur lie toutes ces
narrations diverses en les faisant concourir à un but
commun, qui est la peinture de la ville et de l'époque
dont elles retracent des aspects différents. Il a voulu
resserrer encore par l'unité du cadre celle de ses heu-

reux croquis. Les titres de ses chapitres sont empruntés aux différents accidents du règne végétal, auquel
la matière même des chapitres est rattachée par un
lien subtil et tout à fait conforme à l'esprit du moyen
âge. *Umbra, Fructus, Truncus, Germen, Flos,* qui
servent à marquer les divisions du livre, indiquent les
parties essentielles du tout, que l'auteur, par un nouvel
emprunt fait au génie bizarre du xive siècle, a appelé
d'un nom moitié grec, moitié latin, CARYA MAGALONENSIS,
Le Noyer de Maguelonne. L'arbre séculaire qui abrite
sous ses puissants rameaux les habitants de la ville,
qui couvre leurs plaisirs et leurs affaires, rassemble
ainsi, dans l'ingénieux ouvrage de M. Moquin, les
membres différents du récit consacré à peindre une
des époques les plus intéressantes de leur histoire.

« La première édition du *Carya Magalonensis*
(in-8°) a été imprimée à Toulouse, en 1836, chez M. Lavergne; elle fut tirée seulement à cinquante exemplaires dont chacun porte son numéro sur le frontispice.
Elle est ornée d'un fac-similé du manuscrit original.
L'auteur a ajouté cet artifice à tous les autres; il a litho-
graphié, doré et colorié lui-même les cinquante exemplaires de son œuvre. Il y avait joint aussi des notes
destinées à éclaircir certains passages dont l'obscurité
était une des conditions premières de la contrefaçon.
Les notes paraissaient d'autant mieux choisies, qu'elles
étaient en partie les textes mêmes qu'il avait mis en
œuvre en composant sa chronique.

« En plaçant une traduction littérale en regard du

texte, l'auteur a rendu cette seconde édition accessible aux personnes qui sont le moins familiarisées avec les antiquités de la langue d'oc. Pour moi, chargé de divulguer le secret de ces innocents mensonges, je suis heureux de pouvoir rendre hommage à la langue qui fut aussi celle de mes premières années[1], en payant un juste tribut d'éloges à l'une des études les plus savantes et les plus ingénieuses qu'elle ait inspirées. »

C'est le 1ᵉʳ avril 1844, que M. Hippolyte Fortoul, alors professeur à la Faculté des lettres de Toulouse, et qui devait être Ministre de l'Instruction publique sous le second Empire, signait l'excellente notice à laquelle nous avons fait de larges emprunts. M. Villemain avait promis de l'écrire; nous ne savons ce qui l'en empêcha[2].

1. L'auteur de ces lignes était de Digne.
2. « J'ai vu plusieurs fois M. Guizot, lequel m'a témoigné beaucoup de bienveillance. J'ai fait la connaissance de M. Villemain à l'occasion de mon petit livre en langue romane. J'ai passé plusieurs soirées en tête à tête avec lui. *Il doit me faire la préface de la seconde édition du Carya.* » Lettre datée de Paris le 10 mars 1839 et adressée à M. Auguste de Saint-Hilaire, membre de l'Institut, rue du Courreau, maison Coustan, à Montpellier. — Dans une autre lettre datée de Toulouse le 15 avril 1839, le nom de Villemain revient encore sous la plume de Moquin-Tandon: « Au reste, je viens de recevoir de lui une lettre fort aimable, dans laquelle j'ai vu avec plaisir qu'il m'avait conservé toute sa bienveillance. Je lui avais écrit pour lui communiquer une lettre fort curieuse de Montesquieu, adressée à un oncle de ma femme. Je le félicitais (*en langue romane*) de sa future arrivée au ministère. » (Extraits des *Lettres inédites* publiées par le *Bibliophile du bas Languedoc.* Saturnin Léotard, libraire à Clermont-l'Hérault).

Quelques années plus tôt, en 1841, Moquin-Tandon collaborait à l'importante publication des *Lois d'Amour* ou *Fleurs du Gai Savoir* [1], savants traités de grammaire, de rhétorique et de poétique datant de 1356, et imprimés pour la première fois sous la direction de M. Gatien-Arnoult, alors Professeur de Philosophie à la Faculté des Lettres, depuis Représentant du peuple, Maire de Toulouse et Secrétaire perpétuel de l'Académie des Sciences, Inscriptions et Belles-lettres de cette ville, esprit alerte, intelligence libérale et lucide, portant allègrement le poids des

---

1. Moquin-Tandon écrivait de Toulouse le 5 juillet 1840, à son correspondant ordinaire: « Je viens de m'engager avec l'Académie des Jeux Floraux pour la publication d'un admirable manuscrit in-8° en langue romane. C'est une poétique complète, rédigée dans le milieu du xive siècle. L'ouvrage entier fera trois grands volumes in-8°. Sa publication durera plus d'un an. En conséquence, j'ai dit adieu à la botanique pour quelque temps. »

Dans cette même lettre nous relevons des détails intimes, qui ne manquent pas de piquant. A propos de quelques critiques qui avaient ému son ami, Moquin-Tandon écrit: « Je vous engage donc à vous moquer de tous les dits, de tous les redits qui bourdonnent autour de vous. Il n'y a pas de livre, pour si parfait qu'il soit, qui ne présente des fautes de virgules, de points, etc., etc. Quand j'étais plus jeune, j'avais la faiblesse de regarder tous mes collègues de Paris comme de hautes puissances scientifiques qui avaient le droit de juger sans appel; je tremblais devant leurs décisions ; je m'inclinais devant leurs livres. Aujourd'hui, sans avoir plus de vanité, je me suis fait une dose de philosophie qui me place au-dessus de toutes les tracasseries qu'on pourrait me susciter, et qui contribue puissamment à me rendre heureux, joyeux et bien portant. »

années[1]. Moquin-Tandon avait aussi publié dans la *Biographie universelle* de Michaud d'intéressantes notices sur les premiers troubadours. C'étaient là des titres plus que suffisants pour être appelé à siéger à l'Académie des Jeux Floraux. Son Discours de remerciement, lors de sa réception en séance publique, fut, au dire de son biographe, «un vrai modèle d'érudition littéraire ; il parla de l'union des sciences et des lettres en homme qui connaît largement son sujet ; il y montra la nature, objet aimé de ses études, à la fois comme une œuvre de prodigieuse industrie et un poème étincelant d'inexprimable beauté ». Un trait curieux et très peu connu, croyons-nous, d'histoire littéraire, se rattache à la réception du successeur au fauteuil académique de Moquin-Tandon, M. Vaïsse-Cibiel, publiciste distingué, mort en 1884, et dont l'Éloge vient d'être écrit, avec le ferme et gracieux talent qui le caractérise, par M. le Comte de Toulouse-Lautrec, notre confrère du Félibrige et l'un des Quarante Mainteneurs de l'Académie des Jeux Floraux. Au remerciement de M. Vaïsse-Cibiel répondit, au nom de l'Académie, M. Florentin Ducos, et voici l'intéressant aperçu sur les débuts de Victor Hugo, que nous trouvons dans sa réponse. On sait que Victor Hugo, comme Henri Rochefort et tant d'autres au talent peu académique, furent couronnés

---

1. Ce qui était vrai lorsque nous écrivions cette notice ne l'est malheureusement plus aujourd'hui. M. Gatien-Arnoult est mort dans le courant de l'année dernière.

dans leur jeune âge par l'Académie de Toulouse. Le grand poète des *Odes et Ballades* voulut donc associer cette Académie à ses projets. « La littérature française, nous dit M. Ducos, attendait son 89; Chateaubriand avait donné le signal de la réforme ; le grand rénovateur ne pouvait tarder à paraître. Ce rôle pouvait être réservé à Victor Hugo. Il l'eût sans doute rempli, si le succès inespéré qu'il obtint ne l'eût entraîné peut-être plus loin qu'il n'eût voulu lui-même. L'heure de la rénovation sonnait de toute part. Déjà des essais remarquables et multipliés avaient sondé les nouvelles voies. La *Muse française,* publication naissante, recueillait les inspirations des *Guiraud, des Soumet, des Jules de Rességuier.* Cette milice littéraire attendait un chef. Victor Hugo voulut se mettre à la tête du mouvement; mais il fallait soulever un monde : Victor Hugo tout seul ne se sentit pas assez fort. Comme l'Archimède de l'antiquité, l'Archimède littéraire chercha un levier. Il crut le trouver dans l'Académie des Jeux Floraux dont il était le lauréat le plus distingué : il voulut la mettre à la tête du mouvement. Dans cette pensée, il écrivit à M. de Malaret, alors son Secrétaire perpétuel, et lui proposa de faire adopter et publier son manifeste par notre Académie. Le grand poète caressait cette idée que, comme le « collège du Gai savoir », à une époque de barbarie, avait recueilli les étincelles du feu sacré et sauvé la poésie d'un naufrage inévitable, les successeurs des anciens troubadours sauveraient la Muse moderne d'un égal danger.

Notre Secrétaire perpétuel, dont la modestie égalait la prudence, déclina le dangereux honneur qui lui était proposé. C'était en 1825; il répondit dans ce sens à Victor Hugo. Allant à Paris au mois de septembre, je portai au novateur littéraire la lettre qui contenait ce refus. A cette époque je n'avais pas l'honneur d'être Mainteneur; j'étais lauréat de l'Académie. M. Victor Hugo m'accueillit avec beaucoup de politesse. Il me fit part de ses idées; il m'initia au plan qu'il avait conçu; il voulait, en réformant la poésie, en donnant un essor plus hardi à la langue et à la pensée, établir une sorte de sacerdoce dont la direction, sans doute, lui aurait été confiée. Il regretta que M. de Malaret n'entrât pas dans ses vues pour lesquelles il attendait une haute sanction. Il fut contrarié; mais il ne recula pas, et il essaya d'accomplir à lui seul l'œuvre à laquelle il voulait nous associer. »

Cette page est curieuse à plus d'un titre. N'est-il pas intéressant d'y prendre sur le vif les timidités de début du grand poète, servant de prélude aux audaces futures? Qui sait même si ce refus ne donna pas à son esprit incertain le coup de fouet dont il avait besoin pour courir à l'assaut des Bastilles littéraires? Victor Hugo se trompait à coup sûr en s'adressant à une Académie pour une marche en avant. Les Académies ne sont pas faites pour cela. Leur rôle est plutôt modérateur, et comme tel il a sa raison d'être. A d'autres, et ils ne manquent jamais, de pousser à la roue; à elles avant tout de serrer les freins, d'assurer la

sécurité du voyage ou de charmer ses ennuis, enfin de constater ou de consacrer l'arrivée à destination.

Il y a, du reste, d'honorables exceptions à cette
règle, et les Académies nombreuses dont Moquin-Tandon fit partie, à Paris et en province, pourraient témoigner de l'originalité de ses vues et de ses travaux, qui
ne se bornaient pas à être un écho ou un reflet. Il faut
voir, dans ses Lettres intimes, avec quelle liberté d'esprit
il parle des recherches d'autrui et de ses propres ouvrages, rendant à chacun ce qui lui appartient, et disant, sans fausse modestie, ce qu'il ne doit qu'à lui-
même. Et avec quelle grâce il mêle les choses de la
littérature à celles de la science ! Ainsi, dans une lettre
du 23 octobre 1839, toujours adressée au même correspondant, parlant de ses *Éléments de Tératologie* ou
Monstruosités végétales, il dit :

Les auteurs qui ont obtenu les plus grands succès sont
ceux qui ont envisagé la Tératologie dans ses rapports
avec la taxonomie [1]. Ceux-là ont servi l'étude des espèces
et perfectionné la théorie des classifications ; mais, bien
loin d'avancer la science de la vie (dont la Tératologie n'est
qu'une section), ils lui ont imprimé au contraire une fausse
direction. J'ai essayé de remédier à cet écart et de remplir
une lacune. Ai-je bien ou mal fait ? Je fais voguer ma

1. Partie de la botanique qui traite de la classification
des plantes. Littré fait observer que *taxinomie* est la forme cor-
recte, et non *taxonomie* qu'on trouve dans les auteurs, et qu'é-
crit Moquin-Tandon.

LA CITÉ DE CARCASSONNE

galère. Quelque chose me dit que mon livre n'est pas sans intérêt. Tous les botanistes s'occupent de l'ordre normal ; pourquoi n'aurais-je pas traité de l'ordre monstrueux ?

Bientôt chaque membre de l'Institut aura ses éléments de botanique. Diogène, voyant les Corinthiens tous en travail, s'amusait à rouler son tonneau, pour n'être pas seul oisif dans une ville si occupée ; moi, je fais comme Lucien, j'ai pris la plume pour ne pas rester muet, tandis que tous les autres parlent.

Je me suis beaucoup méfié des ouvrages plus théoriques que pratiques. L'école allemande, dont j'ai été longtemps un peu trop enthousiaste, a introduit dans les sciences naturelles une sorte de direction métaphysique qui a sans doute un bon côté, mais qui éloigne trop souvent des lois de la vraie observation. Je suis très certainement un grand admirateur de Gœthe, mais il me semble que cet auteur a été mis d'abord trop bas et qu'on le place aujourd'hui un peu trop haut. Ainsi va le monde. Point de milieu entre une proscription et un autel.

Lucien et Gœthe, dont les noms viennent ainsi se placer tout naturellement sous la plume du savant, n'indiquent-ils pas combien son esprit était nourri à la fois des anciens et des modernes ? C'est qu'il aimait la poésie à l'égal de la science. Nous en trouvons une nouvelle preuve dans une autre de ses lettres du 22 décembre 1838, où, après une description technique sur la croissance et les arrêts de développement des pétales d'un haricot, il écrit :

Il y a longtemps que j'ai l'idée de faire l'histoire d'une fleur de haricot. Plus j'y pense, plus j'y trouve de jolies choses à étudier..... J'ai parlé plus haut de la comparaison du haricot avec les labiées : il y a des milliers de sujets à étudier dans ce haricot ; c'est encore mieux que le fraisier de Bernardin de Saint-Pierre.

Nous avons constaté dans une précédente notice que l'imagination ne messeyait pas à l'historien ; nous pouvons remarquer ici qu'elle sert également la science, et que celle-ci peut en tirer quelque charme, sans cesser pour cela d'être exacte et vraie.

Cette même lettre se termine par ces détails intimes :

Vous seriez bien aimable de passer par Toulouse à votre retour de Paris. Je loge aujourd'hui au Jardin des Plantes. J'ai un appartement vaste et suis assez heureux pour être en état de vous recevoir. Si vous arrivez, comme je le pense, dans la quinzaine après Pâques, c'est l'époque où j'ai quelques jours de repos. Nous pourrions aller visiter le bassin de Saint-Ferréol, l'une des merveilles de la France moderne. Ce bassin est à demi-lieue de Revel et à côté des propriétés de mon beau-père.

Moquin-Tandon avait épousé une demoiselle de Terson, de Palleville. Il avait eu de son mariage trois fils qui ont continué les traditions paternelles dans les sciences et dans les lettres[1]. Mme Moquin-Tandon était

---

1. Nous avons dit ce qu'était actuellement l'un de ses fils. Un autre dirigeait, il y a quelques années, la *Revue illustrée dans les Deux Mondes*, d'après une note du charmant volume de

douée des meilleurs dons de l'esprit et du cœur, et ses enfants donnèrent de bonne heure les plus brillantes espérances. Mais cette poésie du foyer, quoiqu'il y fût très sensible, ne suffisait pas à notre savant. Il composait des pièces charmantes, d'un accent délicat et original, témoin ce Noël, dont l'air ancien et populaire, arrangé avec accompagnement par Mme Germer-Durand, de Nîmes, sous le nom de *Catarineto la Nimausenço,* se retrouve encore en plus d'un endroit de Provence ou du Languedoc.

NOUVÈ

Refrin.

E d'ounte ven toun èr tan vieu,
Catarineta !
Catarineta !

NOEL

Refrain.

Et d'où vient donc ton air si gai,
Catherinette !
Catherinette !

M. Jules Troubat, le dernier secrétaire de Sainte-Beuve, *Plume*

7

E d'ounte ven toun èr tan vieu,
      Catarineta dau boun Dieu?

                      i

Moun cor jouis, aco's bèn vrai;
L'enfant Jèsus l'a rendu gai.
A Betelèn l'ai vist, pecaire!
Es tout lou pourtrèt de sa maire.

Et d'où vient donc ton air si gai,
      Catherinette du bon Dieu?

                      I

Mon cœur jouit, c'est bien vrai;
L'enfant Jésus l'a rendu gai.
A Bethléem, je l'ai vu, le pauvret!
C'est tout le portrait de sa mère.

et Pinceau. Dans ce livre, tout parfumé de senteurs méridio-
nales, soit dit sans épigramme, quoique nous écrivions dans le
pays qui a motivé le *Placet as Pouliciens* du P. Cléric, M. Jules
Troubat dit de Moquin-Tandon : « Ce n'est pas manquer de
respect à la mémoire du savant que de rappeler qu'il a été aussi
un très fin et très délicat poète dans l'idiome languedocien.
C'était, du reste, un don de famille, et le double nom est resté
célèbre et populaire dans la contrée. »

L'un des fils de notre poëte est aujourd'hui directeur du
Jardin botanique à Saïgon. (Avril 1886.)

·2

Una palha fasiè ponet
En passant sus soun pichot det ;
Douçamenèt ie soui mountada,
Loungtems me ie soui permenada.

3

Ai vouiajat dessus soun bras,
Ai vist de près soun poulit nas,
Ai respirat soun aleneta ;
I avié de la sus sa bouqueta.

4

Moussu lou biou era jalous :.
Aurié vougut, lou malurous !

2

Une paille faisait un petit pont
En passant sur son petit doigt ;
Doucement j'y suis montée,
Longtemps je m'y suis promenée.

3

J'ai voyagé dessus son bras,
J'ai vu de près son joli nez,
J'ai respiré sa douce haleine ;
Du lait restait sur sa bouchette.

4

Monsieur le bœuf était jaloux :
Il eût voulu, le malheureux !

Estre pichot, estre a m'a plaça :
La grandou souvent embarrassa.

5.

L'àse me prenié, l'insoulent !
Per certen animau pudent,
E de travès me regardava ;
Emai deja me menaçava.

6

La santa Vierja s'avançèt
Chout soun fichut me rescoundèt :
« T'aime bèucop, Catarineta,
Te fau present d'una raubeta ;

Être petit, être à m'a place !
La grandeur souvent embarrasse.

5

L'âne me prenait, l'insolent !
Pour certain animal puant,
Et de travers me regardait ;
Déjà même il me menaçait.

6

La sainte Vierge s'avança
Et sous son fichu me cacha :
« Je t'aime beaucoup, Catherinette,
Je te fais présent d'une petite robe ;

7

« Raubeta coulou de coural
Eque lusis coume un miral ;
De sèt poumetas es ournada,
Iéu, touta soula, l'ai broudada !

8.

« Tant que la pourtaras sus tus,
N'auras pas crenta de degus.
N'oublides pas jamai, ma filha,
L'enfant Jésus, fil de Maria. »

9

Pioi me metèt dessus sa man,
Lève las alas, prene van...

7

« Petite robe couleur de corail
Et qui brille comme un miroir ;
De sept pommettes elle est ornée,
C'est moi seule qui l'ai brodée !

8

« Tant que tu la porteras sur toi,
Tu n'auras crainte de personne.
N'oublie jamais, ma fille,
L'enfant Jésus, fils de Marie. »

9

Puis elle me mit sur sa main,
J'ouvre les ailes, je prends l'élan...

Buffèt sus ieu, e soui rintrada
Dins moun oustau, tout encantada !

Elle souffla sur moi, et je suis rentrée
Dans ma maison, tout enchantée.

———

Que de détails charmants dans ce petit poème !
L'ascension de la coccinelle, ou bête à bon Dieu, bête
à la Vierge, sur le bras, le visage de l'enfant divin,
avec cette remarque naïve : *i avié de la sus sa bouqueta;* le bœuf et l'âne admirablement pourtraits dans
leur rôle de protecteurs de la crèche; et cette description de la coccinelle, *Raubeta coulou de coural,* etc.,
où le naturaliste prête au poète son œil habitué à voir
les plus petits êtres. Tout cela est pris sur nature, avec
un sentiment exquis, une simplicité et une bonhomie
vraiment touchantes.

Trois strophes d'un tout autre genre, et que nous
exhumons d'un journal disparu depuis longtemps (*lou
Bouil-Abaisso* du 31 août 1844), se recommandent par
un charme pareil, mais avec des grâces un peu plus
piquantes.

LOU PÈU FOULET OU VOULATIL

A madoumaisela de Gignac, qu'avié dich dau duvet de sa bouqueta :
Acos pas que de pèu foulet ou voulatil.

Coum'es poulida, qu'es braveta !
Que sou brillans, sous dous yoyous !
E coum'es fresca sa bouqueta !
Trove pas res de pu gracious...

LE POIL FOLLET OU VOLATIL.

A mademoiselle de Gignac ; qui avait dit du duvet
de sa bouche mignonne : Ce n'est que du poil follet ou volatil.

Qu'elle est jolie, qu'elle est bravette !
Qu'ils sont brillants, ses deux œuillous !
Et comme est fraîche sa bouchette !
Il n'est rien de plus gracieux...

Vista de faça, ieu l'admire ;
Mais l'aim' òutan dins lou proufil,
Quand fai leva, per lou sourire,
Lou pèu foulet ou voulatil.

Dins un enfant, la bouc' es lissa ;
Dins una vieia, n'ia de crin.
Es a quinze ans que se tapissa
E fai simbel au dieu malin.
L'Amour se troumpa pas sus l'age ;
Lou couquinot es tan subtil,
Que per niza cauzis l'oumbrage
Dau pèu foulet ou voulatil.

Moun Dieu ! s'aquela pastourela
Me prenié per soun bon ami !

Vue de face, je l'admire ;
Mais je l'aime autant de profil,
Quand se dresse, pour le sourire,
Le poil follet ou volatil.

Chez un enfant, la bouche est lisse ;
Chez une vieille, on voit du crin.
A quinze ans, elle se tapisse
Et fait risette au dieu malin.
L'Amour ne se trompe sur l'âge ;
Le coquinet est si subtil,
Que pour nid il choisit l'ombrage
Du poil follet ou volatil.

Mon Dieu ! si cette pastourelle
Me prenait pour son bon ami !

Surtout se n'èra pas cruèla...
Ne trefoulisse de plezi !
Embrassariei moun amigueta !...
Mai, de qu'ai dich dins moun babil !
Se poutenèche sa bouqueta,
l'embroie lou pèu voulatil.

Surtout, si nullement cruelle...
Ah ! j'en tressaille de plaisir !
J'embrasserais mon amiette.
Mais qu'ai-je dit en mon babil !
Si je baisotte sa bouchette,
J'embrouille son poil volatil.

On nous pardonnera d'avoir introduit dans notre traduction française des diminutifs qui nous ont paru indispensables pour rendre quelque chose de la mignardise et de l'harmonie de l'original. Ces échantillons de l'art poétique du savant professeur d'histoire naturelle suffisent pour faire désirer vivement qu'il soit donné suite au projet filial d'une édition complète des œuvres éparses ou inédites du charmant poète languedocien[1].

1. Nos citations sont faites d'après le journal cité pour la seconde pièce, et l'*Armana prouvençau* pour la première. Nous aurions donné le *Pèu voulatil* et le *Nouvé* d'après les manuscrits de l'auteur, en y ajoutant même quelque morceau inédit, sans un contretemps des plus regrettables. Il se trouve, en effet, que les manuscrits de Moquin-Tandon ont été expédiés, par erreur, à celui de ses fils qui est à Saïgon. S'ils en reviennent intacts, nous aurons ainsi un Moquin-Tandon retour des

A Paris même, où Moquin-Tandon fut appelé en
1853 pour succéder au naturaliste Richard à la Faculté de médecine, il n'oublia pas sa chère langue du
Midi. Dès les premiers essais de rénovation provençale, il envoya son contingent annuel, un petit lot
d'anecdotes rimées, plaisantes ou bouffonnes, à l'Almanach des Félibres d'Avignon. Faut-il s'étonner que
ses envois soient si courts? Le contraire serait bien
plus surprenant. Voici, en effet, un aperçu de ses mul-
tiples occupations :

« A Paris, comme à Toulouse, nous dit son biographe des Jeux Floraux, Moquin-Tandon était
l'homme nécessaire des Sociétés savantes. Par le seul
ascendant de son mérite, malgré les rivalités, il fut
nommé président de la Société de Botanique de
France, membre de l'Institut, où il remplaça (en 1854)
son ami le plus fidèle, Auguste de Saint-Hilaire, et enfin membre de l'Académie de médecine.

« Il faudrait parcourir les comptes rendus annuels
de ces diverses assemblées pour avoir une idée de tout
ce que votre confrère y apporta d'études intéressantes,
philosophiques, ou simplement descriptives. C'est un
fait ancien interprété d'une manière nouvelle; c'est un
fait nouveau rapproché des faits anciens; c'est une espèce ou variété animale ou végétale découverte; c'est
une appréciation concise de quelque livre scientifique

Indes. Puisse-t-il s'en trouver aussi bien que les grands crus
du Bordelais!

récent; partout se montre la même riche floraison de
cet esprit universel qui se produit sans fatigue, aussi
bien dans les discussions et aux tribunes des Académies que dans cette multitude infinie de journaux et
de Revues où votre confrère a laissé sur les sujets les
plus variés ses doctes élucubrations... Chargé par la
nature même de ses fonctions d'administrer le Jardin
botanique du Luxembourg, où il occupe une maison,
riant asile de solitude et de travail, ici comme à Toulouse, plus qu'à Toulouse, il préside lui-même au
classement des plantes et au maintien d'un ordre si
nécessaire dans l'étude difficile de ces sciences d'infini
détail. Après ses courses au Muséum où il médite et
s'oublie devant ces immortels débris, réunis par le
génie de Cuvier, il se rend aux séances académiques;
à la Faculté, à la Société d'acclimatation, et c'est pour
lui un vif plaisir de diriger lui-même tous ces essais
hardis, par lesquels on ne se propose rien moins que
d'établir, au sein de Paris, comme une sorte d'exposi-
tion vivante universelle, et de faire ainsi de la France
comme la patrie des espèces et des produits de tous
les pays...

« Au milieu de cette vie unique de travaux solitaires ou publics, il trouvait encore des heures, et
c'étaient les meilleures, les préférées, pour la famille et
pour le bien. »

Moquin-Tandon s'occupait, en effet, dans ses rares
loisirs, de l'éducation de ses trois enfants, et c'est « en
préparant une séance importante pour la Société de

prévoyance des savants, qu'il ressentit les premières
atteintes du mal auquel il devait succomber ». Moquin-Tandon mourut subitement, à Paris, le 15 avril
1863, dans la nuit (et non le 15 février, comme l'in-
dique le dictionnaire Larousse), d'un accès de goutte
remontée au cœur. (Lettre de M. Moquin-Tandon fils,
datée de Toulouse, 23 mars 1886.)

Ainsi s'éteignit prématurément l'homme supérieur
dont nous venons d'esquisser l'œuvre et la vie. Il avait
à peine cinquante-neuf ans.

Quelle est de son œuvre en partie double celle qui
est destinée à lui survivre le plus longtemps? A cette
question, qu'il n'a pas formulée, mais qui semble près
de sa plume, son biographe répond : « La science se
renouvelle avec tant de rapidité, si vite les théories
remplacent les théories, les idées les idées, que s'il ar-
rivait que la postérité ne lût plus les œuvres scientifiques de Moquin-Tandon, on serait toujours heureux
de rencontrer ses *Margaridetas,* ses *Guindouletas* ou
son *Noyer de Maguelonne.* Enfin, il semble nous avoir
légué comme un résumé brillant de sa nature complexe
dans cette œuvre à la fois scientifique et littéraire,
mise au jour après sa mort par le soin pieux de sa famille (*le Monde de la mer,* Paris, 1864), et où Alfred
Frédol nous transporte, par une description aussi
fidèle que poétique, et dans un style pénétré de la
grandeur éloquente du sujet, jusqu'au sein des océans,
pour nous y montrer tout un monde innombrable,
inconnu, tandis que le dessin et la peinture, interpré-

tant sa pensée, en représentent à nos yeux ravis les
formes si étrangement et si splendidement variées. »

Les recueils des *Margaridetas* et des *Guindouletas,* dont il est parlé ci-dessus, seraient assez difficiles à rencontrer, puisqu'ils sont encore inédits. On
n'en connaît que quelques pièces détachées, et c'est
d'après ces spécimens assez rares qu'on peut juger du
talent poétique de notre auteur. Heureusement il est
de ceux auxquels on peut faire un large crédit. La
publication définitive de son œuvre ne sera pas,
soyons-en certains, la banqueroute de sa réputation.
Elle assurera même la survivance à sa renommée de
poète, car, pour nous, ainsi que nous l'avons déjà
constaté dans le cours de ces études, l'œuvre du
poète doit survivre à celle du savant, quelle que soit la
haute valeur de celle-ci. Et cela pour deux raisons,
indépendamment des motifs déjà tirés du renouvelle-
ment incessant des sciences. Non seulement cette
œuvre, comme toute poésie digne de ce nom, émane
directement de l'intime nature de l'homme, elle est
sienne à un degré bien plus profond que ses œuvres
scientifiques, mais encore elle est écrite dans la langue
de son berceau, celle qui frappa, avec le plus de force
et de douce résonnance à la fois, son oreille d'enfant.
Il y a, dans cette dernière condition, une influence
particulière qui ne s'éteint pas, et se lie d'ailleurs à
une autre aussi puissante qu'invisible, celle de la race.

Les influences de race, nous les retrouvons encore
à un haut degré dans le caractère de sa vie et de son

œuvre scientifique. En effet, suivant une remarque déjà faite, mais dont on n'a précisé ni la cause ni la portée, Moquin-Tandon nous a légué l'exemple d'une activité intellectuelle sans cesse en éveil, inaccessible au découragement et à la lassitude morale. Le désespérant « à quoi bon ? » de notre temps, qui aurait dû rester confiné dans les pays d'outre-Rhin, foyer naturel du pessimisme et du rêve, et qui sévit aujourd'hui d'une manière si intense au milieu de nous, ne fut jamais connu de ce cœur ardent, de cette intelligence lucide et nette, où la science et la poésie ne déposèrent jamais que des germes féconds. Élevé à l'école spiritualiste des Barthez et des Lordat, il en avait gardé le goût des synthèses puissantes, que l'étude des infiniment petits de la création ne lui fit jamais oublier. L'esprit d'analyse lui-même, si dangereux quand il est poussé aux extrêmes limites où il est parvenu de nos jours, à ce degré de paroxysme d'un Quincey, d'un Poë et de tant d'autres de leur école, où l'esprit tourne sur lui-même, comme certaines bêtes malades, jusqu'à l'énervement, jusqu'à la folie, jusqu'à la mort, l'esprit d'analyse ne fut point pour lui une source de recherches décevantes, mais le moyen le plus sûr de deviner quelques-uns des secrets de la nature. De bonne heure sans doute il conçut la vie d'après les données de cette vieille formule : *fais ce que dois,* persuadé qu'elle renferme tout ce qui peut tenir de bonheur dans une vie humaine. Le secret désir de pénétrer les origines du monde qui se dérobent sans

cesse, ne dut pas être étranger au savant, au naturaliste; mais il n'eut pas de ce noble souci le tourment
excessif, aigu, lancinant, qui caractérise notre âge
affaibli par les maladies anciennes et diverses de la
volonté. Il se disait probablement qu'il y a dans l'univers une part immense d'inconnaissable, et qu'il faut
se résigner souvent à interroger dans la nuit la Psyché
mystérieuse que trop de jour ferait mourir. Où donc
aurait-il puisé le secret de cette sérénité et de cette
force, si ce n'est dans le fonds toujours jeune de son
sang latin, dans les ressources de sa race latine, éprise
avant tout de réalité, de lumière et de vie ordonnée ?
Cette race accepte les horizons limités que sa vue
embrasse, et qui, grâce à la clarté de son esprit,
comme à la pureté de son atmosphère, sont assez
étendus pour satisfaire à la fois les yeux de son âme et
ceux de son corps. Quand elle ne voit pas Dieu avec
sa raison, elle le sent avec son cœur. Elle n'est pas
plus faite pour le vague sans fin du rêve que pour les
brouillards et les nuages permanents des pays du Nord.
Les divers systèmes de philosophie allemande —
même ceux renouvelés des Grecs, chez lesquels ils ne
poussèrent pas de profondes racines, comme la fameuse doctrine hégélienne du *devenir* — ne convien-
nent pas à son génie, et c'est pour avoir oublié les
conditions vitales de son organisme gréco-latin, pour
s'être trop laissé imprégner de conceptions étrangères,
que la France, en particulier, fut vaincue par les idées,
avant de l'être par les armes. Pour que notre race, en

tant que personne intellectuelle et morale, ne soit pas condamnée à une absorption déshonorante, au mépris de sa constitution intime et de son passé glorieux, que faut-il ? Lui rendre ce qu'avaient à un si haut degré les hommes de la génération de Moquin-Tandon, la conscience de sa propre valeur et la force abolie de sa volonté. Avec ces deux leviers puissants, elle soulèvera le monde germanique qui menace de l'écraser.

A

M. GABRIEL AZAÏS

JACQUES AZAÏS

Maison Quantin.

JACQUES AZAÏS

1778-1856

A la même époque où Moquin-Tandon donnait à la
critique, avec ou sans préméditation, une grande leçon
d'humilité, — en a-t-elle profité beaucoup ? — vivait
à Béziers un homme d'un savoir étendu, qui, après
avoir étudié la médecine, s'était voué au barreau, et
avait eu l'honneur de collaborer avec Carré, le savant
professeur à la Faculté de droit de Rennes, à la continuation du grand ouvrage de Toullier sur le Code

civil[1]. Nous avons nommé Jacques Azaïs. Doué d'une grande activité intellectuelle, il consacra ses loisirs, lorsqu'une maladie de larynx l'eut forcé de quitter la robe d'avocat plaidant, à des recherches sur l'origine des langues, et crut avoir trouvé la langue primitive de l'humanité dans la langue hébraïque, alors en faveur. Il est résulté de ces études considérables un gros volume in-8ᵈ intitulé *Dieu, l'homme et la parole.* Si ces travaux, par suite d'une nouvelle orientation des recherches linguistiques, n'atteignirent pas le but rêvé, ils eurent du moins pour effet de familiariser leur auteur avec les richesses de l'idiome biterrois, qui unit aux mâles sonorités du catalan la grâce et la douceur de la langue italienne.

C'est en 1842 — il avait alors soixante-quatre ans, étant né à Béziers le 9 août 1778 — que Jacques Azaïs réunit en deux petits volumes in-12, en y ajoutant quelques pièces inédites, les vers patois qu'il faisait insérer régulièrement, depuis quelques années, dans un journal de la localité. L'unique lettre X dont il signait ses productions languedociennes ne laissait pas d'intriguer beaucoup autour de lui ; mais le secret

---

1. Les traités du *Prêt,* de la *Contrainte par corps,* des *Transactions,* de la *Constitution de rente* sont de lui. En recevant un de ces traités, Carré lui écrivait : « Le seul embarras que j'aurai sera d'y mettre du nouveau après vous. Nous sommes honorés, M. Toullier et moi, de marcher en compagnie avec vous. » Carré devait, suivant une autre de ses lettres, publier ces traités avec le nom de leur auteur ; ce qui n'a pas été fait.

fut bien gardé, èt l'on ne connut que fort tard le nom
caché sous cette mystérieuse lettre. Pour donner une
idée sommaire et exacte de son œuvre, nous ne pouvons mieux faire que de lui laisser la parole. Voici ce
qu'il disait dans l'avant-propos de la première édition
depuis longtemps épuisée :

Je compte parmi les moments les plus agréables de ma
vie ceux où j'ai fait des vers patois. Ce retour au langage
de ma nourrice m'a donné des jouissances que je ne puis
comparer qu'à celles qu'éprouve le voyageur qui, après un
long séjour dans les pays étrangers, se retrouve au sein de
sa famille.

En m'amusant, j'ai voulu être utile. Mes satires, mes
fables, mes contes, mes stances, mes élégies, forment un
cours de morale à peu près complet. L'épisode de Ruth
donne une idée des mœurs, des usages, de la religion du
peuple d'élite que continuent les peuples chrétiens;
l'hymne pour la nuit de Noël développe le mystère de la
Rédemption, c'est-à-dire le mystère fondamental de la religion chrétienne; et les préceptes tirés de l'école de Salerne
enseignent à ceux qui s'occupent du salut de leur âme et
à ceux qui ne s'en occupent pas, les moyens de conserver
la santé, qui est ici-bas, pour les uns et pour les autres, le
premier des biens.

Le patois languedocien est une langue éminemment
poétique, qui se prête à tous les genres, mais qui semble
faite tout exprès pour le genre satirique. Il est rare que la
langue d'un pays ne soit pas l'expression de la manière
d'être morale de ses habitants. Or l'habitant du Languedoc, et particulièrement l'habitant de Béziers, est gai et
malin de sa nature.

... J'ai trouvé les poètes patois en possession d'une liberté de langage que repousse l'austérité de la langue française. Dans le but de conserver à notre idiome son indépendance primitive, j'ai usé, dans deux ou trois pièces, de cette liberté.

La troisième édition de l'œuvre poétique de Jacques Azaïs, publiée à Montpellier en 1882, sous le patronage de la Société des langues romanes, et qui a été revue et corrigée au point de vue orthographique par son fils M. Gabriel Azaïs, contient plusieurs pièces qui ne figuraient pas dans les premières éditions. Elle est augmentée d'une poésie de Bruno Azaïs, un autre fils de l'auteur, mort en 1877, qui célèbre, dans une langue et avec un tour d'esprit offrant des analogies frappantes avec les pièces paternelles, l'inauguration de la statue de Pierre-Paul Riquet à Béziers. Cette statue du grand Français du XVIIe siècle, l'un des chefs-d'œuvre de David d'Angers, est due surtout à la générosité de l'illustre artiste, qui ne voulut aucune rémunération pour son travail; mais elle est due aussi à l'activité de Jacques Azaïs, aidé de la Société archéologique, qu'il avait contribué à fonder et qu'il présida toute sa vie.

Jacques Azaïs, comme il nous l'apprenait lui-même tout à l'heure, a abordé tous les genres. La satire fut souvent son domaine, et il y montra des qualités peu communes, qui, développées en de plus hauts sujets, auraient pu faire de lui un Juvénal languedocien.

Il s'est contenté d'exploiter les thèmes locaux qu'il

VUE DE BÉZIERS

Maison Oriandu

connaissait à fond ; aussi la société biterroise de son temps s'y reflète comme dans un miroir. Les peintures énergiques n'y manquent pas. Le conte plaisant et rabelaisien a été marqué aussi de son empreinte particulière. Celui qui termine la satire VII : *lous Homes e las Femnos del temps passat,* peut être cité comme un chef-d'œuvre dans le genre scatologique. Celui du *Lavamen,* dont la donnée a été souvent exploitée, entre autres, par Diouloufet (Voy. *l'Hueilh de vere, Contes,* p. 330), a droit à une mention des mieux senties. Si on lit encore *lou Factotum del curat de Capestang, lou Mariage nul, lou Pistre de Pecherrier* et quelques autres, on conviendra sans peine qu'il y avait, en ce temps-là, de bons jours pour le rire et la franche gaieté.

Nous sommes heureux de pouvoir citer en entier, comme pièce inédite de notre poète, une imitation d'un ancien conte que nous intitulerons :

LOUS TRES HABITS

Certain predicatou, qu'a Mountpelié passabo,
Et qu'y dounèt quaouques sermous,
Ambé tant d'eloquénso et dé calou parlabo
Qué lou cor et l'esprit a la fés entrenabo
De sous noumbrousés aouditous.

Sus l'aoumorno un mati prexabo[1],

Et tant claromén demounstrabo

Qué lou qué dous habix gardabo,

Tandis qué d'un habit un soul paouré manquabo,

Ero dannat coumo un clabèl,

Qu'un bourgés, boun israelito,

Ba trouba sa fenno de suito,

Et, lou cor tout nabrat, l'y dis, la larmo a l'èl :

« S'èri mort dématis, sério dannat pecaire,

Car dénpèi que soï maridat

Pèqui contro la caritat.

Ai tres habix dount n'ai pas rés a fairé,

Et, faouto d'un habit maï d'un paoure es jalat ;

Lou predicatou m'a proubat

Qué, de lous qu'aï de trop cal bite me défaïré,

Per qué l'indigént, qu'és moun fraïre,

Ambé so qu'ai dé trop sègué léou recatat ;

Porto mous tres habix tout de suito al curat :

---

1. La lettre *x* était employée par l'auteur pour remplacer le *ch*, *prexabo* pour *prechabo* ou le *ts* à la fin des mots : *habix* pour *habits* qu'on prononce habitch. La préoccupation de trouver une lettre unique pour rendre diverses prononciations, produisait ainsi l'arbitraire et la fantaisie chez nos anciens auteurs. Ils auraient dû cependant prendre leur parti de cette impossibilité et écrire, sans tenir compte de la prononciation, absolument comme en français, où les mêmes lettres dans un même mot ont un son différent, ex. : *entretien* où l'e a trois sons différents, pour ne citer que le premier venu parmi des milliers.

Une autre erreur de cette époque était de figurer les diphtongues *au, ou, eu,* par *aou, oou, eou,* alors que l'exemple des langues catalane, italienne et castillane aurait dû indiquer la véritable orthographe.

Faguén nostre salut; n'abèn pas d'aoutre affaïre.
« Aquo béirén, l'y respon sa mitat ;
Lou qué lou darnié t'a parlat
Es toujour aquél que te gagno,
Et pla soubén te fas uno mountagno
De so que n'es pas rés. Dinno mé, se te plaï,
An lou predicatou la caouso esclarciraï,
Après dinna sans faouto lou béiraï,
Et quand amb'él mé séraï rasounado,
Tous habix, s'és dé dréx, al curat pourtaraï. »

A péno la taoulo es plegado,
Qu'après s'èstre un paouc harnéscado,
Co dél prédicatou la bourgéso courris,
Mais trobo la porto tancado ;
Tusto ; lou douméstico oubris.

LOU DOUMÉSTICO.

Cal demandas ?

LA BOURGÉSO.

Moussu.

LOU DOUMÉSTIÇO.

Moussu n'és pas bisiblé.

LA BOURGÉSO.

Fasès-me l'y parla, soï pressado.

LOU DOUMÉSTICO.

Impoussible !

LA BOURGÉSO.

Es dounc fort occupat.

LOU DOUMÉSTICO.

Es a taoulo. .

LA BOURGÉSO.

Attendraï.

LOU DOUMÉSTICO.

Mais dos houros aoumens y resto.

LA BOURGÉSO.

Tournaraï

A quatr' houros.

LOU DOUMÉSTICO.

Mardi, né préngués pas la péno.
Sou pér lou méns uno douxeno
Qu'amb'él bénou de s'ataoula.
Quand aouroou finit de dinna,
Jougaroou l'escartat, la bourro, la quatréto,
Riroou, béouroou de pounx, toucaroou l'anidéto,
Jusqu'al moumén de se couxa.
De bèi poudès pas l'y parla.

LA BOURGÉSO.

Pèr un homé de Dious qué prexo l'abstinénso,
L'abnégatiou, la pénitenso,
Toun mèstre a soun aise ou prén pla.
Mais anfin tournaraï dema.

LOU DOUMÉSTICO.

Béngués pas trop mati, car, las de la besprado,
Cal que moussu, per se paousa,
Dourmigue un paouc la matinado.
La bourgéso, lou lendema,
Co dél predicatou torno se présénta.

CLOÎTRE DE SAINT-NAZAIRE DE BÉZIERS

P. Moisou sc

« Intras, l'y dis lou doumestico ;
Dins un móumen moussu ba dabàla :
Ero soúrtit tout aro, aro bén de rintra,
Et xanjo amoun d'habit pér s'én ana dinna
 Co dél douyén dé la fabrico. »

LA BOURGÉSO.

Ah ça ! badinan pas, toun mestre a dous habix !

LOU DOUMÉSTICO.

N'a bé trés, se bous plaï, plà fis et plà poulix.

LA BOURGÉSO.

Toun mestre a tres habix ! N'ai pas rés a l'y diré ;
Souetos y lou boun jour. — En se créban de rire,
 La fenno torno a soun louxis,
 A soun home conto l'affaïré,
L'y fa souna pla naout lous trés habix pla fis,
Lou dinna, l'aniseto ; et, sans insista gaïre,
 De sous scrupulles lou gueris.

 Es d'aqui que bén, m'és abis,
Qué lous sermous foou pas lou fruit que deourioou faïre ;
La paraoulo edifio, et l'éxémplé destruis.

LES TROIS HABITS

Certain prédicateur, passant à Montpellier,
 Par des sermons d'une habile ordonnance

Un grand public savait édifier ;
Il parlait avec tant de chaleur, d'éloquence
Qu'il charmait à la fois les esprits et les cœurs
De ses très nombreux auditeurs.

Prêchant un matin sur l'aumône,
Si clairement il démontrait
Que si deux habits l'on gardait,
Tandis que d'un habit un seul pauvre manquait,
Quel que soit le motif qu'on donne,
On serait bel et bien damné,
Qu'un bourgeois, bon israélite,
Va trouver sa femme de suite,
Et, le cœur tout navré, larme à l'œil, lui débite :
« Mort ce matin, j'étais damné,
Car, depuis notre hymen, contre la charité
Je péchais, las ! en vérité.
J'ai trois habits, dont je n'ai rien à faire,
Et, faute d'un habit, plus d'un pauvre est glacé.
Le prédicateur m'a prouvé
Que de mes trois habits il fallait me défaire,
Pour que le malheureux, mon frère,
Avec mon superflu fût bientôt habillé.
Porte mes trois habits tout de suite au curé :
Faisons notre salut; c'est là l'unique affaire. »
— Nous verrons, nous verrons, lui répond sa moitié;
Celui qui te parle en dernier
Est toujours celui qui te gagne,
Et tu te fais une montagne
D'un rien. Vite, fais-moi le plaisir de dîner.
Avec le sermonneur j'éclaircirai la chose,
Après dîner sans faute le verrai,

Et quand je connaîtrai sa glose,
Tes habits, s'il le faut, je les lui porterai. »

La table à peine desservie,
D'un bout de toilette embellie,
Chez le prédicateur la bourgeoise accourait.
Porte close. — Elle frappe. Un serviteur paraît.

LE DOMESTIQUE.

Vous demandez?

LA BOURGEOISE.

Monsieur.

LE DOMESTIQUE.

Monsieur n'est pas visible.

LA BOURGEOISE.

Laissez-moi lui parler, le temps presse.

LE DOMESTIQUE.

Impossible.

LA BOURGEOISE.

Il est donc en affaire?

LE DOMESTIQUE.

A table.

LA BOURGEOISE.

J'attendrai.

LE DOMESTIQUE.

Deux heures pour le moins !

LA BOURGEOISE.

Eh bien ! je reviendrai

Vers quatre heures.

LE DOMESTIQUE.

Mordieu ! n'en prenez pas la peine.

Ils sont au moins une douzaine

A peine en train de s'attabler.

Quand sera fini le dîner,

Ils joueront l'écarté, la bourre, la quatrète,

Riront, boiront du punch, prendront de l'anisette

Jusqu'au moment de se coucher.

Impossible aujourd'hui de compter lui parler.

LA BOURGEOISE.

Pour un homme de Dieu qui prêche l'abstinence,

L'humilité, la pénitence,

Ton maître aisément le prend bien.

Mais, soit ! je reviendrai demain.

LE DOMESTIQUE.

Bon !... Ne venez pas trop matin,

Car, un peu las de la soirée,

Pour se reposer du festin,

Monsieur devra dormir la grasse matinée.

La bourgeoise, le lendemain,

Accorte, et le cœur sur la main,

Chez le prédicateur de nouveau se présente.

Le serviteur, mine indolente :

« Vous voilà ! vous pouvez entrer,

Lui dit-il, monsieur va descendre

Dans un instant; sans trop attendre,
Vous allez enfin lui parler.
Il était bien sorti, mais il vient de rentrer,
Et là-haut d'habit va changer,
Pour s'en aller incontinent dîner
Chez le doyen de la fabrique. »

LA BOURGEOISE.

Ah çà ! nigaud, crois-tu de me faire la nique ?
Ton maître aurait donc deux habits ?

LE DOMESTIQUE.

Dites trois, s'il vous plaît, et fins et bien jolis.

LA BOURGEOISE.

Trois habits ! trois habits ! — Je n'ai rien à lui dire;
Donne-lui le bonjour. Et, se tenant de rire,
La femme revient au logis,
A son mari conte l'affaire,
Faisant sonner bien haut les trois habits jolis,
Le dîner, l'anisette, et voit, sans tarder guère,
Ses scrupules évanouis.

De là vient, à mon humble avis,
Que sermons restent vains et ne donnent bon fruit,
Comme en terre aride sèmence;
Ce qu'avait bâti l'éloquence,
L'exemple mauvais le détruit.

Dans un genre moins badin, mais on ne peut plus
gracieux, avec une pointe d'émotion qui donne une

note sentimentale, peut-être unique dans toute
l'œuvre, nous devons citer encore les vers délicieux :
A m'Amigo, « à mon amie », qu'on pourrait rapprocher
du charmant portrait de la grisette biterroise, — race
disparue, — au début de la première satire. Dans une
anthologie languedocienne, ces morceaux et quelques
autres auraient leur place marquée à côté des meilleures productions de la Muse méridionale. La pièce
A m'Amigo a des affinités particulières, comme grâce
d'expression et délicatesse de sentiments, avec la jolie
pièce de Fabre d'Olivet : *le Retour d'Eliz.*

Disons encore, à l'honneur de Jacques Azaïs, que
c'est sous sa présidence, et probablement sur sa pro-
position, que la Société archéologique de Béziers éta-
blit, en 1838, les premiers concours qui aient existé
dans le Midi en l'honneur de la poésie languedocienne. Ces concours n'ont pas été sans influence sur
la renaissance des lettres provençales. La plupart des
poètes qui sont devenus plus tard des maîtres félibres
ont reçu le rameau d'olivier en argent, qui était et est
encore le prix de la meilleure poésie en langue néo-
romane. Dès 1836, notre poète traduisait en biterrois
l'un des premiers chants de celui qui devint le félibre
des *Oubreto,* et qui n'était alors, suivant sa propre
expression, que *l'escoulan sounjarèu,* « l'écolier rê-
veur, » de Saint-Remy. C'est donc au premier rang des
Précurseurs que Jacques Azaïs a le droit de figurer, tant
par ses œuvres personnelles que par l'influence qu'il a
exercée dans sa ville natale et dans tout le Midi.

Comme Martin, de Montpellier, comme Diouloufet, d'Aix, il avait eu, lui aussi, le projet de faire le
Dictionnaire de la langue qu'il connaissait si bien, et
il avait réuni des matériaux considérables pour ce
travail, quand la mort vint l'arracher à ses études, le
20 octobre 1856. Son fils aîné, M. Gabriel Azaïs, héritier de son double talent de poète et de linguiste, a
repris, sur de nouvelles bases, l'œuvre paternelle, et a
produit le Dictionnaire connu, qui est l'une des plus
importantes publications spéciales de la Société des
langues romanes de Montpellier.

A

M. DE FIRMAS-PÉRIÉS

LA FARE-ALAIS

Maison Quantin

LE MARQUIS DE LA FARE-ALAIS

1791-1846

Voici un écrivain, un poète des moins connus peut-
être en dehors de son pays natal, et l'un de ceux qui
mériteraient le plus de l'être. Sa gaieté franche et sincère, aiguisée parfois d'une pointe d'humour et de
légère satire, fait du Marquis de La Fare-Alais un des
meilleurs disciples du joyeux curé de Celleneuve, le
populaire abbé Favre, dont il n'a pourtant ni l'exubé-
rance comique, ni la verve grossière, ni l'amertume
qui point sous le rire. D'autre part, son émotion com-

municative, son exquise sensibilité, la largeur sereine
de son inspiration le rapprochent du grand poète
agenais.

Les mêmes qualités d'érudition aimable et de facile poésie, qui donnèrent une originalité rare et
piquante aux œuvres d'Azaïs, se retrouvent également
chez notre poète. Autre point de ressemblance avec
le conteur biterrois : c'est à un journal d'Alais que
M. de la Fare donna d'abord ses poésies languedociennes. Elles eurent un tel succès qu'on dut bientôt
les réunir en volume, et ce succès était si peu épuisé
à la mort de l'auteur, en 1846, qu'on put en faire,
cinq ans après, une édition complète grand in-8°,
augmentée de notes nombreuses et d'un glossaire
précieux.

De bonne heure, notre poète s'était appliqué à
régénérer l'idiome cévenol qui devait servir d'instrument à sa pensée, et malgré quelques formes corrom-
pues dont il a usé, comme par mégarde, on peut dire
qu'il a pleinement réussi dans sa tâche.

Le Marquis de la Fare-Alais était de la même
maison que l'ami et le rival de Chaulieu. Il avait hérité
de ce spirituel ancêtre quelque chose de son esprit et
de sa grâce facile à manier le vers français, car il cour-
tisait à la fois et dans la même feuille nos deux
Muses nationales. Après s'être retiré du service
en 1818, et fixé par son mariage, l'année suivante,
au château de Lacoste (commune de Saint-Martin-
de-Valgalgues, arrondissement d'Alais), où il était né

le 16 novembre 1791, le Marquis de La Fare occupa
ses loisirs au culte des lettres. Le pays raïol et cévenol, dont il a eu le soin de marquer les limites pré-
cises dans une de ses notes [1], avec leurs populations
mêlées de montagnards, de conducteurs de bestiaux
(toucadous) et de pâtres, de mineurs et de citadins,
fournissait abondamment à sa verve comique de
nombreux types à croquer. Mais comme c'était un
homme de cœur, d'esprit sage et de vie tranquille, la
satire ne dépasse point certaines bornes ; l'émotion
aussi ne perd pas ses droits dans son œuvre, et la flexibilité de son talent se joue en des sujets très divers.

C'est ainsi qu'entre ces deux éclats de rire qui s'appellent la *Fieiro de San-Bourtoumieu,* « la Foire de
Saint-Barthélemy, » où grouille une foule si bruyante,
si variée, si pittoresquement dessinée d'après nature,
et *Scarpou,* amusant récit d'une farce villageoise du
vieux temps, nous sommes doucement émus par le
mélancolique tableau de la Fête des morts, *la Festo
das morts.*

1. Le Raïol est l'habitant des vallées et des versants méridionaux de la Lozère jusqu'à Alais, qui lui sert de limites au
midi, et jusqu'à Saint-Ambroix au levant. Ce nom est une con-
traction du surnom de royaliste qui lui fut donné dans les
guerres de la Ligue, parce qu'il embrassa le parti du roi
Henri IV. On ne doit pas confondre le pays raïol avec le pays
cévenol, dont il n'est qu'une subdivision. Celui-ci, outre la
contrée raïole, comprend la ville d'Alais sans la dépasser au
midi, toute la partie nord et ouest de son arrondissement et
l'arrondissement du Vigan tout entier.

Aime, quand l'ivèr pounchejo,
Lou vèspre de la Toussan,
E que l'auro-d'aut coussejo
La fielheto, que caulejo
Lou jalibre acoumençan ;
Quand la terro se despolho
De sa verdou, de sa joio ;
Quand, souleto a soun cantou,
La floureto sans familho
Que dins la muralho brilho,
Dau sourel regordo filho,
Guèto soun darié poutou ;

Quand l'auquo caminarèlo
Quitan soun causse estiven,

J'aime, quand l'hiver point,
Le soir de la Toussaint,
Et que la bise chasse
Les feuilles, que les plantes sont brûlées
Par le givre commençant ;
Quand la terre se dépouille
De sa verdure, de sa joie ;
Quand, seulette dans son coin,
La fleurette solitaire
Qui brille dans la muraille,
Du soleil fille tardive,
Guette son dernier baiser ;

Quand l'oie voyageuse
Quittant son causse estival,

D'un cris raufelous rampèlo
.Soun batalhoun qu'atroupèlo
En cougné, cronto lou ven;
Quand das loups l'ièl estelejo;
Quand lou grelhé cascalhejo,
.Hiverna dins lou bournal;
Quand s'alongo la velhado;
Quand la familho, avivado
Pèr la trempo e l'afachado,
Fai round al tour dau cremal;
De la luno entreboulido
Quand l'argen semblo d'estan;
Quand la suito, que s'aublido,
Dau clouquiè s'enfuch e crido;
Quand l'angelus fai tan-tan;

De son cri rauque rappelle
Son bataillon qu'elle forme en troupe
Comme un coin, contre le vent;
Quand des loups l'œil étincelle;
Quand le grillon bavarde,
Hiverné dans le cendrier (du four);
Quand la veillée se prolonge;
Quand la famille, ravivée
Par la piquette et les châtaignes (rôties),
Fait le cercle autour de la crémaillère;
De la lune rendue trouble
Quand l'argent semble de l'étain;
Quand la chouette, qui s'oublie,
Du clocher s'enfuit et crie;
Quand l'angélus fait tan-tan;.

A l'ouro que la prièro
Fai rintra dessouto terro
Toutes lous esprits d'enfer,
Lou fantasti troublo-fèsto,
E lou gripé cambo lesto,
E la roumèquo sans testo,
Coussejas pèr un pater;

Quand soul dins moun ermitage,
Caufe mous pès endourmis
Pèr l'ivèr que fai tapage,
Un pauc pèr l'ivèr de l'age,,
En raivan de mous amis :
De mous amis que, pecaire !
Lou voulan dau grand segaire
Esclairis a moun entour :

A l'heure où la prière
'Fait rentrer dessous la terre
Tous les esprits de l'enfer,
Le fantasti trouble-fête,
Et le gripé jambe leste,
Et la roumèque sans tète,
Pourchassés par un pater;

Quand seul dans mon ermitage,
Je chauffe mes pieds endormis
Par l'hiver qui fait tapage,
Un peu par l'hiver de l'âge,
En rèvant de mes amis :
De mes amis, hélas !.
Que la faux du grand moissonneur
Éclaircit à mon entour :

Aime alor, aime aquelo ouro,
Mounte la campano plouro,
Coumo la veuso tourtouro,
Tan lèu que falis lou jour...

J'aime alors, j'aime cette heure
Où la cloche, la cloche pleure
Comme la tourterelle veuve,
Dès que le jour disparaît...

Quelle douce tristesse! Et comme, en se prolongeant sur ce mode plaintif, elle se communique à notre âme par toutes les affinités intimes et secrètes qui ramènent aux morts la pensée des vivants!

Mais c'est là une heure sombre, bientôt envolée. La gaieté, plus souvent, nous convie à ses fêtes, et si, parfois encore, avec les esprits fantastiques, tels que le *Gripé,* sorte de lutin familier du pays, le *Puck* cévenol, ou bien la *Roumèquo,* un horrible monstre, ou d'autres génies légendaires, nous côtoyons les cercles dantesques, ce n'est que par exception. De gaies visions, des apparitions charmantes et vivantes traversent même les plus noirs tableaux, comme celle-ci :

Mounte vai, la jouino Glaudino ?
Mounte vai, sa dourquo a la man ?

Où va-t-elle, la jeune Claudine ?
Où va-t-elle, sa cruche à la main ?

Coumo se ris, coumo badino,
Alisquan sa flequo bloundino,
Pèr la voto dau lendeman !
La desemboulho embé las puios
De sous cinq detés arroundis ;
E de tras-sas dos tempos bluios,
D'un viro-col las sapartis.
E piei, sa maneto bagnado
D'uno escupagnouso poumado
Dessus soun fron ven l'estira ;
En double trachèl la courdèlo,
E sus soun aurelho, en roudèlo,
Coumando soun crouqué daura.

Es poulido ; mais ou vòu veire.
Es poulido ; mais pèr s'en creire,

Comme elle se rit, comme elle badine,
Lissant sa chevelure blondine
Pour la fête du lendemain !
Elle la démêle en faisant un peigne
De ses cinq doigts arrondis ;
Et en arrière de ses tempes bleues,
D'un ruban elle les sépare.
Puis, sa menotte mouillée
De salive en guise de pommade,
Sur son front elle l'étire ;
En double bandeau elle la noue,
Et sur son oreille, en rouleau,
Elle attache son crochet doré.

Elle est jolie ; mais elle veut le voir.
Elle est jolie ; mais pour s'en croire,

A besoun de se roudilha.
E, lou roujé sus sa ganteto,
Ven queta, dins chaquo founteto,
Un gourgué pèr se miralha.

Elle a besoin de se regarder.
Et, le rose sur sa joue,
Elle vient quêter, à chaque source,
Un petit bassin pour se mirer.

La jolie enfant court à sa perte : *Lou Basali,* « Le Basilic, » l'attend dans sa grotte profonde, où l'imprudente croit pouvoir le charmer et le vaincre.

Ce Basilic ressemble beaucoup, malgré son air fantastique, à d'autres monstres plus réels, et la jeune Claudine paraît bien de la famille des grandes coquettes de village, de celles que le héros de Gelu, *Nouvè Grané,* Noël Granet, dans son voyage à Paris, retrouve mourante à vingt ans sur un lit d'hôpital, et dont la triste fin lui arrache d'éloquents cris de douleur.

La pièce d'où nous avons tiré le charmant portrait de Claudine est dédiée à Jean Reboul, le poète-boulanger de Nîmes, que Lamartine salua, on s'en souvient, de ces beaux vers des *Harmonies : le Génie dans l'obscurité.* Le poète dont la délicate inspiration de *l'Ange et l'Enfant* fera vivre le nom dans la mémoire des hommes, nous apparaît là comme un des patrons de l'œuvre languedocienne de La Fare-Alais. Nous n'en sommes point étonné, car Jean Reboul, tout en

ayant donné ses préférences à la Muse française, ne
dédaignait point sa sœur Nîmoise, et il a laissé
quelques chansons dans ce dialecte. C'est encore lui
qu'on retrouve plus tard, au seuil du félibrige, donnant
à Mistral, Roumanille, Aubanel l'accolade sympathique, et y joignant, à la façon d'un vieillard d'Homère, les plus sages conseils. Voici donc les paroles
que notre poète fait sortir de la bouche même de
Reboul, et le joli commentaire qui les suit :

A JEAN REBOUL

M'as di : « Fai revieura ta lengo matèrnèlo
    Que s'escrafo e s'apouridis ;
Seuclo, desbrousso-la de la mousso nouvèlo
    De soun franchiman mescladis.
Dessouto aquel rouvil la pensado s'endéquo,

A JEAN REBOUL

Tu m'as dit : « Fais revivre ta langue maternelle
    Qui s'efface et se décompose ;
Sarcle-la, débroussaille-la de la mousse nouvelle
    Du français qui vient s'y mêler.
Sous cette rouille la pensée s'appauvrit,

PORTE D'AIGUES-MORTES

F. Meurion sc.   Maison Quantin

« E lou pouetique calieu,
Abessi dau cendras que l'amato e lou séquo,
   Mouor sans baiuerno e sans elieu.
Quand noôtes viêls, daù soun de lus amo ferado,
   Fasièn sourti de fiers perpaus ;
Quand, la prunello en fio, la man drecho barado
   Sus lou manche de lus destraus,
Sinnavou de lus sang un seramen sauvage,
   Seramen d'amour ou de mort,
Anavou pas de vers Paris, lou gran vilage,
   Manleva soun parla retors. »

T'escoutave : e ta voues, coumo uno bouno fado
   Que, de sa ginguèlo daurado,
   En diaman chanjo lou caiau,

« Et le poétique brasier,
Pâlissant sous la cendre qui le couvre et l'éteint,
   Meurt sans bluette et sans éclair.
Quand nos anciens, du fond de leur âme de fer,
   Faisaient jaillir de fiers propos ;
Quand, la prunelle en feu, la main droite fermée
   Sur le manche de leurs haches,
Ils signaient de leur sang un serment sauvage,
   Serment d'amour ou de mort,
Ils n'allaient pas à Paris, le grand village,
   Emprunter son parler retors. »

Je t'écoutais : ta voix, comme une bonne fée
   Qui, de sa baguette dorée,
   En diamant change le caillou,

De mous ressouvenis venguè, dins ma cervèlo,
     Dereveľha la cantarèlo.
    Talo, quand soun bendèu nouviau
Reparei a soun ièl, la veuseto abourido
     Enten uno voues que li crido
     Soun premiè revelhè d'amour ;
Tal, quand m'as fa drinda lou cascavel qu'aimave
     E qu'as premiès pas qu'ensajave
     Serviguè longtems de tambour,
Das councerts aublidas l'acord se derevelho ;
     Lou passat siblo a moun aurelho
     D'aqueles airs que fan raiva ;
D'aqueles airs dau ciel qu'en pantaisan l'on trovo,
     E que Fabre de Celonovo
     Soul, sans dourmi, pouguet trouva.
La lengo qu'a lou mai de prusé pouetiquo,

De mes ressouvenirs vint, dans ma tête,
     Réveiller la chanterelle.
     Telle, quand sa couronne nuptiale
Reparaît à ses yeux, la veuve abandonnée
     Entend une voix qui lui crie
     Sa première aubade d'amour ;
Tel, quand tu m'as fait sonner le hochet que j'aimais
     Et qui, à mes premiers pas essayés,
     Servit longtemps de tambour,
Des concerts oubliés l'accord se réveille ;
     Le passé siffle à mon oreille
     De ces airs qui font rêver ;
De ces airs célestes qu'en songeant l'on trouve,
     Et que Fabre de Celleneuve
     Seul, sans dormir, a pu trouver.
La langue qui a le plus de flamme poétique,

La lengo qu'es touto musiquo
Pér quau sent la fam de rima,
Es la qu'on barboutis, efan, a la brassièiro ;
Es aquelo que, la premieiro,
Nous apren a dire : mama !

La langue qui est toute musique
Pour qui sent la faim de rimer,
Est celle qu'on bredouille, enfant, à la brassière ;
C'est celle qui, la première,
Nous enseigne à dire : maman !

Aussi le poète nous raconte-t-il ses souvenirs d'enfance avec un plaisir extrême, qu'il a l'art de nous
faire partager, comme dans *l'Habi de Sagati,* « l'Habit
de laine et filoselle, » et que nous voudrions bien communiquer à nos lecteurs. Mais nos veillées sont moins
longues qu'en pays cévenol, dans cette saison surtout
de la récolte des châtaignes, qui a donné son nom à
l'œuvre collective de notre marquis. *Las Castagnados,*
c'est la saison propice où les conteurs et les conteuses
populaires égrènent leur chapelet d'histoires, comme
dans les « séries de France, les siètes d'Artois, les es-
criènes de Haynau[1] » ou les Escraignes dijonnoises.
Là se donnent libre carrière les contes de sorciers et
de lutins dont le poète a noté, d'une amusante façon,
les bons ou les mauvais tours :

1. Les *Évangiles des quenouilles,* édit. P. Jannet, p. 103.

Quand, sus la fi de la velhado,
De la coumpagno estrasulhado
Lou pichot-ome clausis l'ièl ;
Quand l'aguialas, lou casso-nieiro,
Fai ressounti la cheminieiro ;
Quand lou pus jouine e lou pus viel
Se sarou pus près de la braso,
Qu'a beles-paus panlis, s'escraso
E s'amato dins lou cendras ;
Quand la jouve, embé soun fringaire,
D'amour se parlou pas pus gaire
E soumilhejou bras a bras ;
Se, tout d'un co, de la cousino
Lou pousta negre tambourino ;
Se vesou l'estanhè toumba,
La liquofroio que se dourdo

Quand, sur la fin de la veillée,
De la compagnie accablée de sommeil,
Le petit homme ferme les yeux ;
Quand l'aquilon, le chasse-puces,
Fait retentir la cheminée ;
Quand le plus jeune et le plus vieux
Se serrent plus près de la braise,
Qui peu à peu pâlit, s'écrase
Et s'affaisse sous la cendre ;
Quand la jeune fille, avec son amoureux,
D'amour ne se parlent plus guère
Et sommeillent bras à bras ;
Si, tout d'un coup, de la cuisine
Le plancher noir tambourine,
S'ils voient le vaisselier tomber,
La lèchefrite qui se heurte

Embé la padèlo e l'embourdo,
Coumo tres vielhos au sabat ;
Las femnos fan : Au nom du Pèro !
Las filhos se sarou dau pèro,
Escampan fialouso e vertél ;
Lous omes, raço pus guerrieiro,
Restou muts, dessus lus cadieiro,
Clavelas pèr lou gran de mél.

« De qu'es acò ! Belèu lou grand Dieu dau tounerro
Ven, de sous vièls gafous, dessabranla la terro ;
Belèu, soun anjou ven, mounta sus l'aguialas,
De nostes viels pecats laura lou gramenas ;
Belèu... » N'agués pas pòu, familheto raiolo !
Lou bon Dieu n'es trop bo pèr vous planta la piolo ;

Avec la poêle et le tamis,
Comme trois vieilles au sabbat ;
Les femmes font : Au nom du Père !
Les filles se serrent près du père,
En jetant quenouille et fuseau ;
Les hommes, race plus guerrière,
Restent muets, sur leur chaise,
Cloués par le grain de millet (l'effroi).

« Qu'est cela ? Peut-être le grand Dieu du tonnerre
Vient-il, de ses vieux gonds, arracher la terre ;
Ou son ange qui vient, monté sur l'aquilon,
De nos vieux péchés labourer le champ stérile ;
Peut-être... » N'ayez pas peur, famille raïole !
Le bon Dieu est trop bon pour vous planter la hache ;

Se voulhè, de bos sec, garni soun fougueirou,
Chez lous rèis e lous grans ne troubariè be prou.
Aquel'rabaladis, que vous fai escarnaisse,
Vous ven pas de tant naut; l'efan que ven de naisse
Es pas pus inoûcen que lou picho Satan
Que fai pèr s'amusa dansa vosto sartan.

     Nascu dins las Cevenos,
     Pas pus bèl qu'un tapé,
     N'a pas rés, dins sas venos
     De las dannados menos :
     Soun noum es lou Gripé.

S'il voulait, de bois mort, garnir son foyer,
Chez les rois et les grands il en trouverait assez.
Ce tintamarre, qui vous donne chair de poule,
Ne vous vient pas de si haut; l'enfant qui vient de naître
N'est pas plus innocent que le petit Satan
Qui fait pour s'amuser danser votre poêle.

     Né dans les Cévennes,
     Pas plus haut qu'un petit bouchon,
     Il n'a rien dans ses veines
     Des espèces damnées ;
     Son nom est le Gripé.

Si, quittant un lutin qui, à l'exemple de la reine
Mab, « tresse, la nuit, la crinière des chevaux », mais
« ne durcit pas dans les poils emmêlés ces nœuds ma-
giques qu'on ne peut débrouiller sans encourir mal-

heur[1] », nous suivions notre conteur à la grotte des fées, *La Baumo de las Fados,* nous assisterions à des scènes charmantes, nous verrions se dérouler des tableaux mouvementés, pleins de grâce et de fraîcheur. Le poète a mis là le meilleur de son talent de paysagiste, au coloris fin et délicat d'ordinaire, mais avec des vigueurs soudaines qui s'enlèvent magistralement sur un fond tranquille et pur. Les amours d'Almüeïs et du Gardon, la transformation de la fée en hirondelle pour épier et surprendre son amant soupçonné d'infidélité, sa fureur et sa vengeance quand elle a découvert sa rivale, sa condamnation par le Grand Conseil des Fées, et sa punition exemplaire qui sert d'explication aux légendes du pays, tous ces épisodes, toutes ces péripéties forment autant de scènes d'un petit drame poétique plein d'intérêt, de couleur et de vie.

Voyez venir les Fées à leur Grand Conseil dans ces divers et mignons appareils que la fantaisie charmante d'un Shakespeare a créés, et dont notre poète a su tirer, même après son inimitable devancier, d'originales inventions :

> Quand l'ouro piquo, a bellos unos,
> Lou fadejaire tribunal

> Quand l'heure sonne, une par une,
> Le féerique tribunal

1. Shakespeare, *Roméo et Juliette,* sc. IV. Traduction de François-Victor Hugo.

Se ramasso : quau a chival
Dessus un parpalhou qu'areno
Emb' un pèu de sa bloundo treno ;
Quau a ped, boufan, souspiran,
Lasso coumo lou Juif-errant,
Panardejan sus sa crousseto ;
L'autro dedins un carroùsseto
D'un cruvel d'iòu de passerous
Rabalat pèr iuè fanfarous ;
L'autro chivauquo, panlo e bruno,
Sus un das raiouns de la luno ;
Uno autro enfin toumban dau cièl,
Coumo lou sant anjou Grabièl,
Per mouien d'aletos de gazo.
N'ia tant que la salo n'es raso...

Se rassemble : qui à cheval
Sur un papillon dont la bride
Est un cheveu de sa blonde tresse ;
Qui à pied, soufflant, soupirant,
Lasse comme le Juif-errant,
Et boitant sur sa béquille ;
L'autre dans un mignon carrosse
D'une coquille d'œuf de passereau
Traîné par huit hannetons ;
L'autre chevauche, pâle et brune,
Sur un des rayons de la lune ;
Une autre enfin tombant du ciel
Comme le saint ange Gabriel,
Au moyen d'ailettes de gaze.
Tant il en vient que la salle en est comble...

« Son chariot (de la reine Mab) est une noisette

vide, taillée par le menuisier écureuil ou par le vieux
ciron, carrossier immémorial des fées. » C'est charmant. Mais se peut-il aussi quelque chose de plus léger, de plus aérien, presque de plus impalpable, que
cette coquille d'œuf de passereau attelée de huit hannetons, des *fanfarous,* nous dit le Languedocien, faisant bruire à notre oreille leur bourdonnante fanfare?
Et ce papillon bridé d'un fil de tresse blonde? Et ces
ailettes de gaze prises au dos, tout simplement, du
saint ange Gabriel? On n'est pas plus sans gêne ni
plus vraiment poète.

De Shakespeare à Moore, il y aurait bien loin, si,
dans les arts de l'imagination comme dans ceux de la
plastique, la grâce exquise et le fini délicat ne méritaient point de rivaliser avec le grandiose et le sublime.
On vient de voir une variation du thème ailé de *Roméo;* en voici une autre qui nous vient des *Amours des
Anges.* C'est dans la fantastique composition de *la
Roumèquo,* nom intraduisible d'un monstre légendaire,
mais où l'on voit poindre les épines des ronces (*rou-
mecs*), qui symbolisent admirablement les effets de la
douleur et des remords. Après une description légère-
ment goguenarde et railleuse des temps édéniques, le
poète nous dit :

> Or d'aquel tems ero la modo
> Que lous anjous, qu'aviòu la brodo

> Or, en ce temps, c'était la mode
> Que les anges, pris d'ennui

De lus immourtèlos cansous,
De la celesto capitalo
Sabièn s'esquifa d'un co d'alo,
E, coumo un troupèl de quinsous
Sauvadous dau nis de la mèro,
S'esparpalhavou dessus tèro,
Quau dau miejour, quau vers lou nord,
Lus parpaiouno poulinado
Sus la naturo bracanado
Espoudran sous alirous d'or.
Entre las flous que roujejavou,
Que bluiejavou, blanquejavou,
Souto lou poutou dau sourel ;
Entre la musiquo aucelino
Qu'a l'aubo cantavo matino
En s'endevenen pèr parel ;

De leurs immortelles hymnes,
De la céleste capitale
Savaient s'esquiver d'un coup d'aile,
Et, comme un vol de pinsons
Échappés du nid de leur mère,
S'éparpillaient sur la terre,
Qui au midi, qui vers le nord,
Leur papillonne volée
Sur la nature bigarrée
Secouant ses ailes d'or.
Parmi les fleurs qui rougeoyaient,
Qui bleuissaient, qui blanchissaient
Sous les baisers du soleil ;
Parmi la musique oiselline
Qui, à l'aube, chantait matine,
En s'appariant par couples,

Pa'no roso tant sabourouso,
Pa'no tulipo tant glouriouso
Coumo aquelos filhos d'Adam ;
Pa'n roussignòu, pa'no lignoto
Que pouguèsse embéugna la noto
De lus timbre linde e drindan.

Pas une rose aussi savoureuse,
Pas une tulipe aussi glorieuse
Que ces fillettes d'Adam,
Pas un rossignol, pas une linotte
Qui eût pu imiter la note
De leur timbre clair et sonore.

Les anges, d'abord très timides, effrayés même devant ces gentils démons qu'on leur a appris à regarder comme la source de tout mal, s'enhardissent bientôt et font la cour aux filles des hommes. Ce qui résulte tout naturellement de ce commerce scandaleux met le ciel en deuil et l'enfer en joie :

L'enfer, tout lou jour en riboto,
Tout lou jour s'escacalassè.
Oh ! pèr alors la pauro tèro,
Grosses tres jours, sans saupre ount'èro,

L'enfer, tout le jour en goguette,
.Tout le jour rit aux éclats.
Oh ! alors la pauvre terre
Trois grands jours, sans se reconnaître,

Tremoulè sus sous gafous nòus ;
Lou sourel acatè sa faço,
E davan la nouvèlo raço
S'embaumèrou lous roussignòus.
Gripé, Fantasti, Paparogno,
Draqué, Babau e Baragogno,
Per païs a peno nascus,
Voulastrejan prènou l'escousso,
Marquan chaqu'halto de lus cousso
De soufre e de pèses fourcus.
Mais la pùs horro de la colo,
La pu michanto e la pu folo,
La pu cousino de l'enfer,
La sur de Nemesis la Grèquo,
Fòu-ti la noùma ?... la Roumèquo
Que rend de pouens a Lucifèr.

Trembla sur ses gonds tout neufs ;
Le soleil voila sa face,
Et devant la nouvelle race
Se cachèrent les rossignols.
Gripé, Fantasti, Paparogne,
Drac, Babòt et Baragogne,
Par le pays à peine nés,
En voletant prennent le large,
Marquant chaque halte en leur course
De traces de soufre et de pieds fourchus.
Mais la plus horrible de la bande,
La plus méchante et la plus folle,
La plus cousine de l'enfer,
La sœur de Némésis la Grecque,
Faut-il la nommer ?... c'est la Roumèque
Qui rend des points à Lucifer.

Je vous recommande la description du monstre. Il n'y a pas de célébrité en ce genre, la trop fameuse Tarasque elle-même, qui puisse lutter avec lui en fait d'horreur et d'épouvante.

Voilà donc les êtres fantastiques et malfaisants, dont *la Roumèquo* est un des échantillons les mieux réussis, créés pour la punition d'une foule d'Èves pos- thumes, et destinées à remplacer, dans le monde chré- tien, les furies païennes, mères des vengeances divines et des remords. Le poète nous montre à l'œuvre son affreuse bête légendaire, et il faut avouer que son ta- bleau, pareil aux représentations sculptées ou peintes du moyen âge où les démons s'acharnent après les damnés, est tout à fait achevé et brossé de main de maître.

Avons-nous assez montré, par des exemples, la maîtrise et la souplesse du talent de notre poète? Nous l'espérons; mais il vaudrait mieux lier connaissance avec l'auteur, son livre à la main. Tous les deux sont aimables, et, cela va sans dire, de bonne compagnie. Avec eux, c'est dans un salon qu'on pénètre, un salon comme il y en avait beaucoup dans le Midi, il y a quelque cinquante ans. La langue française, celle des Dimanches, suivant la jolie expression de Jasmin, y faisait les honneurs, simplement et gaiement, à sa sœur des jours ouvriers. Le faste et la raideur en étaient également bannis. On n'y était, malgré le patois, ni moins galant, ni moins poli, et c'était double fête quand, aux lèvres des marquises ou des bour-

geoises du temps, après les caquetages des Bernis ou
des Boufflers, éclatait le franc rire de Favre ou de La
Fare-Alais. Je vous vois donc entrer au château de Lacoste. C'est l'été, il fait très chaud. Col rabattu, chemise largement apparente sous la redingote débou-
tonnée, comme sur notre portrait[1], le poète vous
accueille, avec son bon regard limpide et franc, et le
sourire de sa bouche fendue pour les grands éclats de
la gaieté. Vous entrez, on vous présente à la châtelaine,
et après quelques paroles aimables, enjouées, avec l'aisance et la familiarité polie du gentilhomme lettré,
quoique campagnard, on vous confie qu'une dernière
pièce vient d'éclore. C'est *La Voto de Cameiras*, « La
Fête de Cameiras », encore un éclat de rire, un léger
croquis de ces fêtes populaires, qui sont la joie et la vie
des pays du soleil. Vous en êtes ravi, et vous en demandez une autre. Indiscret? Oh! non! le conteur
fouille dans sa mémoire; il vous dit les fredaines de
son enfance faisant l'école buissonnière, il se rappelle les
contes de nourrice, d'origine celtique et païenne, qui lui
ont inspiré son épopée du bestiaire cévenol, d'autres
encore d'où le *moraliste sans moraliser* fait jaillir une

---

1. Nous le devons à l'obligeance aimable de l'héritier universel de feu Mme la Marquise de La Fare-Alais, M. de Firmas-Périés, à qui nous ne saurions mieux témoigner notre reconnaissance qu'en lui dédiant cette étude. C'est le regretté
Gratien Charvet, l'archéologue distingué, le savant continua-
teur du *Dictionnaire languedocien-français* de M. d'Hombres,
qui voulut bien, à la prière de M. de Firmas-Périés, en prendre
lui-même une photographie pour nous.

leçon du fond même du sujet ;... mais l'heure fuit et le jour baisse, il faut partir, et vous quittez votre hôte... ou votre livre, à la fois ému et charmé.

A MYLORD

WILLIAM-CHARLES-BONAPARTE WYSE.

AUBANEL
(DE NIMES)

Maison Quantin

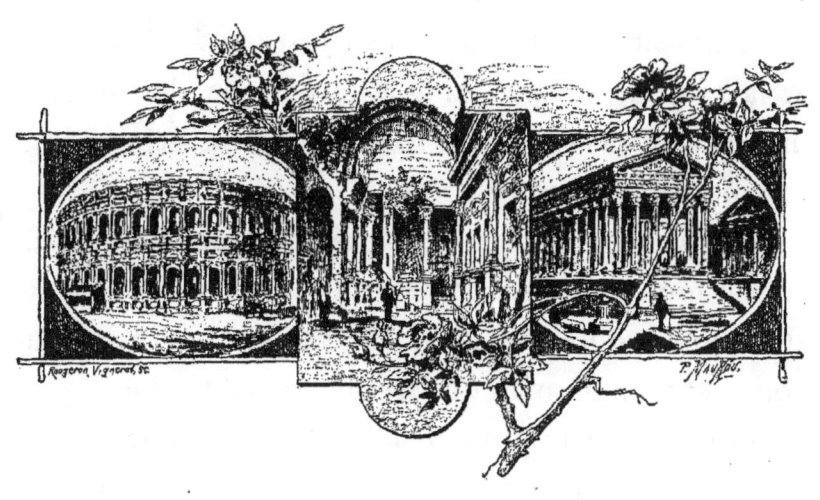

AUBANEL (DE NÎMES)

1758-1842

Sainte-Beuve, dans une des études qui suivent son *Tableau de la poésie française au* xvie *siècle,* a montré l'influence exercée par Anacréon et les Anacréontiques sur les poètes de la Pléiade. Depuis le chef du chœur jusqu'à Baïf, « l'un des plus inégaux parmi les imitateurs des anciens », tous s'infusèrent, à divers degrés, et avec plus ou moins de bonheur, du sang de la veine anacréontique. Celle-ci, « directement introduite en 1554, et qui se prononce dès les seconds essais lyriques de Ronsard, de Du Bellay et des autres, fit véritable-

ment transition entre la vigueur assez rude des débuts
et la douceur un peu mignarde et polie des seconds
disciples, Des Portes et Bertaut ; cette veine servit
comme de canal entre les deux... »

« L'Anacréon, chez nous, ne cessa de vivre et de
courir sous toutes ses formes durant le siècle suivant
et depuis jusqu'à nos jours. L'abbé de Rancé, âgé de
douze ans, en donnait une très bonne édition grecque ;
La Fontaine le pratiquait à la gauloise toute sa vie.
Chaulieu, plus qu'aucun, se peut dire notre Anacréon
véritable, et c'est dommage que sa poésie trop négligemment jetée ne nous rende pas tout son feu naturel
et son génie. Moncrif, avec bien moins de largeur, et
plusieurs du xviiie siècle après lui, ont eu des parties,
des traits aiguisés du genre. Voltaire, en quelques pièces
légères, l'a saisi et comme fixé à ce point parfait de bel
esprit, de sensibilité et de goût, qui sied à notre nation.
André Chénier n'a eu que peu d'anacréontique, à
proprement parler, dans le sens final ;... le plus vraiment anacréontique des modernes a peut-être été le
Sicilien Meli. Béranger pourrait sembler tel encore,
mais par quelques imitations habiles et de savantes
gaietés, plutôt que par l'humeur et le fond : lui aussi,
je le qualifierai un poète de l'art. »

Sainte-Beuve aurait pu suivre le filon anacréontique jusque chez nos poètes méridionaux. S'il ne l'a
point fait, ce n'est certes de sa part ni indifférence ni
dédain. Ce grand esprit ne croyait point déroger en s'oc-
cupant des patois. Que de fois l'a-t-il prouvé ! N'est-ce

pas La Monnoye qui lui fait dire : « Heureuse rencontre! sans cette idée d'écrire en son patois, il ne
léguait aucune preuve de son très franc talent de
poète ? » Puis, c'est Grosley dans les œuvres duquel
il remarque « une dissertation en faveur des idiomes
provinciaux ou patois, question qui a été reprise depuis
par des érudits, mais dont la première ébauche se
trouve dans l'opuscule champenois ». Enfin, et surtout, pourrait-on oublier qu'au milieu des articles
écrits par l'élite de nos écrivains sur Jasmin et ses
œuvres, ceux de Sainte-Beuve tiennent à coup sûr le
premier rang ? Au cours même de l'étude sur Anacréon
au xvie siècle, n'a-t-il pas cité, « à défaut du Papillon
de Belleau, dit-il, une des plus jolies chansons de ce
gai patois du Midi, et qui montre combien vraiment
l'esprit poétique et anacréontique court le monde et
sait éclore partout où il y a du soleil, des abeilles, des
cigales et des papillons » ?

Cette chanson, il faut nous donner le plaisir de la
reproduire ici :

LOU PARPALHOUN

Picho couquin de parpalhoun,
Volo, volo, te prendrai proun !

LE PAPILLON

Petit coquin de papillon,
Vole, vole, je te prendrai bien !

De poudro d'or su seis aleto,
De milo coulour bigarat,
Un parpalhoun su la vieuleto,
E piei su la margarideto,
Voulastrejavo dins un prat.
Un enfan, poulit coumo un ange,
Gauto roundo coumo un arange,
Mita-nus, voulavo après eu,
E pan !... manquavo ; e piei la biso
Que bouffavo dins sa camiso
Fasie veire soun picho quieu...

Picho couquin de parpalhoun,
Volo, volo, te prendrai proun !

Anfin lou parpalhoun s'arresto

De poudre d'or sur ses ailettes,
De mille couleurs bigarré,
Un papillon sur la violette,
Et puis sur la marguerite,
Voltigeait dans un pré.
Un enfant, joli comme un ange,
Joue ronde comme une orange,
Demi-nu, volait après lui,
Et pan !... le manquait ; puis la bise
Qui soufflait dans sa chemise
Laissait voir son petit cul...

Petit coquin de papillon,
Vole, vole, je te prendrai bien.

Enfin le papillon s'arrête

Sus un boutoun d'or printaniè,
E lou bel enfan, pèr darniè,
Ven d'aise, ben d'aise... e pièi, leste !
Dins sei man lou fai presouniè.
Alor vite a sa cabaneto
Lou porto ame milo poutoun ;
Mai, las ! quand drube la presoun,
Trobo plus dedins sei maneto
Que poudro d'or de seis aleto...
Picho couquin de parpalhoun !

Sur un bouton d'or printanier,
Et le bel enfant, par derrière,
Vient doucement, bien doucement... et, leste
Dans sa main le fait prisonnier.
Vite alors à sa cabanette
Il le porte avec mille baisers ;
Mais, hélas ! rouvrant la prison,
Ne trouve plus dans sa menotte
Que la poudre d'or de ses ailes...
Petit coquin de papillon !

« Anacréon n'a certainement rien de plus frais, de plus délicat, de plus gracieux. » Ainsi s'exprime Pierquin de Gembloux qui nous a fourni le texte de cette chanson, choisie « parmi les pièces inédites qu'il a recueillies », dit-il ; mais ni lui, ni Sainte-Beuve, son traducteur, ne nous ont dit le nom du poète, de l'artiste, qui a fait ce petit bijou. Serait-ce point notre Aubanel, l'auteur de ce chant ailé ? Si ce n'est lui, c'est donc son frère, un frère en poésie s'entend, un Mo-

quin-Tandon, par exemple, en sa jolie veine du noël
de *La Catarineto*. Certaines formes pourtant, telles que
lei, sei, employées par Aubanel, plaideraient en faveur
de ce dernier, s'il fallait absolument introduire une
instance en recherche de paternité. Celle-ci ne nous serait point interdite; mais tel n'est pas notre dessein, et
nous avons hâte d'aborder non le supposé, mais le véritable Anacréon languedocien.

Aubanel (Louis), dont la famille n'eut de commun
que le nom avec celle du félibre avignonnais Théodore
Aubanel, naquit à Nîmes en 1758. Il avait épousé une
demoiselle Philiberte Lance et n'en avait pas eu d'enfant. Rentré dans la vie civile, après avoir servi avec
distinction et atteint le grade de capitaine d'état-
major, il fut juge de paix du premier canton de Nîmes
pendant l'Empire et la Restauration.

C'est en l'an X que parurent pour la première fois
les *Odes d'Anacréon traduites en languedocien par le
citoyen Aubanel l'aîné* (il avait un frère cadet appelé
Gédéon), à Nîmes, chez la veuve Belle, imprimeur.
Faux titre : *l'Anacréon languedocien.* Une deuxième
édition parut chez Gaude fils, imprimeur-libraire, à
Nîmes, en 1814.

Comment Aubanel fut-il amené à s'occuper d'une
traduction d'Anacréon en languedocien? Pierquin de
Gembloux. dans son *Histoire littéraire des patois*, va
nous l'apprendre (p. 9). Après avoir cité un bon nombre de savants de tous pays, qui ne regardent pas
comme au-dessous d'eux l'étude des patois, « au mo-

CATHÉDRALE DE NIMES

P. Maurou sc.   Maison Quantin

ment même (le livre est daté de 1858) où les classes
aisées et éclairées, répudiant le peuple et ses sublimes
travaux, rougissant de leur langue maternelle (aujour-
d'hui c'est parfois le peuple lui-même, qui, par une
funeste contagion, en rougit), proscrivent tous ces
moyens d'expression nés sur notre sol et pères de notre
langue », Pierquin ajoute : « Citerons-nous en outre
quelques-uns de ces hommes profonds qui, comme
Court de Gébelin, Étienne Guichard, Du Cange, Car-
pentier, dom Bullet, etc., se sont occupés aussi de
l'étude des patois, sans toutefois publier leurs intéressantes recherches ? Ils sont trop nombreux sans doute,
mais nous ne saurions omettre de rappeler cependant
l'importance que Boissy d'Anglas et Rabaut Saint-
Étienne, par exemple, attachaient aux travaux de cette
nature. *Ce sont eux qui engagèrent M. Aubanel, antiquaire et poète distingué, à traduire en patois le poète
de Théos.* Ces deux législateurs célèbres eurent même
le projet, bien arrêté, de répondre au vœu de Court
de Gébelin en publiant un grand ouvrage dans le genre
de ceux de Noël et de Laplace, exclusivement consacré aux richesses littéraires de nos différents dialectes.
Rabaut Saint-Étienne fit plus encore, puisqu'il commença une grammaire, et, disait-il plaisamment à ce
sujet, « quand j'arrivai au verbe auxiliaire *avoir* et qu'il
« me fallut écrire *qu'ague,* j'y renonçai. »

   Ainsi donc, en dépit de la répugnance de Rabaut
Saint-Étienne, motivée sur le besoin pressant... d'un
jeu de mots, seul fondement sans doute de l'anecdote,

c'est à lui et à Boissy d'Anglas que nous devrions notre Anacréon languedocien. Tous les conventionnels ne partageaient donc pas les préventions déplorables de l'abbé Grégoire, et il est vraiment fâcheux que celles-ci aient longtemps triomphé, car il en est de ces erreurs masquées de patriotisme comme de la calomnie : il en reste toujours quelque chose.

Comme échantillon de la manière d'Aubanel, nous choisirons une des odes d'Anacréon les plus connues et les plus jolies.

Après La Fontaine, « qui ne fait pas tout à fait oublier Ronsard », dit Sainte-Beuve, nous allons voir un essai, qui ne fera oublier ni l'un ni l'autre, sans y prétendre du reste, mais qui n'en est pas moins d'un tour heureux et charmant. C'est même, croyons-nous, l'imitation la mieux réussie de notre Aubanel.

L'AMOUR BAGNA

A miejo-niue, quand tout es siau,
Que touto la villo es couchado,

L'AMOUR MOUILLÉ

A minuit, quand tout est calme,
Que toute la ville est couchée,

.Qu'aprés avudre proun travalha la journado
Lei gens ablazigas demandou que repau,
  L'autro fes, ieu entendeguere
Brandoulha ma cadaulo, e quauqu'un me souna,
  Sans boulega dau lié, cridere :
  Quau i a? m'aves destrassouna.

  Dourvisses me, n'agues pas pòu,
  Piei vous dirai coumo m'apele,
Me respon uno vois ; soui un picho, trajele,
Save pas ount'ana ; fai tan escur, e plòu.
  Me leve, prene dos brouquetos,
Alume un lum, drouvisse, e vese un bel enfan
  Embe dos poulidos aletos,
  E qu'avié quicom dins sa man.

Qu'aprés avoir assez travaillé la journée,
Les gens éreintés ne demandent que repos,
  L'autre fois, j'entendis
Secouer mon loquet, et quelqu'un m'appeler ;
  Sans remuer du lit, je criai :
Qu'y a-t-il? vous m'avez réveillé en sursaut.

  Ouvrez-moi, n'ayez pas peur,
  Puis je vous dirai comment je m'appelle,
Me répond une voix ; je suis un petit garçon, je grelotte,
Je ne sais où aller ; il fait si noir, et il pleut.
  Je me lève, je prends deux allumettes,
J'allume une lampe, j'ouvre et vois un bel enfant
  Avec deux jolies ailettes
  Et qui tenait quelque chose en sa main.

Couris au fio tout jaladet;
Pèr lou seca, vòu, vene, rode,
I adraque ben seis pèus, lou sarre tan que pode.
Piei me parlo en risen : aro soui ben caudet.
Mais entre dire : fau qu'ensaje
Se l'aigo de la pluejo a pas bagna moun arc,
Et se i a pas quauque doumage,
El me trauco de part à part.

Quand aguere senti lou co,
Un pau trop tard recouneguère
Qu'aviei louja l'Amour : Coumo! ieu i diguere,
Pèr que fasés, ingrat, de causos coumo aco?
Mais el, que prenié sa voulado,
Me respon, en fasen pas que de cacalas :

Tout glacé, il court au feu;
Pour le sécher, je vais, je viens, je tourne,
J'essuie bien ses cheveux, je le serre autant que je peux.
Puis il me dit en riant : me voilà bien chaudet.
Mais à peine eut-il dit : il faut que jessaye
Si l'eau de la pluie n'a pas mouillé mon arc
Et s'il n'a pas quelque dommage,
Il me perce de part en part.

Lorsque j'eus senti le coup,
Un peu trop tard je reconnus
Que j'avais logé l'Amour : Comment! lui dis-je,
Pourquoi faites-vous, ingrat, des choses pareilles?
Mais lui, prenant sa volée,
Me répond, en riant aux éclats :

Moun arc vai bèn, moun camarado ;
Mais toun cor es bèn malautas.

Mon arc va bien, mon camarade ;
Mais ton cœur est bien, bien malade.

On ne saurait mieux naturaliser languedocien Anacréon. Les plus fines intentions, du moins les plus
caractéristiques, du poète grec, sont rendues avec un
rare bonheur d'expression. Ainsi le grand vers : *Leis
gens ablaᵹigas demandou que repau,* avec ce mot si
énergique qui peint l'affaissement, l'écrasement d'un
travail excessif, rend bien l'idée, sinon la forme, toujours fluide, de l'original. Et cette supplication si touchante de l'enfant :

. . . . soui un picho, trajele,
Save pas ount'ana ; fai tan escur, e plòu...

Bref, toute la pièce a de ces trouvailles. Le seul
reproche qu'on pourrait lui adresser, ce serait d'avoir
alourdi le rythme anacréontique, ce rythme léger
comme un vol de papillon ou comme un soupir de
jeune fille ; mais c'était peut-être une condition indispensable pour ne pas dépasser le nombre de vers de
la pièce grecque.

Mis en goût par cet essai, Aubanel traduisit des
sonnets et canzones de Pétrarque, le quatrième livre
de *la Jérusalem délivrée* du Tasse, et autres. C'est

lui-même qui nous l'apprend dans une lettre adressée à Pierquin de Gembloux et écrite le 11 décembre 1835. M. J. Beauquier a publié, en 1880, dans la *Revue des langues romanes,* cette lettre restée ignorée jusqu'alors, et qui nous fait connaître à la fois ces travaux et leur destruction.

Vous me parlés de ma grammaire languedocienne (la première édition des *Odes* l'annonçait en effet, et la deuxième parle d'une grammaire et d'un dictionnaire languedocien-français comme étant sous presse), je devois la publier; mais à la suite de quelques contrariétés que j'éprouvai de la part de mon imprimeur, je déchirai mon manuscrit, et en fis un autodafé, ainsi que de toutes les pièces que j'avois faites dans cet idiome, telles que des traductions...

Je m'occupe d'antiquités, dit Aubanel, en terminant cette lettre, de médailles surtout. Triste amusement d'un vieillard. (Il avait alors près de quatre-vingts ans.) Comme les goûts changent avec l'âge !

A ce nom (d'Anacréon) devenu presque mythologique, écrivait Aubanel vingt-huit ans plus tôt, le cœur du jeune homme palpite, le front du vieillard se déride, la tristesse s'enfuit, les grâces accourent, l'air se parfume, la rose s'épanouit, les dieux du vin et de l'amour se présentent avec leur cortège aimable; l'esprit rappelle la délicatesse, la gaieté décente, la pure volupté.

Que d'illusions ! dit M. Beauquier, le savant romaniste, qui a fait suivre la lettre d'Aubanel d'un commentaire trop juste et trop spirituellement tourné,

pour que nous n'ayons mieux à faire qu'à le reproduire ici.

« Dans un jour de bonheur, on s'est promis de
rester jusqu'au bout un aimable anacréontique ; mais
la vieillesse arrive, qui émousse vos sens et vous fait
écrire des réponses maussades à Pierquin de Gembloux. Il est fâcheux qu'Aubanel n'ait pas voulu mettre
la main sur son exemplaire de la traduction d'Anacréon ; car, dans ce cas, il aurait pu adresser à son correspondant quelques remarques dans le genre des suivantes : — Monsieur, vous avez lu l'avertissement qui
précède ma traduction. Je ne sais quelle opinion vous
en avez ; mais pour moi, quand je le relis après trente ans
passés, je n'en suis pas de tout point satisfait. Par
exemple, j'ai vanté le patois de Nîmes au détriment de
celui de la Provence, des Cévennes et de Montpellier.
Je me suis aperçu depuis qu'il n'est pas à Montpellier, dans les Cévennes et en Provence, un amateur
qui ne soit prêt à attribuer à son patois toutes les
vertus que j'accordais au mien tout seul. Je vous le
confierai : on m'a reproché d'avoir donné comme une
marque de beauté du patois de Nîmes d'être altéré
par le mélange du français. Le languedocien, disais-je,
n'est nullement propre à la prose ni au style élevé ;
mais tout ce qui est érotique est de son ressort. Eh
bien, monsieur, en parlant de la sorte, je plaidais *pro
domo mea ;* mais, je vous le déclare, j'ignore si notre
patois est en effet incapable de traiter telle ou telle
matière.

- · « Les remarques grammaticales par lesquelles se
continue l'avertissement ne sont pas non plus à l'abri
de tout reproche. L'*i* s'élide, ai-je dit, dans les phrases
comme *i-a pa rés, i-ero, i-agrado;* c'est une erreur complète; si vous élidiez cette semi-voyelle, les gens du
pays auraient parfois bien de la peine à vous entendre; il faut la prononcer comme vous le faites en français pour les mots *y*eux, h*i*èble, *li*erre, etc. Je préten-
dais aussi que notre *e* a cinq ou six prononciations
différentes; en réalité, il est ouvert (*è*) ou fermé (*é*), et
dans les deux cas, plus qu'en français, mais c'est tout.
Mon *mea culpa* n'est pas encore fini. Faut-il vous
l'avouer? Après avoir si rudement condamné tous les
patois voisins, j'ai eu la faiblesse d'employer des formes vieillies de l'article (*d'aou, aou, leis, deis, eis*), et
des adjectifs (*meis, teis, seis, aqueleis; aquesteis,* etc.)
qui n'ont plus droit de cité à Nîmes et sont usités seulement dans les pays limitrophes.

   « Telles sont les remarques que nous prêtons à Aubanel, en le supposant en progrès sur lui-même. On
ne se dissimule, du reste, aucunement que longtemps
après 1835 les préjugés de l'avertissement ou d'autres
semblables sont encore fort vivaces. »

   On verra tout à l'heure que cette dernière observation de M. Beauquier n'est que trop fondée.

   Comme collectionneur, Aubanel avait eu l'art et le
bon goût de réunir une foule d'objets précieux, entre
autres, un dessin de Raphaël, qui a été donné au Lou-
vre, et plusieurs tableaux de maîtres, parmi lesquels

nous citerons *le Frappement du rocher,* aux armes de
la famille d'Orléans, que le Poussin aurait retouché ;
le Mauvais riche de Bassan, et un *Saint Michel*
attribué à Raphaël. Ces tableaux se trouvent aujourd'hui
chez M. Jules Bellile, petit-neveu d'Aubanel, à qui nous
devons la communication du portrait gravé en tête de
cette notice, et que nous ne saurions trop remercier.

Nous devons aussi des remerciements à son beau-
frère, M. Puech, membre de l'Académie du Gard, qui
a bien voulu relever pour nous les publications d'Aubanel dans les Mémoires de l'Académie. Outre un rapport sur les *Poésies occitaniques* de Fabre d'Olivet,
Aubanel publia dans ce recueil une *Statistique morale
du Gard,* et des inscriptions diverses (1807).

Aubanel mourut à Nîmes le 18 novembre 1842.
Retiré sans doute depuis longtemps dans son cabinet
de curieux, « sa mort passa inaperçue, ou peu s'en faut,
de *la Gazette du bas Languedoc* et du *Courrier du
Gard.* L'Académie dont il avait fait partie si longtemps, ajoute M. Beauquier, lui fit une oraison funèbre de deux ou trois lignes. » Gaëtan Delmas, d'après
Pierquin, lui a consacré un article dans *la Revue du*
XIXe *siècle.*

Cette indifférence de la part de la presse et de l'Académie de Nîmes, à l'égard d'un homme de talent, qui
honorait sa ville natale et sa compagnie, ne doit pas
nous étonner. Les préjugés contre les idiomes méridionaux étaient alors dans toute leur force, malgré les
triomphes exceptionnels du poète d'Agen. Ils ont per-

sisté longtemps encore, comme on en trouve la preuve dans une *Histoire littéraire de Nîmes,* publiée en 1854, où il est dit qu'après les essais d'Aubanel « il doit être acquis que le patois languedocien n'est propre ni au genre gracieux ni au genre élevé, et qu'il ne peut être employé avec succès que dans le genre grivois et dans le poème burlesque ». Est-ce assez joli ? Mais ce n'est pas tout. Voici la conclusion : « Le mieux serait qu'on ne l'employât plus du tout. »

A ces appréciations étranges, à ces *souhaits ridicules,* que le Jupiter de Perrault, heureusement, n'a pas donné pouvoir de réaliser sur l'heure, et qui resteront longtemps inaccomplis, il serait plus étrange et plus ridicule encore de répondre. Ce qu'il faut dire pourtant sans se fâcher, car on est blasé sur ces jugements sommaires qui ne condamnent que leurs auteurs, c'est que M. Nicolas, puisqu'il faut l'appeler par son nom, écrivant une histoire littéraire, n'aurait pas dû ignorer, eût-il eu raison contre Aubanel, que le Languedoc comptait d'autres poètes. Passons-lui, si l'on veut, quelque étonnant que cela puisse être, d'oublier Jasmin et ses chefs-d'œuvre, Jasmin qui a chanté, à Nîmes même, Nîmes et Jean Reboul, et ses chefs-d'œuvre couronnés deux ans avant cette histoire par l'Académie française. Mais un historien littéraire du chef-lieu du Gard peut-il décemment ignorer que les poésies languedociennes de La Fare-Alais existent, surtout lorsqu'au moment où il écrit, elles ont eu déjà deux éditions ?

Aux chefs-d'œuvre que nous venons de citer ont
succédé depuis bien d'autres œuvres remarquables. La
cause est plus qu'entendue; mais elle aura toujours
raison, Mme Pernelle :

Les envieux mourront, mais non jamais l'envie.

A

M. HIPPOLYTE GUILLIBERT

DIOULOUFET

Maison Quantin

DIOULOUFET
1771-1840

Quittons un moment le Languedoc pour la Provence. Là, dans l'ancienne capitale découronnée, dont

le président de Brosses nous a laissé, chemin faisant
vers l'Italie, un croquis si naturaliste, nous trouvons
un poète de mérite, Diouloufet (Jean-Joseph-Marius),
né à Éguilles, près d'Aix, le 19 septembre 1771[1]. Ce
lieu d'Éguilles ou d'Aiguilles, comme on devrait
l'écrire, nous rappelle le grand amateur de peinture
Boyer d'Aguilles[2], qui, l'un des premiers en France,

1. Plusieurs Dictionnaires, ceux de Mistral et de Larousse
notamment, font naître Diouloufet en 1785. Nous donnons la
véritable date, qui nous est fournie par M. Marcellin Giraud,
neveu du poète, poète provençal lui-même, couronné aux jeux
floraux de Béziers et d'Apt, habitant Éguilles, et qui a rimé,
pour mettre au-dessous du portrait de son oncle, le quatrain
suivant, que nous nous faisons un devoir de reproduire ici :

> M'Esopo e La Fontaino an marcha tai a tai,
> Dei Magnan lou pouemo es un tabléu de mèstre,
> Lei conte, lei cansoun pougnoun dins sei detai ;
> Es esta rénouma en méritant de v'estre.

Nous saisissons avec empressement l'occasion de renouveler
ici publiquement nos grands mercis à M. Marcellin Giraud,
pour les renseignements biographiques qu'il a bien voulu nous
communiquer sur son oncle. C'est également à son obligeante
intervention auprès d'un de ses parents, M. Piffard, négociant
à Marseille, petit-neveu par alliance de Diouloufet, et détenteur
d'un portrait de ce dernier, que nous devons d'avoir pu faire
graver le joli portrait qui précède.

Noublions pas non plus, dans nos remerciements, M. Isidore
Lèbre, un autre provençalisant de mérite, lauréat des concours
de la Société des langues romanes de Montpellier, qui a bien
voulu aider celui à qui nous dédions cette étude, M. Hippolyte
Guillibert, bâtonnier de l'ordre des avocats d'Aix, dans ses
laborieuses recherches d'un portrait de Diouloufet.

2. M. Georges Duplessis, dans son *Histoire de la gravure*
(Paris, Hachette, 1880, p. 409), et M. Edmond Bonnaffé dans

fit graver et grava lui-même, à la manière noire, les principaux tableaux de sa célèbre galerie.

Le père de notre poète, Noël Diouloufet, était instituteur à Éguilles, et c'est lui sans doute qui donna à son fils les premiers éléments d'instruction. Entré plus tard au séminaire d'Aix, il se destinait à l'état ecclésiastique, lorsque la Révolution vint briser sa carrière. Désigné comme suspect, il émigra en Italie, dont il apprit à fond l'harmonieuse langue. Rentré en France, il se maria avec une demoiselle Laugier, un peu plus âgée que lui, mais remarquable par sa beauté. Mlle Laugier était de Rognes, localité de l'arrondissement d'Aix, dans le voisinage de laquelle se trouve le domaine de Bel-Couve, séjour aimé du poète, où il composa la plupart de ses pièces et poèmes, notamment *leis Magnans*, « les Vers à soie. » Celui-ci est dédié à sa femme, qu'il appelle *l'estello de soun vilagi,* et qui lu avait fourni d'ailleurs toutes les indications relatives à l'éducation des vers à soie.

La sériciculture était autrefois une branche impor-

son *Dictionnaire des amateurs français au* xviie *siècle* (Paris, Quantin, 1884) écrivent ainsi l'un et l'autre le nom de cet amateur. C'est presque le nom provençal Aguïo ou Agulho signifiant aiguille, et qu'on a mal francisé en Éguilles. Ainsi l'a voulu sans doute l'usage administratif, véritable *traditore* et non *iraduttore* des noms de lieux. De même il a étrangement baptisé une station voisine de Marseille du nom de *Pas des Lanciers,* traduction des plus fantaisistes du provençal *Pas de l'ancié* ou *Pas de l'angoisse,* ainsi appelé parce que c'était autrefois un passage des plus dangereux pour la sécurité des voyageurs.

tante de l'industrie méridionale. L'abbé de Sauvages, l'auteur du *Dictionnaire languedocien,* avait publié en 1762 un Mémoire sur l'éducation des vers à soie, augmenté et réédité en 1788 sous le titre d'*Art d'élever des vers à soie.* Diouloufet devait le connaître, et sans doute aussi d'autres traités sur la matière. Mais, comme il était poète et homme de goût, il ne se contenta pas de versifier les meilleurs conseils pour l'éducation des vers à soie; il comprit que ses leçons seraient d'autant plus féconds qu'elles seraient plus attrayantes, et il termina chacun des quatre chants de son poème par un épisode des *Métamorphoses* d'Ovide, très heureusement accommodé à la provençale.

C'est en 1819 que Diouloufet publia son poème. Dix ans après, il mit au jour un recueil important de *Fables, Contes, Épîtres et autres poésies provençales,* qui se recommande surtout par une connaissance profonde des ressources de la langue. La filiation des mots qu'il emploie préoccupe beaucoup notre auteur, et il émaille ses poésies de notes nombreuses, où les étymologies grecque et latine poussent comme de folles herbes. Pour avoir un aperçu de sa manière, on n'a qu'à comparer une des fables de Diouloufet, *Annetto e l'Abelho,* avec la fable de Florian : *la Coquette et l'Abeille,* imitées toutes les deux de la fable de Gay : *the Lady and the Wasp*[1]. L'interprétation de Florian,

1. Faisons remarquer au sujet de cet auteur, qui a écrit aussi des poésies pastorales, des drames et comédies, que ses fables

trop abrégée peut-être, est charmante; celle de Diou-
loûfet ne lui cède guère pour la grâce des détails,
grâce babillarde et rustique, il est vrai, qui n'a pas par
conséquent le fin coloris de la fable française, mais
qui est par là même plus près de la nature.

Détail à noter. Presque toutes les fables de Diouloufet sont terminées par un proverbe qui en forme
la morale. Il y a là un petit recueil tout prêt d'une
centaine de proverbes, qui pourrait servir d'appendice
amusant au livre — fait ou à faire — sur « la Sagesse
des nations ».

Notons encore dans les épîtres de notre écrivain
d'honorables efforts pour élever la langue populaire
à la hauteur de sujets tels que *l'Existence de Dieu,* ou
le célèbre *Essai* de Lamennais. Malheureusement
l'habile versificateur n'était guère fait pour escalader
les cimes, et ses longs alexandrins nous font l'effet de
ces routes en ligne droite, dont le terme semble fuir de
plus en plus, à mesure que l'on avance.

Diouloufet avait eu la bonne fortune d'intéresser à
sa première œuvre le savant Raynouard. « Il a eu la

___

ont été traduites en français en 1735, et qu'une édition anglaise
(*Fables,* by Gay, London, 1738) a été illustrée par notre célèbre
dessinateur et graveur Gravelot, « le plus grand illustrateur de
livres au xviiie siècle, qui avait passé treize ans de sa vie à
Londres, et dont le British Museum possède un nombre considérable d'estampes, de lui ou d'après lui. »

L'Art au xviiie *siècle :* Gravelot par Ed. et J. de Goncourt,
p. 44, édit. Quantin.

complaisance, nous dit-il dans une note, de lire *leis Magnans* en manuscrit, de me faire des observations dont j'ai profité avec la plus vive reconnaissance, et d'en corriger les épreuves. » Il est vraiment extraordinaire que le futur éditeur des poésies des troubadours, l'auteur du *Lexique roman,* ne lui ait pas conseillé une graphie moins défectueuse, pour les diphtongues *au, eu, ou,* par exemple, au lieu de *aou, eou, oou,* ce qui fait deux syllabes pour une : *be-ou* pour *bèu, cape-ou* pour *capèu,* erreur si répandue et si enracinée que, malgré l'autorité des meilleurs écrivains anciens et modernes, malgré les exemples des langues sœurs, l'italien et l'espagnol, elle est encore en faveur auprès de quelques esprits attardés, mais de plus en plus rares.

Diouloufet avait préparé aussi un Dictionnaire provençal et français étymologique, dont l'impression, dit-il dans une note de ses œuvres diverses, est ajournée. Nous savons par une lettre de l'auteur, en ce moment sous nos yeux, qu'il renonça dans la suite à cette publication :

C'était mon projet alors, dit-il dans cette lettre, datée d'Aix 28 mai 1839, d'en faire un tout particulier que j'aurais intitulé : *Dictionnaire français et provençal, provençal et français étymologique ;* ç'aurait été une espèce de glossaire dans le goût de celui de Du Cange, où j'aurais pris la langue au berceau, et l'aurais conduite jusqu'aujourd'hui, avec tous les changements qu'elle a éprouvés, le tout appuyé par des citations en prose et en vers. J'ai abandonné ce travail depuis que j'ai quitté la bibliothèque, où je n'ai pu, où je ne dois plus mettre les pieds depuis lors. Cependant j'avais besoin de puiser dans ce précieux dépôt pour compléter mon travail....

Diouloufet était bibliothécaire de la ville d'Aix depuis le 12 mai 1828, lorsque la révolution de 1830 vint lui faire expier son zèle royaliste par une destitution. On verra, par les deux pièces inédites[1] suivantes, qu'il ne pardonna pas plus à ses adversaires politiques que ceux-ci ne lui avaient pardonné.

ODO A LA PIPO

1839

Qu'es aquel ome de genio
Siegue de terro ou sié de mar

ODE A LA PIPE

1839

Quel est cet homme de génie
Qui, sur terre ou sur mer,

1. Nous devons ces pièces à l'obligeante communication de

Qu'a fa couneisse a sa patrio
Lou bouenur que l'i a de fumar?
Lou cresés pas un imbecille,
Un feniantas, ome inutille,
Un brando-lèro, un gros balour,
E que, saben pas trop que faire,
Se brandinejan de tout caire,
Fumavo per passar lou jour.

Nani pas... ero un filosofo
Aqueu que la pipo inventet;

A fait connaître à sa patrie
Le bonheur qu'on a de fumer?
Ne le prenez pas pour un imbécile,
Un fainéant, homme inutile,
Un flandrin, un gros balourd,
Et qui, ne sachant trop que faire,
En se traînant de tout côté,
Fumait pour passer le temps.

Non pas... c'était un philosophe,
Celui qui la pipe inventa;

M. François Guitton-Talamel, que nous ne saurions trop remercier. M. Guitton-Talamel est un félibre des plus distingués,
auteur de publications importantes, entre autres, d'une adaptation provençale des *Romans du Renard,* ancien rédacteur en
chef et propriétaire du journal provençal *lou Brusc.* Il eut la
bonne fortune d'être encouragé à ses débuts par Diouloufet
lui-même, très lié avec sa famille, et qui lui envoya ses fables
avec une dédicace en vers très flatteuse, présage heureux de
ses succès futurs.

Un savent de la boueno estofo,
Lou premier ome que fumet :
Es en fuman que meditavo,
Que sus tout l'Univers sounjavo,
Sus sa formo e sus sa façoun,
Que lou cours deis astres reglavo,
Eme soun fum tout esplicavo
Miès que Descarto e que Newtoun.

Que plaisir !... pendent leis veillados,
Dins un caffè..., dins soun oustau,
Ben assetat, cambos crousados,
Faire tubar soun *cachimbau;*
Aqui reglas la poulitiquo,
Mandas au tron la republiquo,

Un savant de la bonne espèce,
Le premier homme qui fuma :
C'est en fumant qu'il méditait,
Que sur l'Univers il rêvait,
Sur sa forme et sur sa façon,
Qu'il réglait le cours des astres,
Expliquant tout avec sa fumée
Mieux que Descartes et Newton.

Quel plaisir !... pendant les veillées,
Dans un café..., dans sa maison,
Bien assis, jambes croisées,
Faire fumer sa bonne pipe;
Là se règle la politique,
On envoie au diable la république,

Meditas, lausas, critiquas,
Et se quaucun vanto Philipo,
De la bouco tiras la pipo,
Et vite... dins lou fuech crachas.

Dre que ma pipo es allumado
Et que prefumo deja l'air,
Adounc a meis ueils sa fumado
Me mouestro un grand libre duber;
Coumo uno lanterno magiquo,
Rouiaume libre ou despoutiquo,
Despuei lou premier rei Nembrod
Tout se retrasso a ma memori;
Et fòu ansin un cours d'istori
Miès que noun lou fasié Guzot.

On médite, on loue, on critique,
Et si quelqu'un vante Philippe,
De la bouche on tire sa pipe,
Et vite... on crache dans le feu.

Dès que ma pipe est allumée
Et qu'elle embaume déjà l'air,
Soudain, à mes yeux, sa fumée
Me montre un grand livre ouvert;
Comme une lanterne magique,
Royaume libre ou despotique,
Depuis le premier roi Nemrod,
Tout se retrace à ma mémoire;
Ainsi je fais un cours d'histoire
Mieux que ne le faisait Gueuzot (Guizot).

LES ALISCAMPS A ARLES

J. Mouron sc.

Maison Quantin

Babyloniens, Medos et Persos,
Assyriens, Hebreus, Egypciens,
Estats, poples de toutos mersos,
De toutos lenguos e naciens,
Ounte soun aro vouestreis gloris,
Vouestreis coumbats, vouestreis victoris,
Vouestreis grands reis, juecs et plaisir?...
Ah! vouestro grando renoumado
A passa coumo la fumado
Que de ma pipo vieu sourtir.

Atheniens, nacien glouriouso
Per l'esprit, leis arts, leis talens;
Romains, nacien tant ourgulhouso,
Cresias de vieure ben longtemps;

Babyloniens, Mèdes et Perses,
Assyriens, Hébreux, Égyptiens,
États, peuples de toute espèce,
De toutes langues et nations,
Où sont maintenant vos gloires,
Vos batailles, vos victoires,
Vos grands rois, jeux et plaisirs?...
Ah! votre grande renommée
A passé comme la fumée
Que je vois sortir de ma pipe.

Athéniens, nation glorieuse
Par l'esprit, les arts, les talents;
Romains, nation si orgueilleuse,
Vous croyiez vivre bien longtemps;

Touto vouestro grandour superbo
S'es passido tout coumo l'erbo ;
Vouestreis cirques soun en moucèu,
Et coumo lou fum de la pipo,
Vouestro illustro vieillo-ganipo
A dispareissut autant-lèu.

Antiochus et Ptolemeo,
Syrus, Lissandre dit lou Grand,
Augusto, Cesar et Pompeo,
Napouleoun, Attila, Gengiskan,
Et vautres, presens reis de cartos
Apielats ren que sur de chartos,
Pulèu qu'eles aures passa ;
Lou Representatif vous limo,

Toute votre grandeur superbe
S'est flétrie tout comme l'herbe ;
Vos cirques sont en morceaux,
Et comme fumée de la pipe
Votre illustre vieille-guenipe (république)
A disparu aussitôt.

Antiochus et Ptolémée,
Cyrus, Alexandre le Grand,
Auguste, César et Pompée,
Napoléon, Attila, Gengis-Khan,
Et vous, présents rois de cartes
Appuyés rien que sur des chartes,
Plutôt qu'eux tous vous passerez ;
Le Représentatif vous lime,

Aussi moun esprit vous estïmo
Mens qu'uno pipo de taba.

Lorsque d'uno plumo immourtello
Lou grand Bossuet nous trasset
Sa bello istori universello,
En fuman segur la faguet ;
Au travers lou fum de sa pipo
Tout luse un pau, tout se dissipo ;
Tout n'es que vent et faussetat ;
Et Saloumoun aussi fumavo
Quand nous cridèt que tout passavo,
Que tout n'èro que vanitat.

Aussi mon esprit vous estime
Moins qu'une pipe de tabac.

Lorsque d'une plume immortelle
Le grand Bossuet nous traça
Sa belle histoire universelle,
En fumant bien sûr il la fit ;
A travers la fumée de sa pipe
Tout luit un peu, tout se dissipe ;
Tout n'est que vent et faussèté ;
Et Salomon aussi fumait
Quand il cria que tout passait,
Que tout n'était que vanité.

Le piquant de ce dithyrambe en l'honneur de la
pipe, c'est qu'il a été composé, non par un fumeur
d'habitude, mais par un fumeur d'occasion. Après

tout, c'est dans l'ordre. Ne sont-ce pas ceux qui voya-
gent le moins, qui aiment le plus les relations de
voyage ?

Voici maintenant la seconde de nos pièces inédites,
où les allusions politiques ne manquent pas plus qu'à
la première.

MA PHILIPPIQUO
CONTRO LOU MISTRAU ET AUTRES

Qu'es aqueu bruch espouventable
Qu'entendes renar dins leis airs?
Es-ti Cifer, es-ti lou Diable
Que s'es escapa deis infers?
Semblo qu'entendes lou tounerro,
Ou que la mar dessus la terro

MA PHILIPPIQUE
CONTRE LE MISTRAL ET AUTRES

Quel est ce bruit épouvantable
Qu'on entend gronder dans les airs?
Est-ce Lucifer ou le Diable,
Qui s'est échappé des enfers?
On croit entendre le tonnerre
Ou que la mer dessus la terre

A vessat et courre pertout ;
Car aqueu bruch jamaï s'arresto.
Countinuo... vous roump la testo
Et n'en veses jamai lou bout.

Piegi qu'aco, es autro cavo
Que fa brandar tout vostre oustau,
Qu'empouerto la peiro et la lauvo,
Debausso lou teule eissavau ;
Que vous bouto au champ l'espravanto,
Espeço tout, aubres et planto,
Apailho la terro de flous.;
.. Espausso leis fruits, lou fuilhagi.;
N'en farié pas mai un ouragi
Deis plus marrits, deis plus affrous.

A débordé et court partout ;
Car ce bruit jamais ne s'arrête.
Il continue... vous rompt la tête
Et l'on n'en voit jamais la fin.

Bien pis encor, c'est autre chose
Qui ébranle votre maison,
Qui emporte pierres et dalles,
Arrache les tuiles des toits ;
Qui sème aux champs l'épouvante,
Brise tout, arbres et plantes,
Et jonche la terre de fleurs,
Secoue les fruits et le feuillage ;
Ne ferait pas pire un orage
Des plus mauvais, des plus affreux.

Mai enfin se fòu que lou noumi,
Aqueu tron, aqueu troumentau,
Vous dirai senso mai d'alongui
Qu'es lou ventouras de mistrau ;
Despei quinge jours eici boufo,
Nous leisso pas meme uno moufo,
Enrhaumo, au gavagi vous prend.
Se vous trobo sus soun passagi,
Eu vous souffleto lou visagi,
Vous embourgno, levo l'alen.

Dòu sòu escoubo la pòussiero
Et la fa patuar davant eu,
Piei nous atapo la lumiero,
Avuglo jusquo lou souleu.

Mais enfin s'il faut qu'on le nomme,
Ce tonnerre, ce tourmenteur,
On vous dira, sans plus tarder,
Que c'est le grand vent de mistral ;
Depuis quinze jours il souffle ici,
Ne nous laisse pas même une mousse,
Enrhume, vous prend à la gorge.
S'il vous trouve sur son passage,
Il vous soufflette le visage,
Vous éborgne, vous déshalène.

Du sol il balaye la poussière
Et la fait s'enfuir devant lui,
Puis nous dérobe la lumière ;
Il aveugle jusqu'au soleil.

Lou paure vouiajour, pecaire !
Sòu plus que dire ni que faire ;
L'impouerto caban et capèu ;
Debausso chivaus et carettos ;
Leis pastrilhouns, leis pastourettos
Pouedon plus veire soun troupèu.

Vous ficho au sòu leis chamineios ;
Garo aquelei que soun dessous ;
Siegue dimenche, festo ou velhos,
Ren fa cessar lou mau-courous.
Justo-mitan, bonapartistos,
Republiquen ou ben carlistos,
Trumento tout, tant pis tant mieu.
Se Philippo e sa grand meinado

Le pauvre voyageur, hélas !
Ne sait plus que dire, que faire ;
Il lui emporte caban et chapeau ;
Renverse chevaux et charrettes ;
Les bergers et les bergerettes
Ne peuvent plus voir leur troupeau.

Il jette à bas les cheminées ;
Gare ceux qui sont dessous !
Soit dimanche, fêtes ou veilles,
Rien n'arrête le mal-gracieux.
Juste-milieu, bonapartistes,
Républicains ou bien carlistes,
Il tourmente tout, tant pis tant mieux.
Si Philippe et sa nombreuse famille.

Se troubavo dessus sa piado;
L'empourtarié... au tron de Dieu.

Que lou grand Jupiter preserve
Leis *granoulhos* d'un tau malur,
Et qu'au countrari nous counserve
Lou *Gau* qu'a lou perié tant dur;
Mai, Mistralas, qu'es qu'es toun paire?
Qu'es que t'engendro, marrit laire?
Es-ti Eolo, lou foutrau?
Farieu cent legos senso peno
(De tu tant ai la testo pleno)
Per anar attapar toun trau.

En frances voulieu te maudire;
Mai a lou bec trop moussurot,

Se rencontrait sur son passage,
Il l'emporterait... à tous les diables.

Que le grand Jupiter préserve
Les *Grenouilles* d'un tel malheur,
Et qu'au contraire il nous conserve
Le *Coq* si dur à mourir;
Mais, grand Mistral, quel est ton père?
Qui t'engendre, maudit larron?
Est-ce Éole, le vieux sot?
Je ferais cent lieues sans peine
(Tant j'ai de toi la tête pleine)
Pour aller boucher ton trou.

En français je voulais te maudire;
Mais il a le bec trop délicat,

Et lorsque de mau li fau dire,
Lou dis toujour en poulit mot ;
Mai nouestro lenguo de Prouvenço
Et de ta souare la Durenço
Vau ta bouffado, cadebiéu !
Ieu ami la mettre en usagi
Quand contro uno pero ai la ragi
Ou contro Thiers lou sacrebieu.

Et lorsqu'il doit dire du mal,
C'est toujours avec de jolis mots ;
Mais notre langue de Provence
Et de ta sœur la Durance
Vaut ton grand souffle, tête-Dieu !
J'aime à la mettre en usage
Quand contre une poire j'enrage
Ou contre Thiers le sacripant.

Ma pièce finissait là, lorsque j'appris par des voisins les deux faits suivants qui venaient de se passer,
et que je rimai de suite à leur demande.

Mai qu'es que venoun de me dire ?
Un nouvèu tour de soun mestier ;
Eisso nous farié quasi rire
De nouestre marrit estafier :

Mais que vient-on de m'apprendre ?
Un nouveau tour de son métier ;
Ceci nous ferait quasi rire
De notre mauvais garnement :

Dins lou moumènt qu'uno chambriero
D'uno tres grosso berenguiero
Anavo jitar lou present,
Vite, deis mans li l'a 'nlevado,
Et berenguiero et la fouirado
Pataflòu... en bas tout ensèn.

S'es un vilain, nouestre bouffaire
De plus es un devergoundat.
Intro, farfoulho de tout caire,
Nouestreis filhetos fa'nrabia :
A-n-uno pauro pastouretto
(Urousament ero souletto)
Gardan seis agnèus au pasquié,
Li a'uboura faudaus et raubetto,

Au moment où une chambrière
D'un très grand vase.
Allait jeter le présent,
Vite, de ses mains il l'a prise,
Et... contenant et contenu...
Patatras... en bas tout ensemble.

S'il est un vilain, notre souffleur
Est, en outre, un dévergondé.
Il entre, furète partout
Et fait enrager nos fillettes :
A une pauvre bergerette,
(Heureusement elle était seule)
Gardant ses agneaux au pâturage,
Il a levé tablier et robe;

Et la coucan dessus l'erbétto
L'a couifado de sa camié.

Et la couchant sur l'herbe
De sa chemise l'a coiffée.

Ainsi, moitié riant, moitié grondeur, Diouloufet charmait les loisirs que lui faisait la politique. En cette même année 1839 qui vit naître l'*Ode à la pipe*, un poème biblique, *le Voyage d'Éliezer* lui valut le premier prix au concours de la Société archéologique de Béziers, le seul existant alors en faveur des idiomes méridionaux. Il publia aussi en 1840 une œuvre d'assez longue haleine en français : le *Don Quichotte philosophe,* 4 vol. in-12. De cet ouvrage, que nous ne connaissons pas, nous ne pouvons rien dire, si ce n'est qu'il est parvenu à sa cinquième édition : éloge qui en vaut un autre.

Diouloufet ne devait pas jouir longtemps de ce dernier succès. Peu après avoir fait paraître son *Don Quichotte,* il fut frappé d'une attaque d'apoplexie dans la maison d'un de ses amis, à la table même de M. le curé de Cucuron, — un joli pendant à Cucugnan — et il y mourut. Il fut inhumé dans le cimetière de cette paroisse le 14 mai 1840.

L'œuvre de Diouloufet est une œuvre saine et honnête. Ses plus grosses malices — on en a vu quelques échantillons — s'adressent à un pouvoir qui les aurait trouvées bien légères, comparées aux traits,

autrement terribles, qui pleuvaient autour de lui.
Avant tout, Diouloufet est plein de bonhomie; il a
gardé de l'ancien régime une grâce un peu précieuse
qui n'est pas sans charme. Chrétien fervent et royaliste éprouvé, ses écrits portent la trace inévitable de
ses convictions. Tous ceux qui aiment à retrouver
l'homme sous l'écrivain — et nous sommes de ce nombre — ne s'en plaindront pas, surtout quand, politique
à part, cet écrivain est un honnête homme, au sens
moderne et ancien du mot. Tel est Diouloufet.

A

M. CAMILLE CHABANEAU

FOUCAUD

Parmi les imitateurs originaux de La Fontaine,
— j'expliquerai tout à l'heure l'apparente contradic-
tion de ces mots, — le Limousin Foucaud tient un
rang des plus honorables. Dieu seul connaît le nombre de ceux que le prétendu « bonhomme » a séduits par
l'air naïf de son génie, ou par l'amère saveur de ses
leçons. Combien l'ont imité platement, ce grand et
profond esprit, dernier survivant, avec Molière, de la
lignée gauloise des Jean de Meung, des Villon et des
Rabelais; mais combien aussi ont acquis ou développé
à son école des qualités d'observation et de rendu pit-

toresque, qu'ils n'auraient pas même soupçonnées sans lui! En prenant La Fontaine pour modèle, en le traduisant parfois, en l'amplifiant toujours, Foucaud a donné à son esprit, naturellement porté vers la satire, le champ nécessaire pour observer et peindre le petit monde qui s'agitait autour de lui. C'est ainsi qu'en imitant il a pu devenir créateur à son tour, sa pensée une fois exercée à courir après son modèle ; ainsi se justifie le nom d'imitateur original que nous lui avons attribué, et qui lui sera maintenu, nous n'en doutons pas, par ceux qui l'étudieront comme nous.

Moins rustique et moins pur que Diouloufet, — dans la forme et dans le fond, — mais d'allure moins bourgeoise et plus personnelle, Foucaud n'a pas du fabuliste aixois l'honnête bonhomie et la malice exempte de fiel. C'est un tempérament de satirique, c'est-à-dire acerbe, violent et haineux le plus souvent. Son invective ou sa morale s'égayent rarement d'un sourire : il tend son esprit vers le but, comme sa flèche l'archer, et son étroit chemin, que ne connaissent point les roses, est bordé de buissons d'épines.

Né à Limoges le 5 avril 1747, d'une famille de marchands, qui avaient acquis une modeste aisance, au prix d'incessantes économies, Foucaud ressentit, dès son enfance, au milieu des siens, et au contact de cette bourgeoisie moyenne, qui devait fonder un nouvel ordre de choses, les premiers frémissements précurseurs de la Révolution française. Ce levain ignoré fermentera en lui et produira plus tard ces bouillonnements de révolte et de colère, qui aboutiront aux plus regrettables excès de l'orateur et de l'écrivain politiques.

« De toutes les maisons d'éducation qui se trouvaient alors à Limoges, nous dit son biographe, M. Péconnet, la plus renommée, à coup sûr, était celle des Jacobins.... Comme ils avaient poussé plus loin qu'on n'avait l'habitude de le faire en leur temps l'étude de l'histoire, de la philosophie, des mathématiques, ils se plaisaient à compléter les éducations commencées sous une autre direction; ils recevaient les jeunes gens alors qu'ils allaient bientôt quitter les bancs du collège, pour fortifier en eux une instruction trop superficielle, et pour les faire avancer d'un pas dans la science qu'ils avaient approfondie.

« Foucaud eut le bonheur d'étudier les belles-lettres et la philosophie à cette mâle école, et, dès qu'il eut approché de ses lèvres la coupe de la science, il se laissa prendre à son âpre saveur.... Il prit pour une vocation impérieuse ce qui n'était qu'amour de la science, ambition confuse, désirs sans objet;.... il entra dans l'ordre des Jacobins et reçut la prêtrise, sans descendre en son âme pour en examiner l'état, et sans peser à leur juste valeur ses sentiments et ses convictions.... Jusqu'au moment où les événements inclinèrent ses idées vers la politique, Foucaud parut avoir fait de l'étude et de l'enseignement le but unique de sa vie. Son esprit clair et méthodique semblait apte à tout retenir et s'appliquait sans efforts et avec

un égal succès aux sciences les plus variées; la théo-
logie, l'histoire, les belles-lettres, les langues vivantes,
lui découvrirent successivement leurs secrets. Mais les
mathématiques surtout avaient le don de le fixer, et
c'était toujours en elles que son esprit trouvait la plus
grande satisfaction. » Il se fit aussi prédicateur, et,
sans atteindre à l'éloquence, il eut des succès. « Foucaud
était aussi dans l'intimité un spirituel causeur, un peu
froid, un peu enclin à l'ironie, un peu absolu dans ses
idées, mais qui cependant se jouait avec facilité de
sujets divers, et savait toujours se faire écouter par la
grâce même de sa conversation. »

Tel est Foucaud dans sa jeunesse, au témoignage
de ses contemporains. La sérénité de sa vie laborieuse ne fut troublée qu'aux approches de son âge
mûr, coïncidant précisément avec la Révolution elle-
même.

« Dès le principe, Foucaud se mit en lumière. La
garde nationale le choisit pour aumônier lors de son
organisation. Ce titre paraît même avoir été reçu par
lui avec une vive satisfaction, si nous en jugeons par
le soin avec lequel il l'énonçait toujours à la suite de
son nom.

« Le 14 juillet 1789, fut célébrée à Limoges la fête
de la première fédération, et Foucaud fit, à cette occasion, son apparition en quelque sorte officielle dans le
monde de la politique. Un autel exhaussé sur de nombreux degrés, et faisant face à la porte Tourny, avait
été dressé vers le milieu de la place de ce nom. A

droite, et parallèlement aux bâtiments des Cordeliers,
était rangé le régiment Royal-Navarre, qui tenait alors
garnison parmi nous. A gauche, faisant face au régiment et adossées au mur du jardin des Feuillants, se
tenaient les diverses gardes nationales accourues à la
cérémonie. C'était par un splendide soleil. La foule se
pressait avidement à ce spectacle nouveau pour elle,
et inondait de ses flots les rues adjacentes et la longue
avenue de la communauté des Bénédictins. A Foucaud
revint l'honneur de célébrer la messe en cette solennelle circonstance, et dès ce jour il prit rang parmi les
serviteurs dévoués de la Révolution. »

Nous ne suivrons pas notre Jacobin — qui devait
bientôt changer d'habit, sans changer de nom — dans
les diverses phases de sa carrière révolutionnaire.
Aussi bien l'extrême violence de sa parole et de ses
écrits, déclamations furieuses ou parodies sacrilèges,
nous le montrerait sous un trop mauvais jour. Nous
renverrons, pour un plus ample informé, aux détails
curieux de la notice, déjà indiquée, de l'édition Ruben
(Paris, Didot, 1866) dont nous aurons encore à citer
quelques passages.

Celui-ci d'abord, qui plaide à propos les circonstances atténuantes : « Il faut dire cependant, pour
rester dans la vérité, que Foucaud, même à l'époque
de sa vie où il se livrait aux prédications furibondes,
ne parut jamais à ses concitoyens un tribun avide de
sang. On s'accordait à dire qu'une soif immodérée de
popularité le poussait seul à la violence, et l'on recon-

naissait volontiers qu'il eût reculé devant la mise en pratique des sauvages théories dont il se faisait l'apôtre.

«... En se faisant dans notre pays le propagateur des idées révolutionnaires, il est certain que Foucaud se berçait de splendides espérances. Son ambitieuse activité rêvait un théâtre pour se développer dans toute son ampleur. Il lui fallait une position à la hauteur de son savoir, une influence aussi vaste que ses désirs. Ce n'était point, en effet, une de ces natures chaudes et généreuses qui aiment la popularité pour elle-même, à cause de ses émotions et de ses orages. Et cependant Foucaud n'arriva pas aux honneurs convoités. Nommé juge de paix à l'élection, il devint bientôt après payeur du département. Mais ce n'était là qu'une satisfaction pour son amour-propre irritable, et non la réalisation de ses espérances. Sa vieillesse fut pauvre, chagrine, mélangée de dépits et de regrets ; mais cependant les goûts studieux de sa jeunesse se réveillèrent, et le disciple ardent de Robespierre se laissa séduire à la grâce de La Fontaine. » Ajoutons que le démagogue farouche de 93 devint le fervent admirateur de Napoléon.

Les fables de Foucaud, au nombre d'une centaine environ, toutes imitées de La Fontaine, sont restées populaires dans son pays. « Si vous entrez dans une des pauvres habitations des paysans du Limousin, nous dit son biographe, peut-être, sur le meuble qui soutient la vaisselle en faïence bleue et blanche, qui est; en ce genre, toute la richesse du ménage, verrez-vous un volume qui fut broché jadis, et qui aurait grand besoin d'être relié aujourd'hui. Ce livre n'est ni un livre de prières, ni un pamphlet socialiste, ni même l'*Almanach du berger* : ce sont les Fables de Foucaud.

« Il est une époque, dans notre pays de taillis et de fougères, où les cultivateurs se groupent le soir auprès d'une chandelle de résine. Octobre va finir. On pèle alors à la veillée les châtaignes qui doivent servir au déjeuner du lendemain. Les vieilles femmes, accroupies, filent silencieusement près de la large cheminée ; les hommes causent des semailles à commencer et des premières gelées blanches ; les vieillards disent par intervalles de sinistres histoires, si fantastiques que Hoffmann n'en rêva jamais de pareilles. Tout à coup, pour faire trêve aux apparitions de follets et de fantômes, un des jeunes gens de la veillée se prend à réciter, dans son idiome, une fable pétillante de grâce et de vivacité... c'est une fable de Foucaud. »

Cependant Foucaud s'est peu servi des dialectes rustiques du Limousin ; il a employé de préférence l'idiome des habitants de Limoges, bien plus altéré que celui des campagnards. Mais il a su parler à ceux-ci un langage approprié à leurs habitudes, à leurs idées, à leurs préjugés, et même à leurs passions les moins recommandables, telles que la haine du riche et l'amour du lucre. Comme tous les imitateurs, il a donné un développement souvent exagéré aux scènes décrites par La Fontaine. Mais il ne faut pas nous en plaindre, car c'est dans ces développements, excessifs au point de vue littéraire, que l'imitateur devient créateur à son tour, et nous fait pénétrer à sa suite dans les « intérieurs » de son pays.

Pour donner une idée de sa manière, voici une de ses fables, une des meilleures et des plus courtes, dont le rythme, sautillant et dégagé, bien en situation, fait honneur au sens délicat et original de l'harmonie imitative dont il a donné plus d'une preuve :

LOU RENAR E LOU ROZINS

Un renar
Sur lou tar
Se cantouno
Sou' no touno
De muscat

LE RENARD ET LES RAISINS

Un renard
Sur le tard
Se cantonne
Sous une tonne
De muscat.

Boun e bèu,
Bien roussèu,
Plo modur,
De segur.
Pèr n'en vei
Qual eïnéi !
Lo trelho ei àuto,
Moun renar sauto,
E sauto, sauto,
Sautoras-tu !
Jomái sa pauto
N'en magno gru.
Queù peto-vanto
Alors se planto
E di tout bas :
« N'en voulio pas.

Bon et beau,
Bien roux,
Bien mûr,
Pour sûr.
Pour en avoir
Quel ennui!
La treille est haute,
Mon renard saute,
Et saute, saute,
Sauteras-tu !
Jamais sa patte
N'en touche grain.
Ce vantard
Alors se plante
Et dit tout bas
« Je n'en voulais pas.

Qu'ei be tan ver
Coumo luzer;
Co deu être agre
Coumo vinagre.
Quauque gouja
N'aurio minja;
Co n'ei mas bou'
Pèr un jantou. »
Queu counte ei vrai
Coumo sai lai;
Mas qui n'en rit
Dit en se meimo :
'N ome d'esprit
Fai plo de meimo.
Necessita
Fai 'no vertu

C'est bien aussi vert
Qu'un lézard ;
Ce doit être aigre
Comme vinaigre.
Quelque goujat
En eût mangé ;
Ce n'est que bon
Pour un paysan. »
Ce conte est vrai
Comme je suis là-bas ;
Mais qui en rit
Dit en soi-même :
Un homme d'esprit
Fait bien de même.
Nécessité
Devient vertu

(Per vonita,
 Bien entendu).

(Par vanité,
 Bien entendu).

Que reste-t-il ici de La Fontaine? ce qu'il avait
pris lui-même à ses devanciers : la donnée première,
l'ensemble de la petite scène. Quant au théâtre de l'action, quant au langage de l'acteur, ils sont changés. Ce
n'est plus évidemment le même renard qui parle.
Celui de La Fontaine est gascon ou normand à volonté ;
celui de Foucaud est indigène, et tandis que le premier, par la bouche de l'auteur lui-même, parle à des
esprits cultivés, justement épris de son admirable sobriété, le second adresse son monologue à des paysans, et doit insister davantage pour être compris. De
là un tableau différent, avec le même fond et les mêmes
fabriques, mais d'une couleur plus chaude, d'un accent
plus vibrant, tout en conservant l'harmonie et sans
dédaigner la finesse.

On pourrait généraliser cette observation et l'appliquer, à des degrés divers, aux autres fables de
Foucaud. Le lecteur judicieux fera lui-même cet intéressant travail et nous dispensera de lui servir de
guide.

Foucaud s'est encore montré créateur, ou, si l'on
trouve ce mot décidément trop ambitieux, imitateur
libre et indépendant, vis-à-vis d'Horace. La première

et la deuxième ode du familier de Mécène et d'Auguste, lui ont fourni le thème d'amplifications à la fois patriotiques et rustiques, où le paysan limousin et ses campagnes remplacent le fantassin Marse et les eaux jaunes du Tibre, tandis que le César moderne reçoit l'encens allumé pour l'ancien. On jugera du rapprochement par la dernière strophe :

Jauvis loun-tems de to vittorio,
Culis lou fruit de toun trobai,
Sobouro lantomen la glorio
De t'auvî 'pelâ notre pai.
T'as mei loû reis dins lo balanço
E l'Europo o vu que to lanço
Fogio toujour lou countre-pei.
Ne sufras pus que l'Angleterro,
Tobe sur mer coumo sur terro,
Nous vegne bolhâ de l'einei.

Jouis longtemps de ta victoire,
Recueille le fruit de ton travail,
Savoure lentement la gloire
De t'entendre appeler notre père.
Tu as mis les rois dans la balance
Et l'Europe a vu que ta lance
Faisait toujours le contre-poids.
Ne souffre plus que l'Angleterre,
Aussi bien sur mer que sur terre,
Nous vienne donner de l'ennui.

N'est-ce pas la paraphrase, alors opportune, de ces vers :

.... Hic magnos potius triumphos,
Hic ames dici pater atque princeps:
Neu sinas Medos equitare inultos,
  Te duce, Cæsar !

Une autre pièce, celle-ci originale, semée de traits
heureux et piquants, et qui est restée extrêmement populaire dans tout le pays, à travers une admiration
débordante encore pour le conquérant, laisse en-
trevoir la lassitude prochaine. C'est une chanson
faite « sur la conscription de 1808 » et mise dans la
bouche d'une paysanne dont le fiancé est à l'armée.
M. Ruben a commis à ce propos une singulière
inadvertance, en affirmant (p. 223) que cette chanson ne figure pas dans la première édition donnée
par Foucaud en 1809. Cette pièce est bien dans
cette édition, t. Ier, p. 232. Elle avait déjà paru,
l'année précédente, dans une publication officielle, *la
Statistique du département,* « où le gouvernement
lui-même l'avait fait insérer », ainsi que le constate l'auteur dans l'épître dédicatoire de la première édition, reproduite par M. Ruben lui-même
(p. CLXXI).

Mais voici venir les folles entreprises, et le poète,
pressentant la banqueroute de la gloire, fait succéder
au panégyrique enthousiaste, à peine voilé de timides
regrets, cette ébauche ou ce fragment d'une satire, qui
est à la fois l'écho de ses désillusions personnelles et
du mécontentement général. Ces couplets ont paru

pour la première fois dans l'édition de 1849, la troisième :

Coumo queu bougre nous demeno !
Au nous rosso a bras rocourci ;
Veiqui trei ans qu'au nous charmeno,
Mai nous fai dire gran merci.
A forço de li 'vei fa fêto,
De 'vei vanta so bouno têto,
Creze qu'i l'an fa veni fòu.
Tout en fozen sous tours de forço
Ch'au vegn'a prenei quauqu'entorso,
Au nous forio vira lou còu.

Deipei que lou bougre coumando,
Dis lou dehors, dis lou dedins,

Comme ce b..... nous malmène !
Il nous rosse à bras raccourci ;
Voici trois ans qu'il nous écharpe,
Et nous fait dire grand merci.
A force de lui avoir fait fête,
D'avoir vanté sa bonne tête,
Je crois qu'ils l'ont fait venir fou.
Tout en faisant ses tours de force,
S'il venait à prendre une entorse,
Il nous ferait rompre le cou.

Depuis que le b..... commande,
Au dehors comme au dedans,

De l'Egipto deich' a l'Hollando,
Countas quant n'i o d'omeis de mins.
Pertout lo mort e lou cornage
An signola soun boun courage.
Lou diable sio pas soun meitier !
Dirias que l'Enfer en coulèro
L'aie mas jita sur lo tèro
Per deipeupla lou mounde entier.

Tant de coumbats, tant de botolhas,
Tant de beus poïs rovoja,
E tant de villas sei murolhas
L'an mas randu pus enroja.
Au fai toujour lou diable a quatre ;
Au ne parlo mas de se batre ;

De l'Égypte à la Hollande,
Comptez combien d'hommes de moins.
Partout la mort et le carnage
Ont signalé son bon courage.
Au diable son vilain métier !
On dirait : l'Enfer en colère
Exprès l'a jeté sur la terre
Pour dépeupler le monde entier.

Tant de combats, tant de batailles,
Tant de beaux pays ravagés,
Et tant de villes sans murailles
L'ont rendu bien plus enragé.
Il fait toujours le diable à quatre ;
Il ne parle que de se battre ;

E iau creirio bien, per mo fé,
Qu'en soun himour foroucho e soumbro,
Au se batrio countre soun oumbro
Si n'i ovio mas elló e se.

A quatre cent legas de Franço
Treina trei cent milo garçou,
Qu'ei b'eiza dovina d'avanço
Lou sort qu'au lour preparo a tou.
Lo fan, lo nevio, lo jolado,
Lo fotiguo, lo fusilhado,
Lou van boueifa coumo lou ven.
I ai pau, lou diable me coufounde !
Que co chio coumo en l'autre mounde,
Que jomai n'en ei tourna pen.

Et je croirais bien, par ma foi,
Qu'en son humeur farouche et sombre,
Il se battrait contre son ombre
S'il n'y avait plus qu'elle et lui.

A quatre cents lieues de la France
Traîner trois cent mille garçons,
Il est facile à deviner d'avance
Le sort qu'il leur prépare à tous.
La faim, la neige, la gelée,
La fatigue, la fusillade
Les vont balayer comme le vent.
J'ai peur, le diable me confonde !
Que ce soit comme en l'autre monde,
D'où jamais nul n'est revenu.

Il y a dans ces quatre strophes une verve amère et
une vigueur d'expression qui en font pour nous l'un
des chefs-d'œuvre de Foucaud. Ce serait peut-être le
cas de regretter que le poète n'ait pas donné à la veine
railleuse et satirique qui faisait le fond de son tempérament, plus d'occasions de se manifester en des sujets
contemporains.

Deux autres pièces : *lo Meijou e lo vito d'un garçou* et *la Chansou sur lou Boulangei,* la première
surtout, d'allure très populaire, donnent quelque
fondement à nos regrets. Il est permis de croire
qu'en accentuant ce côté de son talent, Foucaud
eût été pour le Limousin ce que Victor Gelu, l'âpre
chansonnier de la plèbe marseillaise, est pour la Provence, c'est-à-dire la vivante incarnation d'un type,
d'une classe de son pays.

Un Noël qui fut chanté dans la cathédrale de
Limoges atteste aussi la flexibilité de son talent. Une
certaine grâce évangélique, qui n'exclut pas le trait
incisif, s'y fait remarquer à côté des leçons de conduite, tirées sans nul doute d'une cruelle expérience
personnelle.

En résumé, Foucaud est le poète classique du
Limousin. Ainsi le qualifie notre savant confrère
M. Chabaneau, l'auteur de la *Grammaire limousine*
et de tant d'autres travaux remarquables, dans une
lettre à nous adressée naguère. Il est bien regrettable
pour notre poète, et pour les amis des littératures
populaires, que M. Chabaneau n'ait pu encore donner

suite à son projet d'édition nouvelle de Foucaud, qu'il
a depuis longtemps l'intention de publier. Ce travail
est indispensable : les premières éditions sont surchar-
gées de lettres, de signes inutiles, et celle de Ruben,
malgré ses mérites accessoires et le travail considérable
de ses notes philologiques, a le défaut, suivant l'opinion d'un bon juge, d'altérer le texte pour le rendre
conforme à la prononciation actuelle de Limoges. Il
ne paraît pas impossible au futur éditeur de Foucaud
de reproduire la prononciation de l'auteur lui-même
au moyen de sa propre manière d'écrire, sans retracer
sa graphie défectueuse. Nous ne pouvons que hâter de
nos vœux cette édition définitive. En attendant, nous
nous sommes efforcé, dans les quelques citations que
nous avons dû faire, de simplifier, autant que nous
l'avons pu, le texte de notre poète, sans l'altérer, et
sans prétendre le moins du monde à faire œuvre de
philologue.

Foucaud nous a dit lui-même la pensée qui l'avait
guidé en publiant un travail « qu'il n'avait d'abord
entrepris que pour lui ». On aime à l'entendre parler
de son but et de ses espérances.

Vous savez aussi bien que moi, messieurs, dit-il à ses
confrères dans son épître dédicatoire à la Société d'agri-
culture, des sciences et des arts de Limoges, que les
fables du bon La Fontaine sont un traité complet de
morale, que nos devoirs envers Dieu, envers le prochain,
envers nous-mêmes, y sont tracés avec les caractères
d'une naïveté inimitable ; que toutes les vertus y brillent

de l'éclat qui est propre à chacune d'elles, dans quelque état qu'elle se montre ; enfin, que tous les vices y sont châtiés, sans acception de personnes, avec la verge du ridicule, si difficile à manier.

Jai donc pensé qu'un pareil tableau, mis sous les yeux de l'habitant de nos campagnes, ne pouvait que hâter les progrès de son instruction, et j'ai déjà quelques données pour pouvoir espérer d'obtenir cet heureux résultat.

Pendant mon séjour à la campagne, durant la belle saison, j'ai fait réciter, le soir à la veillée, quelques-unes de mes fables, dans les réunions de ces braves gens, qui se faisaient habituellement chez moi. L'impression faite sur eux, en excitant ma surprise, a été une jouissance bien douce pour mon cœur. Ils ont dit à la jeune personne qui les récitait : *Moun Di! domoueiℨelo, coumo qu'ei brâve! Viℨâ, diriâ que qu'ei de la counferença.* Et ils la prièrent d'en faire apprendre quelques-unes par cœur à leurs enfants : ce qu'elle fit.

Nous aurions voulu donner à nos lecteurs un portrait satisfaisant de notre poète. A défaut de celui qui figure en tête de l'édition de 1835, et que nous n'avons osé reproduire, parce qu'il frise la caricature, avec son bonnet pareil à celui d'Argan, et ses lunettes relevées sur le front, voici la fidèle description et le commentaire exact que nous en a fait M. Ruben : « Le front est large, droit et nécessairement intelligent ; mais l'œil petit, vif et malicieux semble en embuscade derrière une paupière longue, plissée et abaissée comme derrière les lamelles d'une persienne. Le cerveau guette par là; il veut voir et n'être pas vu. Les temps sont très rentrées; la partie postérieure de la tête fuit et se cache. De la pénétration, mais peu de hardiesse! Le reste du visage est à l'avenant. Le nez est recourbé, large et charnu; les lèvres sont lourdes et épaisses, surtout la lèvre inférieure qui est en même temps renversée et un peu sensuelle. Le menton est symétriquement taillé sur le modèle du nez; les pommettes des joues sont saillantes. Tout cela joue la bonhomie, mais imparfaitement, et en somme l'ensemble du visage est peu sympathique. En regard de ce portrait, plaçons les souvenirs des contemporains de Foucaud. Quelques personnes se le représentent encore. Il était sec, malingre, hypocondriaque, n'ayant plus la fièvre, mais en ayant conservé toute l'amertume, sceptique par expérience et surtout par impuissance, plutôt frondeur comme La Rochefoucauld, dont il avait en quelque sorte le passé orageux, que bonhomme comme La Fontaine, dont il n'avait pas la politique égoïste.

« Tel est Foucaud dans sa vie politique ou privée, tel il est aussi dans ses œuvres. On y sent trop la mauvaise humeur. Où La Fontaine est malicieux, il est méchant;.... il faut voir le mal qu'il se donne pour intercaler une satire dans son récit. Ce ne sont plus les poètes méridionaux bruyants et parfois grossiers, mais bonnes gens au fond,.... c'est, d'une part, l'écrivain instruit et spirituel, de l'autre, l'homme du peuple envieux, l'orateur du club révolutionnaire. Les

exemples viennent en foule à mon esprit. Un des plus
frappants est la fable des *Animaux malades de la
peste*. Les souvenirs républicains y coudoient à chaque instant les idées religieuses. On y voit figurer les
rois et leur majesté, les courtisans et les paysans, le
bon Dieu, le péché, la confession, la pénitence et le
pré des religieuses que l'âne s'accuse d'avoir brouté,
la Convention, le Comité, la tribune, le jury et la mise
hors la loi du trop scrupuleux baudet. Foucaud termine ainsi sa fable :

> L'auteur de ce conte assure
> Que, sans voir la procédure,
> On peut deviner aisément
> Quel sera le jugement.
> Voici comment :
> Est-ce un richard qui s'est rendu coupable ?
> Soyez sûr que son cas n'est jamais condamnable
> (Entre riches, c'est entendu).
> Mais si le prévenu se trouve être minable,
> Pauvre, faible, misérable,
> Soyez sûr qu'il sera pendu.

« Ces pauvres riches ! Jamais Foucaud ne laisse passer l'occasion de les pourchasser de ses sarcasmes et
de les montrer du doigt au peuple. Cette occasion, il
la recherche même le plus souvent (voy. *l'Ane et le
Chien, la Laitière et le Pot au lait*). La Fontaine,
dans ses attaques les plus mordantes, fait la leçon aux

grands sans arrière-pensée, sans amour de popularité;
Foucaud, lui, semble plutôt faire appel aux passions
des petits. Il n'en veut pas tant à la noblesse qu'à la
fortune. La révolution a fait justice des nobles : ils
sont proscrits, leurs biens ont été vendus, et la bourgeoisie s'est enrichie de leurs dépouilles; mais le
paysan n'a fait que changer de maître, et « son ennemi,
« c'est son maître ». D'ailleurs, les idées vagues de grandeur et de noblesse sont passées de mode. Le paysan
ne les comprendrait peut-être pas, et Foucaud tient
avant tout à se mettre à la portée de son auditoire.
Faut-il considérer cette raison comme une excuse ? »

Quels qu'aient été les mobiles secrets de notre
poète, son biographe, M. Péconnet, dit avec raison :
« Les fables de Foucaud mirent autour de son nom
une auréole de gloire modeste et renfermée dans les
limites de sa province. Sa vieillesse en fut doucement
éclairée. Il trouvait enfin dans ses dernières années
cette popularité si ardemment cherchée à travers les
orages révolutionnaires. C'était la poésie qui avait
pris par la main cette déesse fugitive pour la conduire
au vieillard....

« Depuis quelques années à peine, une maison a
disparu qui se trouvait en face de la porte principale
et si habilement restaurée de l'église cathédrale de Limoges. Une tour là distinguait des habitations envi-
ronnantes. On la nommait encore tour Foucaud. C'est
dans cette maison silencieuse que le révolutionnaire
désillusionné était venu enfouir ses rêves ambitieux;

c'est là qu'il vécut, recevant encore dans son cabinet d'étude, au rez-de-chaussée de cette maison disparue, les nombreux élèves qui venaient auprès du vieillard, comme autrefois au couvent auprès du jeune jacobin, puiser dans ses leçons un peu de la science qu'il possédait. C'est là enfin qu'il mourut le 14 janvier 1818, à six heures du matin.... Aussi longtemps qu'il avait senti le sang et la vie circuler ensemble dans ses veines, il avait rejeté loin de lui les pensées religieuses. De sa part c'était moins incrédulité qu'indifférence. Mais, quand il comprit que la mort allait le prendre, il n'eut pas le triste courage de finir comme il avait vécu. La religion fut appelée à lui prodiguer ses consolations et ses secours. L'évêque de Limoges vint lui-même s'agenouiller auprès du lit du mourant, et prêta l'oreille à la confession de ce prêtre égaré. Sans doute, il était dans sa vie des jours d'erreur et de colère ; sans doute son cœur s'était ouvert à des sentiments qui n'inspiraient pas l'amour et le pardon. Mais le ministre de Dieu comprit combien les excitations d'un siècle tourmenté, les illusions de l'imagination, les emportements irréfléchis avaient eu de pouvoir sur l'esprit du vieillard expirant, et il implora les bénédictions du ciel pour ce sceptique qui, à l'âge de soixante-dix ans, allait mourir en chrétien.

« Le livre de Foucaud lui a survécu. Ses fables sont dans toutes les mémoires. Elles n'ont rien perdu de leur grâce primitive et semblent toujours nouvelles, tant elles ont de fraîcheur. Nous les avons apprises de nos pères, nos enfants les recevront de nous, et elles iront ainsi d'âge en âge aussi longtemps que vivra cet idiome patois autrefois si décrié, mais si estimé de ceux qui le comprennent, depuis que Foucaud a révélé sa vivacité, son harmonie, sa naïveté pittoresque et sa flexibilité. »

A

M. LÉON DE BERLUC-PÉRUSSIS

D'ASTROS

Maison Quantin

D'ASTROS

1780-1863

———

Bien différent dans son existence et dans ses écrits nous apparaît le poète et le prosateur provençal dont nous allons parler. Né, le 15 novembre 1780, à Tourves, petit village du Var, situé à peu près à distance égale d'Aix et de Draguignan, le docteur d'Astros a passé à Aix la plus grande partie de sa vie laborieuse et vénérable. C'était le frère de cet abbé d'Astros, victime des colères de Napoléon, qui le tint emprisonné jusqu'à sa chute pour avoir laissé publier la bulle d'excommunication de Pie VII, et devenu plus tard cardinal et archevêque de Toulouse.

Médecin habile et consciencieux, ayant donné des preuves de grand dévouement à l'occasion de plusieurs épidémies, Joseph-Jacques-Léon d'Astros a laissé des écrits qui témoignent de sa science et de son coup d'œil pratique. La poésie et la prose provençales ne furent pour lui que des délassements à d'utiles et pénibles labeurs. Aussi a-t-il laissé un petit nombre d'œuvres; mais toutes portent la marque d'un esprit très fin, très cultivé et d'une gaieté de bon aloi. Elles attestent en outre une parfaite connaissance de la langue. Il l'emporte même à cet égard sur son contemporain Diouloufet, en ce sens qu'il se montre plus soucieux de la pureté des termes qu'il emploie, quoiqu'il paraisse moins préoccupé de cultiver le jardin des racines grecques.

C'est en 1823 seulement qu'il commença à publier ses fables dans le Recueil des Mémoires de l'Académie d'Aix; et ce n'est qu'après sa mort, arrivée à Aix le 31 décembre 1863, que ses diverses productions provençales ont été réunies en un petit volume, édité en 1867 par la librairie Remondet-Aubin.

Nous y trouvons une quinzaine de fables d'après La Fontaine, qu'il a fort habilement, et non sans charme ou vigueur, transformées en provençal de la bonne école. Une des plus remarquables et qui atteint presque à l'effet grandiose de l'original — avec des détails bien provençaux pourtant — est celle des *Animaux malades de la peste*:

RUINES DE MONTMAJOUR

P. Maurou sc

Maison Quantin

Un discours en prose, entièrement composé de proverbes provençaux, est une curiosité littéraire, qui ne manque pas d'esprit, et bien près du tour de force. Il était souvent prié de le dire, avec quelque fable nouvelle, aux séances publiques ou privées de l'Académie d'Aix, et son biographe, M. Castellan, nous dit que « tous ceux qui dans Aix, et même à Marseille, aimaient encore un peu la vieille langue du pays, se délectaient à chaque apparition d'une pièce provençale de M. d'Astros, et recherchaient le moment où ils pourraient l'entendre lui-même réciter son œuvre ».

Son talent aimé et l'honorabilité de son caractère le désignèrent aux suffrages des amis du *Gay Saber* ou Gai Savoir, lorsque ceux-ci « voulurent se livrer à une manifestation publique de leur existence, et qu'ils se réunirent en congrès, à Arles d'abord le 29 août 1852, puis à Aix le 21 août 1853 : tous s'empressèrent de le proclamer président ». A cette occasion, M. d'Astros prononça un discours en prose provençale, très applaudi, et lut, « à la grande satisfaction des auditeurs, nous dit encore son biographe, deux jolies pièces entièrement de sa composition : la fable *l'Esquiròu e lou Reinard,* l'Écureuil et le Renard, et le conte *Meste Simoun e soun ai,* Maître Simon et son âne; qui font regretter, par leur piquante originalité, que l'auteur n'ait pas plus souvent puisé ses sujets dans son propre fonds ». Pour nous, l'originalité de d'Astros est tout aussi évidente dans les développements qu'il donne à la pensée de son mo-

dèle. « M. d'Astros, dit M. Ruben, l'éditeur de Foucaud, dans l'étude sur les fabulistes méridionaux dont
il a fait précéder l'œuvre de son compatriote, est véritablement le fils de La Fontaine. Aussi il le respecte,
il le suit autant qu'il est possible à un Provençal de
le suivre, c'est-à-dire en gambadant de çà, de là, et en
s'arrêtant à chaque instant pour cueillir une fleur.
Quelquefois même il s'écarte de la route, et alors on
se met à songer que si La Fontaine n'a pas pris le
petit sentier suivi par son imitateur, c'est uniquement parce qu'il n'y a pas songé.... » Quel meilleur éloge peut-on faire de cet aimable et judicieux
esprit ?

Nous ne terminerons pas cette notice sans parler
d'une traduction de notre auteur, qui nous paraît, dans
son genre, un vrai chef-d'œuvre. C'est celle des stances si connues de Racan :

Tircis, il faut penser à faire la retraite...

Ces stances sont traduites vers pour vers, on pourrait presque dire mot pour mot, ou bien quand ceci
est impossible, par des équivalents qui sont dans le
pur génie de la langue provençale. Traduire ainsi,
c'est en quelque sorte créer, et nous ne connaissons
aucune traduction, en aucune langue, qui puisse être
comparée à celle de notre conteur.

Le docteur d'Astros, qui fut, comme on le voit, un
précurseur de talent, eut la bonne fortune d'assister à

la naissance du félibrige, — ce qui était bien dans ses fonctions; — il vécut même assez pour applaudir aux premiers succès du *bambino* et pouvoir deviner peut-être l'épanouissement de ses hautes destinées.

A ROUMANILLE

HYACINTHE MOREL

Maison Quantin

HYACINTHE MOREL

1756-1829

Avignon, la Rome provençale, comme les Comtadins et les Provençaux aiment à l'appeler, devait aussi fournir à la littérature locale un poète des plus distingués, Hyacinthe Morel, qui fut l'un des professeurs de l'historien Mignet au lycée de cette ville. « Étrange, curieuse et bien touchante rencontre, dit à ce propos Mistral, un troubadour provençal apprenait la rhétorique à l'un des futurs maîtres de la langue française! » Sous ce titre : *lou Galoubet,* — c'est le nom d'une petite flûte à trois trous dont on joue en la tenant de la main gauche et en s'accompagnant du tambourin — Hyacinthe Morel a laissé un recueil intéressant de chansons, d'épîtres et de fables.

Né *en* Avignon le 5 janvier 1756, Hyacinthe Morel fit ses études au collège de Saint-Jean de cette ville, dirigé par les Doctrinaires, congrégation enseignante fondée par César de Bus[1]. Les maîtres de Morel, trouvant chez lui des dispositions pleines de promesses, le retinrent parmi eux et le reçurent clerc avant l'âge de vingt ans. « Notre jeune doctrinaire, ajoute Mistral à qui nous empruntons ces détails, alla d'abord professer au collège de Toulouse, puis à celui d'Aix où il faisait la rhétorique. »

C'est dans la capitale de la Provence que Morel se révéla poète.... provençal? non, poète français. La mode était alors aux petits vers. Les recueils littéraires de cette époque, le *Mercure de France,* les *Étrennes du Parnasse* et l'*Almanach des Muses,* accueillirent ses productions avec faveur, si bien que La Harpe célébra le mérite du professeur d'Aix, et que les journaux du temps allèrent jusqu'à le comparer à Gilbert.

« Mais sous ses coups de tonnerre, continue son biographe provençal, dont nous traduisons la prose poétique, 1789 fit taire les rigaudons. L'abbé Morel, comme on l'appelait alors, embrassa la liberté avec l'affection ardente d'un généreux et jeune

---

1. César de Bus, né à Cavaillon en 1544, d'une famille originaire d'Italie, mort *en* Avignon en 1607.

cœur[1]. Revenu dans son pays, il consacra pleinement aux principes nouveaux ses loisirs, sa passion et ses chants. Or, en ce temps, la France était comme un vaisseau par grande tempête, qui doit souvent jeter à la mer le plus précieux de son chargement. Chaud partisan de la Gironde, et connu comme tel, quand l'héroïque troupe de ceux qu'il admirait fut tombée dans la lutte, Morel, pour sauver sa tête du couteau, fut forcé de fuir, de gagner les montagnes et d'attendre dans une grotte la fin de la Terreur. Enfin les vents s'apaisèrent, les nuages disparurent, l'aube d'un siècle nouveau vint luire sur la France nouvelle, et dans la feuillée reverdie chantèrent encore les petits oiseaux. »

Parmi les poésies françaises de Morel composées avant et après la Terreur, on cite une *Épître à un jeune matérialiste* (1785) ; une *Épître à Zulima* (1788) ; *la Caverne,* poème ; *Mes distractions,* ou poésies diverses (1799). Plus tard, il fit paraître *l'Art épistolaire* (Paris, 1812) ; *Lettres sur le matérialisme* (1818) ; *le Temple du romantisme* en prose et en vers (1825). D'après Larousse, il aurait fondé le *Journal de Vaucluse* en 1803.

Ses premières épîtres philosophiques ou satiriques lui avaient donné, avec l'estime des lettrés, la réputation d'homme d'esprit et de goût. Aussi, dès l'établissement de l'Université, la chaire de rhétorique du collège

1. Il écrivit, d'après Larousse, des brochures contre le célibat ecclésiastique.

d'Avignon fut pour lui, et c'est là qu'il eut pour élève
le futur historien de la Révolution française, dont
nous avons déjà dit le nom...

« Vers 1810, Avignon possédait un Athénée où se
réunissaient les beaux esprits de la contrée. Le baron
de Stassart, — qui devint plus tard président du Sénat
belge, — alors préfet de Vaucluse, en était le président. M. de Fortia, le savant antiquaire, y commu-
niquait ses découvertes. On y fêtait les peintres Carle
et Horace Vernet, quand ils venaient faire un tour
dans leur pays comtadin. Là, plus tard, se rendait
aussi Esprit Requien, le naturaliste. Là enfin, et c'était
le plus empressé, on voyait le professeur Morel.
Secrétaire général de la petite Académie, il en était
l'âme, la vie et le soutien ; c'est lui qui attisait alors,
dans sa ville natale, ces goûts artistiques, cette vie
littéraire, sans lesquels la ville la plus riche n'est et ne
sera jamais qu'une fourmilière d'imbéciles. »

Comment notre académicien avignonais, notre ex-
abbé girondin, devint-il poète provençal ? La question
peut se poser comme un problème, si l'on se rappelle
les goûts et les tendances littéraires du moment. C'était
l'époque de l'imitation à outrance de l'antiquité classique accommodée à l'esprit du jour. Malfilâtre, qu'on
avait aussi comparé à Gilbert, délayait dans les quatre
chants de son poème, *Narcisse dans l'île de Vénus*,
le délicieux fragment du troisième livre des *Métamorphoses* d'Ovide. Le *Génie de Virgile*, du même
poète, paru en 1810, fut célébré par Dussault, l'un

des critiques des *Débats*, comme l'œuvre d'un poète qui n'avait plus qu'un pas à faire pour se placer parmi les maîtres de la poésie française. (*Journal des Débats* du 25 novembre 1810.) Et Dussault, l'émule de Geoffroy et de Feletz, ne faisait que traduire avec fidélité l'opinion de l'Université impériale et de la critique dite classique, à la veille de l'éclosion du romantisme. Quelques années auparavant, en 1804, l'*Énéide* de Delille avait été tirée à cinquante mille exemplaires, et l'on disputait ardemment auquel de ces deux champions, Malfilâtre ou Delille, devait être donnée la palme de traducteur émérite. C'était une réaction provoquée par les excès de la littérature révolutionnaire. Le dégoût du présent amène parfois la résurrection du passé. Ainsi s'explique le vers de Marie-Joseph Chénier :

Je lisais Rœderer et bâillais en silence.

« Rœderer, c'était la littérature politique, le rugissement de Marat, les diatribes de Robespierre, la fureur des clubs s'exhalant en propos de la Halle, la prose terreuse des écrivains du Directoire, sans excepter celle de Necker, de Benjamin Constant, voire de Mme de Staël. De cela on ne voulait plus ; on en avait une indigestion ; afin d'y échapper, on se serait réfugié volontiers dans les délices de l'Astrée [1]. »

1. *Notice sur la vie et les œuvres de Malfilâtre,* par L. Derôme, en tête des *Poésies de* Malfilâtre, éd. Quantin. Paris, 1884.

En attendant que les écrivains de la période romantique, produits directs de l'école de Rousseau, d'André Chénier, de Chateaubriand et de Bernardin de Saint-Pierre, vinssent ouvrir de nouveaux horizons littéraires à la pensée humaine et enseigner une meilleure et plus large application des forces créatrices de l'esprit français, c'était dans une atmosphère pseudo-classique, que vivaient les hommes de lettres. Hyacinthe Morel, qui, malgré les succès de l'auteur de *René* et des écrivains de l'école philosophique tels que de Bonald et de Maistre, ne pouvait prévoir les triomphes prochains de Lamartine, de Victor Hugo, d'Alfred de Vigny, de Casimir Delavigne et de Béranger, alors que Malfilâtre, même après 1820, dépassait tous ces noms de cent coudées aux yeux du public[1], Hyacinthe Morel, en homme intelligent, vit-il dans le provençal un instrument fait exprès pour le culte du vrai et de la nature, ou bien suivit-il, d'instinct, la voie nouvelle qui s'offrait à ses pas? Je ne sais. Toutefois, réfléchie ou instinctive, sa résolution fut bonne, car, malgré les passeports signés par La Harpe et ses disciples, son nom ne serait probablement pas arrivé jusqu'à nous. Il se serait perdu dans la foule de ceux qui continuèrent à cultiver les bouquets à Chloris et les idylles inspirées de Gessner.

Néanmoins l'ancien poète de l'*Almanach des Muses*

1. « On le réédite en 1822, 1823, 1825, deux fois en 1826, une fois encore en 1829. Il n'alla pas plus loin. » Préface citée.

ne saura pas s'affranchir tout à fait de ses vieilles entraves. Mistral le constate, en un langage des plus pittoresques[1], dans cette préface à laquelle nous faisons de nombreux emprunts; mais, en dépit de ces taches, « le *Galoubet* de notre auteur a contribué, pour sa part, à conserver les traditions de la littérature provençale ».

« Et remarquez bien, continue l'auteur de *Mireille*, que, pour ignorée et pauvre qu'ait été longtemps notre littérature, elle fut cependant une continuelle protestation contre l'affectation et le faux goût. Pourquoi? Parce qu'elle a toujours vécu avec le peuple, et que toujours le peuple est franc et naturel. Ce qui prouve le plus l'irrésistible besoin que l'on avait partout, et principalement dans le Midi, de revenir à la nature, c'est que dans le même temps, c'est-à-dire vers la fin de l'Empire, il n'y avait pas dans le Midi une ville qui n'eût son *trouveur, troubaire :* Morel à Avignon, Diouloufet à Aix, Michel de Truchet à Arles, Bellot à Marseille, Auguste Tandon à Montpellier, Louis Aubanel à Nîmes, Bergeret à Bordeaux, Foucaud à Limo-

---

1. « Vous dirai pas encaro, que noun i ague dins soun libre tant e piei mai de councessioun a la perruco, a la poumado emai au franchimand. Que ie faren? Quand plòu, fau toujour acampa quauco petoulo. » Je ne vous dirai pas encore qu'il n'y ait pas dans son livre tant et plus de concessions à la perruque, à la pommade et au français. Mais qu'y faire? Quand il pleut, il faut toujours attraper quelques crottes. — *Lou Galoubet de Jacinte Morel,* em' uno prefaci biougrafico per F. Mistral. Avignoun. Roumanille, libraire-editour, 1862.

ges, etc. A travers les fentes du roide et froid niveau
que les hommes de chiffres auraient voulu poser sur
la France si diverse, le vieux parler roman jaillissait
et sourdait comme le vif jet d'une source indomptable.

« Habitants du Midi, fils du soleil que nous sommes, franc et beau rejeton de la race latine, vénérons
donc et n'oublions jamais les organes modestes de ce
mouvement de renaissance ! »

Après cette explosion d'enthousiasme reconnaissant
du poète des « Iles d'or », nous n'avons plus qu'à enregistrer le succès qui accueillit l'œuvre de Morel, et qui
est attesté par la liste des souscripteurs imprimée en
tête de la première édition du *Galoubet*. « Il n'y a pas
une bonne maison de la cité pontificale qui ne figure
dans cette liste, — dit son biographe, — et non sans
raison, car on retrouve dans ses vers, fables, chansons
ou facéties, le tour fin et naturel, simple et gai, jamais
forcé des hommes d'autrefois; on y retrouve ce que
les hommes d'argent oublient d'amasser, les mots
riches de sens, de douceur ou d'énergie, les sentiments
exquis, les nobles pensers, et ce que les notaires ne
mettent pas dans leurs actes, les éclats de rire de nos
grands-pères, la beauté savoureuse de nos mères-grand. »

La première édition du *Galoubet*, imprimée en 1828,
chez Bonnet fils, et depuis longtemps épuisée, était
malheureusement défigurée par un système d'orthographe horriblement disgracieux. C'est Mistral qui le
constate et qui est ainsi amené à parler de l'édition
nouvelle qu'il présente au public: « Aujourd'hui, écrit

PALAIS DES PAPES A AVIGNON

Maison Quantin

il en 1862, que le provençal a reconquis sa place parmi les langues respectées, et qu'il n'a plus besoin, pour se faire lire, d'imiter l'orthographe française, nous ne pouvions mieux faire que de l'écrire suivant notre système national et félibréen. C'est ce que nous avons fait. De plus, nous avons profité des manuscrits de l'auteur, pour y choisir les variantes qui nous ont paru le plus conformes au bon usage provençal, et nous avons laissé de côté quelques pièces qui ne méritaient pas de revoir le jour. »

L'œuvre du *trouvaire* avignonais se compose, avons-nous dit, de chansons, d'épîtres et de fables.

Parmi les premières, et pour donner une idée de la manière du poëte qui n'a pas encore rompu tout à fait avec les petits vers de l'*Almanach des Muses,* car « l'on revient toujours à ses premiers amours », suivant un refrain célèbre de cette époque, nous citerons sa pièce :

AU ROUSSIGNÒU

Bel aucèu, ma voues te saludo :
A tu bonjour e bon toustèms !

AU ROSSIGNOL

Bel oiseau, ma voix te salue :
A toi bonjour et bonheur !

Chascun te dèu la benvengudo,
Car sies lou courrié dòu printèms.

De l'ourquèstro de la naturo,
O musicaire proumieren,
Se cantes souto la verduro,
Tout, per t'ausi, béu soun alen.

La jouino e tendro pastoureto,
Quand sibles ti savènt councert,
Vèn d'escoundoun souto l'oumbreto
Per estudia ti poùlits er.

Lou riéu que travesso la plano,
En t'escoutant, s'emperesi ;

Chacun te doit la bienvenue,
Car tu es le courrier du printemps.

De l'orchestre de la nature,
O musicien précoce,
Si tu chantes sous la verdure,
Tout, pour t'ouïr, boit son haleine.

La jeune et tendre pastourelle,
Quand tu siffles tes savants concerts,
Vient, en se cachant sous l'ombrage,
Pour étudier tes jolis airs.

Le ruisselet qui traverse la plaine,
En t'écoutant, devient paresseux ;

Voudrié trouva quauco engano
Pèr faire dura soun plesi.

L'art que vòu egala ti gràci,
S'entènd ti cant meloudious,
Se retiro clinant la fàci,
E se taiso tout vergougnous.

Se calignes uno mestresso,
Sies segur de n'estre adourà :
Tu cantes trop bèn la tendresso
Pèr cregne de pas l'enspira.

Jouis ben de ta destinado,
E revène, d'un léugié vòu,

Il voudrait trouver une ruse
Pour faire durer son plaisir.

L'art qui veut égaler tes grâces,
S'il entend tes chants mélodieux,
Se retire, baissant la face,
Et se tait tout honteux.

Si tu courtises une maîtresse,
Tu es sûr d'en être adoré;
Tu chantes trop bien la tendresse
Pour craindre de ne pas l'inspirer.

Jouis bien de ta destinée,
Et reviens, d'un léger vol,

En mai de la nouvello annado,
Nous regala de ti bemòu.

Sarai souto la memo ramo ;
Se siéu absènt a toun retour,
Ah ! counsacro un cant a moun amo
E pènso qu'ai perdu lou jour.

En mai de la nouvelle année,
Nous régaler de tes bémols.

Je serai sous le même feuillage ;
Si je suis absent à ton retour,
Ah ! consacre un chant à mon âme
Et pense que j'ai perdu le jour.

Les épîtres nous donneront une note plus personnelle et surtout plus locale, témoin ce passage de l'une
d'elles qui sent bien le Midi et les cassolettes embau-
mées dont on parfume encore les passants, quand on
ne les arrose pas des pieds à la tête :

D'autri fes, me servies de guido
Au mitan dis oumbro perfido,
Quand recassave, ai ! las ! sus moun frount despichous

D'autres fois tu me servais de guide
Au milieu des ombres perfides,
Quand je recevais, hélas ! sur mon front dédaigneux

L'aigo di gorgo di reulisso,
O bèn li passo-res afrous
Di quau, e maugrat la pouliço,
Recevian au mens li respous.

L'eau tombant des chéneaux,
Ou bien les cassolettes affreuses.
Desquelles, et malgré la police,
Nous recevions au moins les éclaboussures.

Dans une pièce précédente, *A l'ami Faure,* notre poète avait baptisé Marseille *la vilo di passo-res,* quoique celle-ci n'ait pas le monopole des cassolettes si bien maniées par Trufaldin au troisième acte de *l'Étourdi :*

Fi ! cela sent mauvais, et je suis tout gâté.

Passons vite, et tant mieux si nous n'entendons pas trop tard le cri *passo-res :* Il n'y a personne ? Gare dessous !

Les fables de Morel ne sont pas très nombreuses, — une trentaine, — mais elles nous offrent les enseignements d'une douce philosophie, et les leçons de cette morale un peu égoïste qui semble l'apanage des fabulistes. Aucune, du reste, ne se signale par des traits bien saillants, et l'on sent trop, au tour des phrases, l'influence du français. La seule ayant un accent quelque peu personnel, et d'après laquelle il semblerait que l'ancien partisan des Girondins, devenu

professeur de l'Université impériale ou royale, n'avait
pas oublié tout à fait ses anciennes idées républicaines,
est celle qui a pour titre : *lou Trone de neu,* le Trône
de neige, dont voici la conclusion :

Rèi assoulu, prechaire d'ignarenço,
Que sus li neblarés foundas vosto eisistenço,
E qu'amoussas pertout li lampo e li calèu,
Cresès que voste trone a forço counsistenço,
Vous i'endourmès dessus ; mai garo lou soulèu !

Rois absolus, prêcheurs d'ignorance,
Qui sur les grands brouillards fondez votre existence,
Et qui éteignez partout lampes et flambeaux,
Vous croyez que votre trône a force consistance,
Vous vous y endormez ; mais gare le soleil !

Lis Enfant e li Granouio, bien meilleure au point
de vue de la langue, est conçue dans le même esprit de
critique frondeuse où les Raton de la bourgeoisie ont
excellé de tout temps.

Morel occupa la chaire de rhétorique au collège
d'Avignon jusqu'en 1821. Il mourut dans cette ville
le 29 juillet 1829, et son dernier écrit fut un article publié dans *l'Écho de Vaucluse* pour défendre la langue
provençale. Ses concitoyens reconnaissants placèrent
son portrait au musée d'Avignon et le sculpteur Joseph
Brian, son compatriote, tailla son buste dans le mar-
bre. Nous avons déjà fait remarquer, avec Mistral,
qu'en dépit des hommages de La Harpe et de Delille,

les vers français de Morel n'auraient pu lui assurer la popularité et le renom dont il jouit encore en son pays, grâce aux petits airs de sa flûte provençale : *le Galoubet*.

A LA MÉMOIRE

DE

THÉODORE AUBANEL

CASTIL BLAZE

Maison Quantin

CASTIL-BLAZE

1784-1857

« Né soldat du pape, à Cavaillon, dans le Comtat-Ve-
naissin, je suis zélé conservateur de la langue mélodieu-
sement poétique et musicale des troubadours ; je ne
parle, ne rime, ne chante, n'écris le français que dans le
cas d'absolue nécessité. Je n'attache de prix qu'à mes
œuvres provençales : c'est le seul bagage poétique et musical que je lègue à la postérité. Léger, mais ficelé par
une main de maître, ce colis arrivera plus facilement à
son adresse... »

On ne saurait faire meilleur marché de son talent, et jeter à l'eau d'une main plus alerte l'œuvre importante et piquante de toute une vie de travail. Encore un trait d'esprit, quelque peu paradoxal, à ajouter à tant d'autres, mais qui, plus heureux que beaucoup d'autres, pourrait bien avoir touché le but, comme le colis en question. Nous ne pouvons pas cependant prendre tout à fait au mot notre fanatique Comtadin ; et quoique le littérateur provençal doive surtout nous occuper ici, nous ne dédaignerons pas, tant s'en faut, le critique français qui fut un novateur dès ses débuts, un polémiste redouté à son heure, un érudit même, en dépit de sa forme légère, facilement accessible aux erreurs de dates et de détails.

Comment Castil-Blaze, à peine arrivé du fond de la province, devint-il le critique musical des *Débats?* Un de ses plus proches parents va nous l'apprendre dans un article des plus spirituels et des mieux renseignés, auquel il serait facile de mettre une autre signature que les XX — un diminutif d'une modestie filiale — qui le terminent.

« Un matin, un très jeune homme se présente chez M. Bertin, et, sans autre préambule, l'entreprend sur une réforme radicale dont le besoin se fait sentir dans son journal. Critiquer le *Journal des Débats* à la barbe de Bertin l'aîné, il faut remonter le cours des âges pour comprendre ce qu'une pareille audace avait d'insolite de la part d'un nouveau venu. M. Bertin se contenta de sourire :

« — Fort bien, dit-il ; ainsi, monsieur, le *Journal des Débats* ne vous plaît point ?

« — Je l'estime, au contraire, le premier journal du monde ; voilà pourquoi je voudrais qu'il fût complet.

« — Et, selon vous, que lui manque-t-il pour être complet ?

« — Un feuilleton.

« — Je vous comprends ; nous n'avons plus Geoffroy et vous voulez remplacer Duvicquet.

« — Je ne veux remplacer personne ; je veux créer, fonder un art nouveau, la critique musicale, et comme j'ai besoin d'une tribune d'où l'on m'entende de partout, j'ai choisi le *Journal des Débats*.

« Le vieux Bertin était un de ces maîtres journalistes dont la race s'est continuée depuis dans Buloz, Girardin et Villemessant, un de ces hommes toujours sur le qui-vive, difficiles au vulgaire, souvent brutaux, mais que toute force vraie peut aborder et manier impunément. Vous connaissez le portrait d'Ingres ; solidement campé en avant dans son fauteuil, ses deux larges mains ouvertes sur ses cuisses, M. Bertin laissa le visiteur développer son programme ; narquois d'abord et presque dur, il s'humanisait peu à peu, encourageant maintenant d'un œil paterne celui que son premier regard n'avait pas eu le don d'intimider.

« Il laissa le visiteur développer son programme, et quand le jeune homme eut fini :

« — A merveille, monsieur ; vous avez une idée, et

je ne demande pas mieux que de vous aider à réussir. Seulement, je vous préviens que chez nous il faut savoir écrire ; c'est de tradition. Essayez, je vous donne trois mois.

« Huit jours après paraissait au *Journal des Débats* le premier feuilleton signé XXX, et le trimestre était loin d'être écoulé, que déjà le Tout-Paris musical ne jurait que par la parole de Castil-Blaze. »

L'histoire valait la peine d'être contée, nous dit le conteur, « en ce qu'elle nous montre à quel point il était facile, à cette époque, de réussir tout de suite, avec du talent ». Rien de plus juste, mais l'aplomb aussi n'y nuisait point.

Durant une quinzaine d'années, à partir du 7 décembre 1820, Castil-Blaze tint aux *Débats* le sceptre de la critique musicale, comme on disait alors. « C'était le temps, nous dit encore son biographe intime, où le rossinisme emplissait l'Europe, tirant aux quatre coins ses feux d'artifice. Nos musiciens, Boïeldieu, Hérold, Auber, en raffolaient, et le feuilleton des *Débats* dirigeait l'orchestre. Quand l'auteur du *Barbier* vint à Paris, sa première visite fut pour Castil-Blaze, qui tout de suite le conduisit chez les Bertin.

« Il y eut même à cette occasion une soirée où l'on entendit à la fois Victor Hugo dire des vers et Rossini chanter l'air de Figaro. La fête eut lieu à la campagne, dans cette hospitalière maison des Roches, si célèbre parmi les contemporains. Rossini, paraît-il, y fut splendide, et comme convive et comme chanteur : une voix, une verve, un brio à tout enlever. Eugène Delacroix se rappelait cette soirée avec admiration : « Il chantait « d'abondance et de si belle humeur, me disait-il, vous « sentiez que ça l'amusait et qu'il devait composer « ainsi ! »

« Le morceau fini, on voulait le réentendre, Rossini s'excusa net, et comme Stendhal insistait : « *Non « bis in idem,* répliqua le jeune maître, en lui frappant « sur le ventre; mais si vous tenez tant à la cavatine, « dites à Castil-Blaze de vous la chanter en provençal. »

« — Comment, s'écria M. Bertin, il vous a traduit aussi en avignonais, dans la langue de Trestaillon !

« — Qui, ne vous en déplaise, fut aussi la langue de Pétrarque, répondit Castil-Blaze en se mettant au piano, et, l'entrain du moment, l'originalité de la circonstance, lui valurent à son tour un grand succès. Il avait une voix de baryton-ténor, dans le genre de celle de Rossini; il la menait rondement, à l'italienne; ferré, agile, adroit, très musicien et se souvenant partout de Méhul qui fut son maître et son ami.

« Chose étrange, cet homme d'esprit qui, théoriquement, soutenait que les mauvais vers étaient les seuls qui convinssent à la musique et dont la pratique répondait si bien à la théorie, il lui suffisait de toucher à l'idiome natal pour s'improviser poète. Il avait alors des trouvailles à la Ronsard et jusqu'à des coups d'ailes; on ne le reconnaissait plus. »

Nous arrivons par là dans notre domaine, et l'on

va voir comme le tempérament provençal de notre poète critique domine son œuvre et gouverne sa vie. Reprenons nos citations.

« Ce printemps, un après-midi, je reçois la visite de Mistral ; et naturellement, nous causons Provence et félibrisme ; nous en étions à nous émerveiller des trésors de littérature enfouis depuis Pétrarque et Bertrand de Born, dans cette langue prétendue morte et qui toujours s'entête à refleurir. Nous comptions ses rapsodes grands et petits, et comme je vantais ceux de la renaissance actuelle, voilà mon poète qui se dresse et se met à me réciter des vers superbes à ce point que, lorsqu'il se tut, je le priai de recommencer, ce qu'il fit de sa belle voix sonore et chaude, l'œil éclatant et sympathique, le front haut, l'air d'un inspiré ; puis se rasseyant après m'avoir serré la main :

« — Vous admirez, n'est-ce pas ? Ces vers-là sont de Castil-Blaze, et là-bas, nous les savons tous par cœur. Il en fit ainsi des centaines qu'il semait sur les chemins sans les écrire. Aubanel, Roumanille et moi, nous en avons recueilli tout ce que nous pouvions ; le renouveau dont vous me parlez vient de lui, et sa popularité va croissant parmi nous ; c'est le grand Ancêtre. »

« Ce mot de Mistral contient la vérité sur Castil-Blaze : « Il sema sa vie sur les chemins ». Le génie, en effet, le travaillait ; il le sentait en lui quelque part, et, peut-être qu'il y était, mais jamais là où il le cherchait. Conçoit-on cette rage qui le prit sur le tard de composer des opéras après avoir, pendant trente ans, critiqué, houspillé ceux des autres? C'était aller au-devant des tempêtes, et Berlioz le lui fit bien voir lorsque, à son tour, embusqué dans ce même feuilleton des *Débats*, il déchargea son escopette sur le rieur acerbe d'autrefois! Seuls, Meyerbeer et Rossini le défendirent, et cependant Meyerbeer n'était pas sans avoir reçu mainte écorniflure; mais sa politique, en pareil cas, était de ne se souvenir de rien. Tout le monde ignore que l'idée première de l'*Africaine* appartient à Castil-Blaze; sa pièce était intitulée l'*Arbre de mort;* il l'avait donnée à Véron qui la jugeait excellente, tout en se refusant absolument à le laisser en écrire la musique. A la fin, après de longues discussions :

« — Voulez-vous que j'en parle à Meyerbeer ? lui dit le directeur de l'Opéra.

« — A Meyerbeer! répliqua Castil-Blaze, pour qu'il me gâche ma besogne ? Autant vaut la jeter au feu !

« Meyerbeer connut cette boutade et n'en retint qu'une chose, l'idée d'un opéra à faire avec Scribe sur le sujet...

« ..... C'est dans les quinze années de sa collaboration au *Journal des Débats* qu'il faut parcourir Castil-Blaze, période guerroyante et triomphante, où parmi les airs de clairon se rencontrent des morceaux d'une émotion charmante et souvent cités : le feuilleton sur la mort de Boïeldieu, par exemple. Il eut sur presque tout ce qui se produisit au cours de cette riche époque des jugements à la française et de première impulsion que le temps n'a point démentis : ses articles sur les *pre-mières* de la *Muette*, de *Guillaume Tell*, de *Robert le Diable* semblent d'hier et nous y voyons que pour dé-noncer Hérold à la postérité il n'avait même pas eu besoin d'attendre *Zampa* et le *Pré aux Clercs*; dès *Marie* et le *Muletier,* il avait deviné l'homme de génie.

« Ses livres, trop nombreux et touffus, sont des ré-pertoires; on les consulte, on les pille, et puis après on les renie en les déclarant bons à mettre au cabinet; et pourtant, dans ce fatras d'anecdotes, de curiosités, de menus faits, que de perceptions inventives et cri-tiques, qui, le goût aidant, eussent aisément tourné à la haute érudition! La science l'ennuyait, elle avait d'ailleurs à côté de lui son représentant en Fétis. Sten-dhal, très sympathique à sa nature, l'enchantait de ses griseries rossiniennes ; mais Stendhal ne savait rien de la musique et n'était que ce que les Italiens appellent un *Orechiante.* Castil-Blaze vit sa place marquée entre les deux et rêva cet idéal que personne, excepté Rous-seau, n'avait jusqu'alors entrevu, d'être en musique un savant sans pédantisme, comme qui dirait un homme d'esprit sachant à fond son affaire et philosophant à l'a-venture.

« Si ses livres ne se lisent plus, la faute en est à *Pantagruel.* Il était avec Nodier un des Rabelaisiens les plus forts de son temps, et lorsqu'ils se retrouvaient, on n'en finissait point sur ce chapitre, si bien qu'un jour qu'ils s'étaient rencontrés place Royale, ils voya-

gèrent, de citation en citation, jusqu'à l'Odéon, où
Castil-Blaze allait faire répéter *Robin des Bois,* dont
le poète de *Smarra* eut ainsi, par la circonstance, sa
première et unique révélation. Mais Nodier avait, pour
se défendre, les glaces de son tempérament et de son
ironie, tandis que, chez Castil-Blaze, la fougue du Provençal franchissait les barrières, incapable de jamais
se modérer.

« De tant d'ouvrages qu'il a écrits, plusieurs — son
Molière musicien, ses diverses histoires de l'Opéra, en
France, en Italie, etc. — ne demanderaient qu'à revivre ; mais il faudrait beaucoup remanier, retrancher,
écheniller, grave besogne où peu se sentent appelés,
surtout quand il s'agit d'un caractère aussi réfractaire
aux amendements, aussi entier que celui-là. « J'aime
« mes mauvaises pensées », me disait jadis une très
honnête femme ; Castil-Blaze, lui, ne se contentait pas
de les aimer, il en était entiché.

« C'est pourquoi ses ouvrages, en dépit des qualités
qui les recommandent, ne se sont pas réimprimés et
semblent destinés à disparaître sous la dent vorace des
rongeurs de bibliothèques, qui les expurgent en se les
assimilant. Il en est deux pourtant, plus châtiés, qui
mériteraient de revoir la lumière ; l'un s'appelle : *la
Chapelle-musique des rois de France,* et l'autre a pour
titre : *la Danse et les ballets depuis Bacchus,* publiés
chez Sautelet, vers 1833 ; ils eurent, coup sur coup,
nombre d'éditions ; si mes souvenirs ne me trompent,
ils appartiendraient à cette catégorie d'aimables rare-

tés que les Quantin, les Lemerre et les Jouaust donnent sous la rubrique de « petits chefs-d'œuvre ».

« Polémiste et traducteur imperturbable, il s'était
imposé la double tâche de faire triompher, chaque soir,
devant le public de l'Odéon, les principes qu'il avait
soutenus le matin dans le journal.

« A ce compte, la Conférence que nous avons inven-
tée depuis daterait de lui[1]. Mozart, Rossini, Weber,
tous y passèrent : Mozart avec *Don Juan* et les *Noces
de Figaro*, Rossini avec cet immortel *Barbier*, *Otello*
et la *Pie voleuse*, Weber avec le *Freischütz* et ses
trois cents représentations, et, tout cela, de primesaut,
avant que personne s'en fût jamais encore avisé. Je ne
sais, mais il me semble que l'homme d'une pareille
initiative n'était pourtant pas le premier venu. »

Non, certes, il n'était pas le premier venu, ce re-
mueur d'idées, indépendant avec souplesse, humoriste
avec gaieté, batailleur avec joie et rieur avec délices.
Que de bonnes heures nous lui avons dues en notre

---

1. Nous ne saurions dire jusqu'à quel point cette conjecture
est fondée. Voici toutefois quelque chose qui donnerait une
origine plus ancienne : « Louis-Marie de Rochebaron, duc d'Au-
mont (1632-1704), gentilhomme de la Chambre, membre de
l'Académie des Inscriptions, demeura d'abord rue Vivien (Vi-
vienne), puis rue de Jouy, dans l'hôtel de la famille (bâti par
Mansard et renfermant un plafond de Le Brun, l'*Apothéose
de Romulus*). Le duc avait organisé chez lui, comme quelques-
uns de ses confrères, des *conférences* périodiques où l'on traitait des questions d'histoire et d'iconographie anciennes. »
Edmond Bonnaffé, *Dictionnaire des Amateurs français au
xviie siècle*, p. 10. Paris, Quantin, 1884.

THÉÂTRE ANTIQUE D'ARLES

Ph. Mauron ɕc

Maison Quantin

prime jeunesse ! Que de fois lisant, dans un petit cénacle d'amis, moitié musical et moitié littéraire, son *Histoire de l'Académie de musique,* son *Molière musicien,* ou toute autre de ses œuvres, avons-nous interrompu notre lecture muette, pour lire tout haut une de ses nombreuses anecdotes si piquantes, ou quelque boutade à l'emporte-pièce, le tout enlevé de verve, et son rare brio faisant presque excuser ses partis pris les plus inacceptables et les plus violents !

Voilà donc le critique et le musicien bien connus de nos lecteurs, grâce à une collaboration aussi précieuse qu'inattendue[1]. Il s'agit maintenant de faire connaissance avec le poète provençal.

Bien embarrassés serions-nous de trouver ses œuvres, éparpillées aux quatre coins de la Provence et du Comtat, si Mistral et Roumanille n'avaient eu l'heureuse idée de réunir en 1865, sous le titre : *Un Liame de Rasin,* diverses œuvres éparses de poètes méridionaux, en tête desquels ils ont placé Castil-Blaze.

Les éditeurs du *Fil de raisins,* juges très compétents, apprécient ainsi le talent de notre poète, dans la courte notice provençale qui précède ses œuvres. Nous traduisons : « Castil-Blaze a été un des premiers qui aient su, dans notre siècle, rendre à la langue provençale son tour populaire, sa force d'expression et son

---

1. L'article qui nous a fourni les détails biographiques qu'on vient de lire a paru dans le supplément du *Figaro* du 8 novembre 1884.

franc naturel. C'était, dans toute la force du terme, ce
qu'on appelle aujourd'hui un réaliste... Il frotta d'ail
la bouche de la Muse ; ragaillardie et le cotillon re-
troussé, il lui fit mener la farandole ; il saupoudra de
poivre son doux parler, le réveilla et lui donna le
ton rustique, un peu trop peut-être.

« Castil-Blaze, comme la plupart des anciens troubadours, a mis en musique presque toutes ses chansons. »

Notre recueil nous offre une vingtaine de pièces
des plus intéressantes, sans compter ses traductions de
scènes ou airs de quelques opéras, le *Barbier,* entre
autres, qui sont des chefs-d'œuvre d'adaptation.

Voici d'abord *lou Renaire,* dédiée à son frère
Sébastien [1]. Ce « grognon » est d'une espèce rare, mais
qui pourrait être commune si les « sujets » parlaient :
jeune, il avait des dents et point de pain ; vieux, il a
du pain et beaucoup, mais il n'a plus de dents. Deux
couplets seulement, deux croquis, mais d'une vigueur
de touche à faire envie à M. Zola. Cette observation,
du reste, peut s'appliquer à toutes ses compositions.
Il n'en est point de peinte en grisaille.

---

1. Sébastien Blaze a écrit des *Mémoires sur la guerre d'Es-
pagne* (1808-1814) édités par Ladvocat, en 2 vol. in-8º, souvenirs anecdotiques sur cette atroce guerre, pleins d'humour et
d'esprit, à ce qu'il paraît. Un autre frère de Castil, Elzéar
Blaze, a laissé un nom comme écrivain cynégétique. L'esprit et
le talent sont héréditaires dans cette famille, et le propre fils
de notre auteur, M. le baron Blaze de Bury, le Lagénevais de
la *Revue des deux Mondes,* à la fois poète et prosateur émé-
rites, ne les a pas laissés tomber en déshérence.

Quelle passion dans sa ballade *l'Amo danado* :

> T'ame, t'ame, t'ame, Nourado !
> Que sies bello sout toun cadis !
> Ah ! se sieu toun amo danado,
> Sies moun ange dòu paradis !

> Je t'aime, je t'aime, je t'aime, Norade !
> Que tu es belle sous ton cadis !
> Ah ! si je suis ton âme damnée,
> Tu es mon ange du paradis !

Pour prouver son amour, que faut-il faire ? Faut-il aller, la nuit, le jour, dans l'hiver, demi-nu, prier au sommet du Ventoux ? Faut-il s'atteler à la charrue, pour remplacer son mulet mort ? Jeûner, boire au ruisseau ? Rosser un gendarme et se faire mettre en prison, ou aller à Rome sur ses genoux ? Ce ne serait pas assez :

> Se lou vos, pieucello divino,
> Dins la mar fau de cabusset
> Per te bousca de perlo fino
> Mens bello que tis iue doucet !

> Si tu veux, pucelle divine,
> Dans la mer je fais un plongeon
> Pour te chercher des perles fines
> Moins belles que tes yeux si doux !

Dòu Ventour, divino pieucello,
Me lance en l'èr còumo un aucèu :
La luno me fai courcoucello,
Derrabe d'estello dòu cèu...

De la vapour dèves entèndre
Lou grand carrosso alin brusi :
Sout li vagoun courre m'estèndre,
S'acò pòu te faire plesi !

Ti gauto frescasso, Nourado,
Sus ta caro toujour ie soun :
Cresién de lis avé manjado
En li rousigant de poutoun !

Bado agues l'àbi di dimenche,
Sus moun cor vole te sarrà ;

Du Ventoux, divine pucelle,
Je me lance, comme un oiseau :
La lune me fait courte échelle,
J'arrache des étoiles au ciel...

De la vapeur tu dois entendre
Le grand carrosse au loin gronder :
Sous les wagons je vais m'étendre,
Si cela peut te faire plaisir.

Tes joues si fraîches, Norade,
Sont donc toujours sur ton visage :
Je croyais les avoir mangées
En les rongeant de mes baisers.

Malgré ta robe des dimanches,
Je veux te serrer sur mon cœur ;

Laisso-me te gara la pienche
E dins ti bèu péu m'amourra !

Laisse-moi t'enlever le peigne
Et plonger ma face dans tes beaux cheveux !

Toute langue a des expressions intraduisibles. La dernière de notre pièce en est une. C'est peut-être aussi de ces sortes d'images qui ont fait dire aux éditeurs que le poète avait un peu trop *paysanné* sa langue. Il faut pourtant en prendre son parti : rien n'oblige à mettre en scène des paysans ; mais si l'on s'y décide, il faut bien leur laisser la bride sur la langue. C'est même là une des raisons souveraines en faveur de l'emploi des dialectes rustiques en littérature ; car jamais, quoi qu'on fasse et quelque talent qu'on ait, un paysan du Midi, s'exprimant dans une autre langue que son patois, ne pourra nous offrir cette couleur locale, tant prônée aux temps lointains du romantisme, ou ce naturalisme aujourd'hui si recherché.

Nous pourrions multiplier, parmi les autres pièces de ce genre, les exemples réalistes. Un seul suffira, pensons-nous, et nous aimons mieux vous mener tout de suite devant un autre tableau qui, à des qualités très pittoresques, joint un sentiment très pur, et se voile même par moments, chose plus rare et plus exquise, d'une vapeur légère de mélancolie :

LOU GRAND BAL

Que soun bello tis armounio,
Tranquilo ñiue dòu mes de mai !
L'oumbro canto si litanio
Quand lou jour se taiso e s'envai.

l'a gens de repaus sus la terro,
Preiero e lausengo sèns fin ,
Tòuţi, de tòuti li maniero,
Celèbron soun òubrié-divin.

A coumença la serenado
L'ermitó à Sant-Jaque reclus ;

LE GRAND BAL

Que tes harmonies sont belles,
Tranquille nuit du mois de mai !
L'ombre chante ses litanies
Quand le jour se tait et s'enfuit.

Point de repos sur la terre,
Prière et louange sans fin ,
Tous, de toutes les manières,
Célèbrent son ouvrier divin.

A commencé la sérénade
L'ermite à Saint-Jacques reclus ;

Pèr éu la campano èi toucado :
Nous a dindina l'Angelus.

Bèn plus aut que lou pibo antique,
Entendès fluta lou courlu ;
Dins lis èr redis soun cantique.
Avans de se couifa de niu...

Lou béulòli siblo sa noto ;
En sourdino fai bèn de tour ;
E li souspir de dos machoto
Fan un ecò plèn de douçour..

Machoto, me piques à l'amo :
N'as qu'un toun, maï qu'èi round, qu'èi bèu !

Par lui la cloche est mise en branle :
Il nous a sonné l'Angélus.

Bien plus haut que les vieux peupliers,
On entend flûter le courlis ;
Dans les airs il redit son cantique
Avant de se coiffer de nuit.

La chouette siffle sa note ;
En sourdine elle fait ses tours ;
Et les soupirs de deux chevêches
Font un écho plein de douceurs.

Chevêche, tu me vas à l'âme :
Tu n'as qu'un ton, mais rond ! mais beau !

Se n'acampaves uno gamo,.
Cantariés miéus que ges d'aucèu.

Aüsès lou mouissau que viòulòuno :
Soun arquet delicat e long
Avanço, reculo, vounvóuno;
Res pòu-ti fila mieus un son?.....

La luno i risènt se miraio,
Li luseto brihon i prat;
Tei-te-rei! nous redis la caio,
E li grihet an souspira.

Un viei gau ben digne d'eloge
I galoun baio l'a-mi-la !

Si tu en prenais une gamme,
Tu chanterais mieux qu'aucun oiseau.

Écoutez le moucheron violoneux :
Son archet délicat et long
Avance, recule, bourdonne;
Qui pourrait mieux filer un sòn?....

La lune aux clairs des marais se mire,
Les vers luisants brillent aux prés;
Tei-te-rei! nous redit la caille,
Et les grillons ont soupiré.

Un vieux coq bien digne d'élogës
Aux cochéts donne le la !

Tòuti respondon... lou reloge
Sus li gau vèn de se regla.

.Lou roussignòu sus sòun nis viho,
Canto, sé lagno, e de sa vòues,
Graciòuso e puro meraviho,
Jitó li perlo diñs lou boues.

A tant d'èr e dé cantileno
Fau uno basso e de mitan :
Boutas, li trouvaren sèns peno,
.Gràci i reineto de l'estang.

Quéto vapour armouñiousó
S'aubouro de chàsque jounquié !

Tous lui répondent... l'horloge
Sur les coqs vient de se régler.

Le rossignol sur son nid veille,
Chante, se plaint, et de sa voix,
Gracieuse et pure merveille,
Jette les perles dans le bois.

A tant d'airs et de cantilènes
Il faut une basse et des barytons :
Allez, nous les aurons sans peine,
Grâce aux rainettes de l'étang.

Quelle vapeur harmonieuse
Sè lève des touffes de joncs !

Fanfòni longo e vigourouso
Que se noto pas sus papié.

L'orgue di grapaud, di granouio,
Sens ie boufa, toujour brusi,
Pople que barjaco, patouio,
E que pamiens fai grand plesi.

La Durenço d'eici davalo,
Murmuro un pouetique son...
Hola! preniéu pèr de timbalo
Un miòu que troto sus lou pont.

Ah! bessai voudrias de troumbone?
Tambèn vous li pode acampa :

Symphonie longue et vigoureuse
Qui ne se note pas sur le papier.

L'orgue des crapauds, des grenouilles,
Sans souffleur, toujours bruit,
Peuple qui jacasse, patauge,
Et qui pourtant fait grand plaisir.

La Durance d'ici dévale,
Murmure un poétique son...
Holà! je prenais pour des timbales
Le trot d'un mulet sur le pont.

Ah! vous faudrait-il des trombones?
Je puis aussi vous les rassembler :

Un ase bramo, vous lou done,
Emai li dous chin qu'an japa.

Aquelo ourquèstro fourmidablo,
Que dèu-ti boufa vo rassa ?
Uno valso immenso, amirablo,
Que lis estello van dansa !

Un âne brait, je vous le donne,
Aussi les deux chiens qui ont aboyé.

Cet orchestre formidable,
Que doit-il souffler ou scier ?
Une valse immense, admirable,
Que les étoiles vont danser.

On ne saurait pas que la pièce est d'un musicien qu'on le devinerait tout de suite. C'est, en raccourci, et comme estompée par le clair-obscur du crépuscule et de l'aube, la physionomie poétique et morale du poète qui s'y reflète presque entière. Pittoresque, causticité, sensibilité, tout s'y trouve, excepté ce grain de folie ou ce cri de la chair qui sert ailleurs de piment, et qui, à de certaines doses, ne saurait nuire à la beauté d'un art purement plastique. La langue et le tempérament des Provençaux se prêtent admirablement à cette expansion passionnelle un peu brutale, comme elle apparaît dans l'œuvre dramatique d'Aubanel, mais autrement originale et savoureuse que le lyrisme conventionnel du troupeau des imitateurs.

En somme, il avait raison, notre poète, de « n'attacher de prix qu'à ses œuvres provençales ». Il y reste vivant de pied en cap. La postérité, cette hardie dédaigneuse, a déjà reçu le « paquet » si fièrement jeté à son adresse. C'est en son nom qu'Aubanel, Mistral et Roumanille ont signé l'accusé de réception. Quant à lui, on se le figure volontiers dans une sorte de vie surnaturelle, dirigeant « l'orchestre formidable » des mondes, sous le regard charmé de sa Nuit harmonieuse, ou bien assis en quelque Élysée, au milieu des poètes et des chanteurs, écoutant, ravi, le chœur des nymphes d'Oberon, ou la mélodie céleste dont le génie de Gluck berce les âmes bienheureuses de son divin Orphée.

A

M. CHARLES BISTAGNE

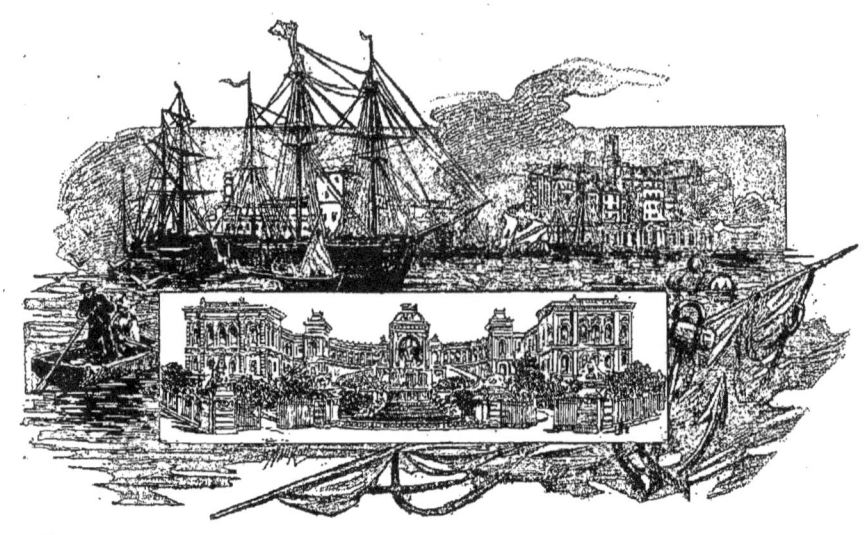

HONNORAT

1783-1852

La littérature et la poésie ne sont pas les seules dignes d'être représentées dans notre galerie de *Précurseurs*. La science avait droit à une place d'honneur, et nous la donnons volontiers à un homme dont les recherches, l'infatigable labeur, la *longue patience*, justifieraient le mot de Buffon, si le génie pouvait être autre chose qu'un don supérieur, inné et quasi-divin, qu'il n'est au pouvoir de personne d'obtenir, même par l'effort le plus continu et le plus puissant de la volonté.

C'est à Allos (Basses-Alpes), petite ville fort ancienne, autrefois capitale d'une peuplade celtique, et
dont le nom figure, paraît-il, sur le trophée d'Auguste,
que naquit Honnorat (Simon-Jude), le 3 avril 1783[1].
Ses études étaient à peine commencées lorsque la Révolution de 1789 le força de les interrompre, et il ne
put même les reprendre que fort tard, à cause de la
situation de son pays aux avant-postes de la frontière
des Alpes. A l'âge de dix-huit ans, il se rendit néanmoins à Grenoble pour étudier la médecine, et se livra
avec passion à l'étude de la botanique et de la chimie,
dont il obtint les premiers prix à l'École Centrale. Honnorat se rendit ensuite à Paris pour y continuer ses
études médicales. Après cinq ans de séjour, il y reçut
le titre de docteur et vint s'établir à Allos, son pays
natal, où il ne demeura qu'un an. Il se fixa ensuite à
Digne, où il a toujours résidé.

C'est là qu'il se distingua comme médecin, lorsque
les troupes françaises, rentrant d'Italie en 1814, furent
atteintes de fièvres contagieuses des plus graves. Son
dévouement fut tel, qu'il faillit lui coûter la vie; car il
ne fut pas épargné par la contagion. De nouveaux ser-
vices rendus en 1828 comme médecin des épidémies

1. Biographie des hommes remarquables des Basses-Alpes,
publiée à Digne en 1850 (avant la mort d'Honnorat). Les Dictionnaires de Larousse et de Mistral font naître Honnorat en
1786. Quant à sa mort, Larousse (Supplément) en fixe la date
à 1852 : c'est très exact. D'après un extrait des actes de l'état
civil de Digne, que nous avons sous les yeux, Honnorat est dé-
cédé dans cette ville le 3o juillet 1852.

lui valurent, après un rapport approuvé par le Conseil général, et sur l'avis de l'Académie royale de médecine, une médaille d'or du gouvernement.

On raconte qu'une sous-préfecture lui fut offerte en 1815; mais notre docteur, avec l'honnête simplicité digne des mythes de l'âge d'or, ne voulut pas l'accepter, sous le prétexte étrange, même en ces temps reculés, qu'il n'avait pas les connaissances nécessaires pour l'administrer convenablement. Ah! le brave homme! Il n'avait donc aucun goût pour les rôles de danseur à la Beaumarchais.

Peu de temps après cependant il accepta de hautes fonctions, qu'il ne jugea pas trop au-dessus de ses facultés, celles de Directeur des postes à Digne! Elles lui permettaient de s'adonner aux longs et nombreux travaux qu'il méditait, et cela suffit à son ambition. En 1830, il abandonna cet emploi et rentra dans la vie privée, afin de s'occuper uniquement de son Dictionnaire et de ses collections.

« Frappé de la richesse des trois règnes dans notre département, dit la *Biographie des Basses-Alpes,* il fit de nombreuses collections de plantes, d'insectes et de pétrifications, qui constituent un riche cabinet d'histoire naturelle. Son herbier provençal est très complet et admirablement tenu. Sa collection d'insectes est fort belle. Il en a découvert plusieurs espèces nouvelles; c'est à lui qu'on doit la connaissance du beau papillon *Alexanor* et de la *Thaïs Honnoratii.* Sa collection de fossiles des Alpes est aussi très curieuse. La science a donné à quelques-uns le nom du laborieux docteur. »

Nous ne parlerons pas de ses écrits relatifs à la botanique et à l'entomologie, quoiqu'ils soient estimés ; mais nous devons citer diverses traductions en vers provençaux d'œuvres françaises et italiennes, publiées dans le journal *le Bas-Alpin* de Digne, et que nous regrettons beaucoup de ne pas connaître, car un tel homme devait manier admirablement la langue qui faisait l'objet constant de ses recherches. Il est aussi l'auteur en provençal de l'une des quarante traductions ou imitations de *la Cigale et la Fourmi* de La Fontaine[1].

Mais ce ne sont là que des distractions, pour ainsi dire, à cet immense labeur du *Dictionnaire provençal-français,* ou *Dictionnaire de la langue d'oc ancienne et moderne,* par lequel Honnorat est surtout connu. Nous avons lu quelque part qu'un ministre de la Restauration, M. de Villèle, croyons-nous, avait eu le dessein de faire imprimer cet ouvrage aux frais de l'État, par l'Imprimerie royale. Honnorat était digne de ce haut patronage. « Le principal but que j'ai eu en vue, en composant le dictionnaire provençal-français, dit-il dans la préface de son vocabulaire français-provençal, a été de mettre les personnes qui, comme moi, ont été élevées sous l'influence de la langue proven-

1. Note de M. François Vidal, sous-bibliothécaire à Aix, l'auteur estimé du recueil provençal *lou Tambourin,* communiquée par M. Hipp. Guillibert.

çale, en état de profiter de cette langue même pour arriver à la française... » But éminemment patriotique, que visent également les félibres en préconisant de nos jours l'enseignement du français au moyen des dialectes populaires, ce qui intéresse non seulement le Midi, mais la France entière, et sera certainement généralisé quelque jour, quand on aura compris la portée de cette réforme et l'utilité de ce progrès.

Honnorat n'a pas seulement fait œuvre de lexicographe, dressant un inventaire des mots aussi complet que possible, et mettant en regard de chacun d'eux l'équivalent français. Son ouvrage est autrement important. C'est une sorte d'encyclopédie française à l'usage des Provençaux, ou plutôt des gens de langue d'oc, ce qui comprend, qu'on veuille bien ne pas l'oublier, près de la moitié de la population de la France. En effet, on y trouve, en outre de ce qui fait la matière ordinaire des dictionnaires, la technologie de tous les arts et métiers, les origines des principales coutumes et institutions, ainsi que les dates des découvertes et des inventions les plus remarquables, avec le nom de leurs auteurs. Sciences naturelles, histoire, géographie, légendes, anecdotes, proverbes y ont une place considérable. Seules, la biographie et la bibliographie en sont exclues, et c'est regrettable. Cette dernière, il est vrai, devait former une notice spéciale ; mais la mort de l'auteur a empêché de la publier, ainsi que la grammaire et les traités sur l'orthographe et la prononcia-

tion qui devaient compléter l'œuvre du maître, évidemment au-dessus des forces d'un seul homme.

Nous venons de citer les *Proverbes* parmi les ma-
tières importantes du Dictionnaire. Honnorat en a fait
une riche collection. Il a dû en puiser une notable partie dans le curieux recueil des *Adagia selecta* de J.-A.
Berluc, — un nom cher aux lettres provençales modernes, — recueil publié à Lyon et à Genève, chez de
Tournes et Delapierre, en 1632. Ces *Adagia* contiennent
des proverbes dans toutes les langues latines, et notamment en provençal. « En fait de recueil, les derniers
sont les plus complets, et J.-A. Berluc devait l'emporter sur le roi Salomon, le plus ancien compilateur de
proverbes, sur les apophthegmes de Plutarque, sur les
Sentences des sages rassemblées par Lycosthènes, et
enfin sur les *Adages* d'Érasme, tirés des auteurs grecs
et latins, au nombre de quatre mille. Berluc en a vingt
mille, et en pareil cas la quantité est un mérite[1]. »

Nous n'avons pas compté les proverbes d'Honnorat,
mais il doit l'emporter à son tour sur Berluc et tous
ses vénérables devanciers. En revanche, on a compté

---

1. *Les Adages de Berluc,* par M. XX. (Rambot, de l'Académie d'Aix.) Marseille, V. Boy, 1855. — Jehan-Antoine Berluc,
écuyer, d'une famille milanaise établie à Forcalquier depuis
1440, naquit dans cette ville vers 1578, épousa en 1614 Hélène
de Porchères, sœur de l'académicien de ce nom (voir la brochure de M. de Berluc-Pérussis, notre confrère du Félibrige,
sur les Porchères d'Arbaud), et mourut le 7 septembre 1659.
Son fils, Honoré de Berluc, seigneur de Porchères, écrivit
quelques vers en tête des *Adagia selecta*.

les mots ou articles du dictionnaire, et il paraît qu'il y en a 107,202, chiffre respectable pour un seul collectionneur.

Honnorat a consacré quarante ans de sa vie à ce dur labeur. Certaines parties ont inévitablement vieilli, celle surtout qui a trait aux étymologies, science des plus conjecturales jadis, et que des principes rationnels ont conduite aujourd'hui à l'état de science exacte.

Les Académies de Provence accueillirent la publication du dictionnaire d'Honnorat par les rapports les plus flatteurs. Pour la favoriser, le ministre de l'instruction publique, M. Villemain, avait souscrit pour cent exemplaires, et le ministre de l'intérieur en recommanda l'abonnement à toutes les communes du Midi.

Pour rendre plus faciles les recherches dans son dictionnaire, surtout aux personnes ignorant le provençal, et même à celles qui le savent, le docteur Honnorat composa un vocabulaire français-provençal, dont il faisait ressortir l'utilité par l'anecdote suivante :

Étant allé voir une malade dans une campagne près de Digne, la demoiselle de la maison m'invita, dit-il, à faire un tour de promenade au bas d'un coteau voisin, couvert de fleurs, et me dit : « Je vous ferai faire un mauvais déjeuner, parce que, comme vous voyez, notre cuisinière est malade et je suis obligée de faire moi-même la cuisine, à laquelle je n'entends rien ; j'ai bien la *Cuisinière bourgeoise*, ajouta-t-elle, mais cet ouvrage emploie toujours dans ses assaisonnements des choses étrangères ou que

nous ne connaissons pas ici. Il met, par exemple, de la
sarriette partout, et nous n'avons pas cela. » Le coteau en
était couvert en ce moment ; je lui dis en la lui montrant :
« C'est votre faute, mademoiselle ; la sarriette vous sert
de tapis, vous la foulez sous vos pieds. — Cela, dit-elle
tout étonnée, c'est le *pebre d'ai*. — Précisément ; mais le
pebre d'ai des Provençaux est la même plante que la sarriette des Français et la *satureia* des Latins.

Le bon docteur nous dit ensuite :

Il m'arrive souvent d'être consulté par des agricul-
teurs sur des plantes qu'ils ont vues citées comme pou·
vant faire un très bon fourrage ou comme dangereuses
aux troupeaux, et qu'ils ne connaissaient pas sous le nom
français ou latin sous lesquels elles étaient désignées,
mais qu'ils connaissaient très bien quand je leur en avais
donné le nom provençal ; il en est de même pour les oiseaux, les poissons, etc.

D'où la nécessité du vocabulaire pour trouver les
choses dont on ne connaît que les noms étrangers, et
du dictionnaire pour les explications.

Serait-il téméraire d'affirmer que, sans cet immense
effort d'Honnorat, Mistral, malgré sa vaillance *calen-
dalienne,* n'aurait pas eu le courage de tenter l'aven-
ture ? Il n'aurait pu, dans tous les cas, la mener à bonne
fin dans un espace de temps relativement court, une
vingtaine d'années pour la préparation et sept années
pour l'impression. Nous n'en devons que plus de reconnaissance à notre hardi précurseur, au vaillant ouvrier de la première heure qui a permis à son succes-

seur d'élever à son tour un nouveau monument en l'honneur de la langue d'oc. Le Dictionnaire d'Honnorat était d'ailleurs devenu introuvable, et le *Trésor du Félibrige, ou Dictionnaire Provençal-Français, embrassant les divers dialectes de la langue d'oc moderne,* s'imposait comme une nécessité inéluctable au patriotisme de Frédéric Mistral.

Honnorat et Mistral avaient eu l'un et l'autre un précurseur inédit en la personne d'un religieux qui naquit à Aix en 1674 et y mourut en 1747. Pierre Puget, nom inconnu, pareil au plus grand nom de la sculpture française, avait laissé dans son couvent des Minimes, où il resta jusqu'à la Révolution, un manuscrit in-folio d'un millier de pages, qui n'était autre qu'un « dictionnaire provençal et français, contenant la signi- fication des mots, avec l'origine et l'étymologie du langage provençal ». M. Éméric David, de l'Institut, en a fait don à la bibliothèque Méjanes, d'Aix en Provence, où il est actuellement [1].

Des œuvres de si longue haleine prennent toujours quelque chose de la substance, de la chair et de la vie de leurs auteurs. Honnorat ne pouvait échapper à cette loi. Aussi, lors de la publication du deuxième et du troisième volume en 1847 (le premier est de 1846), notre docteur, fatigué outre mesure par le travail des corrections, fut frappé par une attaque d'apoplexie, qui

1. F. Vidal, *les Manuscrits provençaux de la Méjanes.* Aix en Provence, Makaire, 1885.

faillit l'enlever à la science, à sa famille et à ses amis. Le corps seul resta en partie atteint : l'intelligence survécut entière à ce premier naufrage et permit de concevoir l'espérance d'une prochaine publication de la *Grammaire provençale.* Ce n'était malheureusement qu'une illusion, et ce travailleur intrépide, succombant trois ans après à la peine, ne put pas remplir en entier son programme. Du moins le principal, le plus important de sa tâche était accompli. A combien d'autres, parmi les pionniers de la science, n'est-il pas permis d'en faire autant ?

A M. LE COMTE

DE TOULOUSE-LAUTREC

JASMIN

Maison Quantin

JASMIN
1799 - 1864

Voici le dernier et le plus grand de nos Précurseurs des Félibres ; celui qui suffirait, seul, pour en-
tourer d'une auréole de gloire la langue « condamnée
à mort depuis trois cents ans », mais toujours vivante, et qui, grâce à lui, grâce aux Félibres, n'est
pas près de mourir :

> ..... De sabens francimans
> La coundannon à mort dezunpèy tres cens ans ;

> ..... D'érudits francimans
> La condamnent à mort depuis trois cents ans ;

Tapla biou saquela : tapla sous mots brounzinon ;
Chez elo, las sasous passon, sonon, tindinon ;
Et cent milo milès enquèro y passaran,
     Sounaran et tindinaran !

Mais elle vit toujours ; toujours ses mots résonnent ;
Chez elle, les saisous passent, sonnent, tintent ;
Et cent mille milliers encore y passeront,
     Sonneront et tinteront.

C'est ainsi que le poète, dans cette Épître *à Monsieur Dumon,* qui est un de ses chefs-d'œuvre, où brille le plus pur bon sens à côté de la poésie la plus éclatante, défendait sa langue natale contre de trop vivaces préjugés. Nous parlons de bon sens et de poésie. Où pourrions-nous en trouver une réunion plus harmonieuse que dans cette strophe ?

« Cependen, et l'aunou del païs zou coumando,
    Estudiaren la francimando ;
Es la nostro tabé ; sèn Francés, nous la cal :
    Ensegnas lou puplé, à bèl tal !
Emplegas pèr acos cinq, siès ans de sa bito !
Aura diòs lengos el ; las prendra per moumens,

« Cependant, et l'honneur du pays le commande,
    Nous étudierons la langue française ;
C'est la nôtre aussi ; nous sommes Français, il nous la faut !
    Enseignez le peuple, en masse !
Employez pour cela, cinq, six ans de sa vie !
Il aura deux langues, lui ; il les prendra tour à tour,

L'uno pel sans faissous, l'autro pel la bizito,
Coumo lous moussus fan de dus-habillomens ;
Mais baqui tout ; et fils, et nebouts, et neboudos
    N'en faran pas mai, zou sabèn ;
    Ou n'auian qu'un troupèl de toudos,
Aulot d'aquel troupèl de roussignols qu'abèn.
Qu'en sus, tan que boudran, de pastous bous escaugnen,
    Que parlen à-tengut francés ;
    Que l'esquissen, que l'escarraugnen,
    Et que se fasquen mouqua d'és ;
Lous nostres restaran poètos à touto houro. —
Tenè ! mudon la nobio, entendè-lous, là-bas :

    « Nobio, ta may te plouro !
      Et tu t'en bas !

L'une pour le sans façon, l'autre pour la visite,
Comme font les messieurs de deux habits ;
Mais voilà tout; et fils, et petits-fils, et petites-filles
    Ne feront pas davantage, nous le savons ;
    Ou nous n'aurions qu'une troupe de buses
Au lieu de cette foule de rossignols que nous avons.
Qu'en haut, tant qu'ils voudront, des pâtres vous singent,
    Qu'ils parlent sans cesse le français,
    Qu'ils le déchirent, qu'ils le meurtrissent,
    Et qu'ils se fassent moquer d'eux ;
Les nôtres resteront poètes à toute heure. —
Tenez ! ils chantent la mariée, entendez-les là-bas :

    Mariée, ta mère te pleure !
      Et tu t'en vas !

« Plouro, plouro, pastouro !
— Nou pòdi pas ! »

Tenè ! lou bourdilè, fenejan dins la prado,
Que crido as jouines pastourèls :

« Pitchous ! embarras lous agnèls !
L'arc-an-cièl de la matinado
Tiro lou bouè de la laurado ! »

Tenè ! lou barricayre al mièy d'un brès feillut,
Que canto al brut
De soun maillut :

« Anen, campagnards, campagnardos,
Tusten assemals et pipardos ! »

« Pleure, pleure, bergère !
— Je ne peux pas ! »

Tenez ! le métayer fanant dans la prairie,
Qui crie aux jeunes pâtres :

« Petits ! enfermez les agneaux !
L'arc-en-ciel de la matinée
Tire le bouvier du labour ! »

Tenez ! le tonnelier sous un berceau touffu,
Qui chante au bruit
De son maillet :

« Allons, campagnards, campagnardes,
Frappons tinettes et tonneaux ! »

Tusten ! car lou bourrou de may
Pleno lou cabot et lou chay. »

Oh ! dins nostre païs acó's ûno magio !
Et lou puple, qu'aimo a canta,
Bous entrôco, sans s'en douta,
De gros pugnats de poèsio.

Tabé gardo sa lengo; és fèyto à sa fayssou.
Aro bous-au, moussus, sautas la barradisso;
Benès ! plantas un mur d'uno triplo espessou
Entre lous pots de sa nourriço
Et l'aurelho del nourrissou ;
Fazès peta sus dits las frulós à l'escolo,
Tipejas ! castigus, playdas pèr bostro idolo;

Frappons ! car le bourgeon de mai
Remplit la cave et le cellier. »

Oh ! dans notre pays c'est une magie !
Et le peuple, qui aime à chanter,
Vous tresse, sans s'en douter,
De grosses poignées de poésie.

Aussi garde-t-il sa langue; elle est faite à son allure.
Maintenant, vous autres, franchissez la barrière;
Venez ! plantez un mur d'une triple épaisseur
Entre les lèvres de la nourrice
Et l'oreille du nourrisson ;
Faites claquer sur les doigts les férules à l'école,
Grondez, châtiez, plaidez pour votre idole;

Lou puple, fidèl à sa may,
Sara gascou toutjour! et franciman, jamay!

Le peuple, fidèle à sa mère,
Sera gascon toujours! et franciman[1], jamais!

« Jasmin naquit à Agen, au mois de février de l'an 1799. Cette date, nous dit son biographe, M. Léon Rabain, fait de lui un enfant de l'Empire et un homme de 1830.

« Comme Béranger, il était fils d'un tailleur; du nom de ses ancêtres, il s'appelait Boé; il reçut au baptême le prénom de Jacques.

« Ce n'est pas la première fois qu'un écrivain répand la gloire sur un nom qui ne lui a pas été transmis par ses aïeux. Dans notre littérature française, il y a peu de noms disgracieux qui aient été conservés. Sans parler de Molière et de Voltaire, chacun sait que Fontenelle s'appelait Lebouvier; les pseudonymes de Volney, de Voisenon et de Marivaux firent oublier les noms peu littéraires de Chassebœuf, de Fusée et de Carlet; Boileau lui-même se fit toujours appeler Despréaux.

« Il est vrai que le poète agenais ne fut pour rien dans le choix de son nom. Avant lui, son bisaïeul l'avait

---

1. Il faut dire ici que *franciman* désigne non pas celui qui parle purement le français, qu'il soit du Nord ou du Midi, mais celui qui le *jargonne*, qui en fait un véritable patois.

porté, mais ce n'était encore qu'un sobriquet; il était réservé à l'auteur des *Papillotes* de faire de ce sobriquet un nom cher à ses descendants, en l'inscrivant parmi les plus illustres et les plus purs dont s'honorent la bienfaisance et la poésie. »

Trois grandes compositions dominent l'œuvre de Jasmin. Ce sont, dans l'ordre de leur apparition, et en réservant, sans les oublier, des poèmes de moindre importance : *l'Abuglo de Castel-Cuillé, Françouneto, Maltro l'innoucento.*

Le premier, et le plus court, n'est pas le moins heureusement inspiré. Comme, dès les premiers vers, ce vieux refrain populaire :

> « Las carreros dieuion flouri,
> Tan bello nobio bai sourti;
> Dieuion flouri, dieuion grana,
> Tan bello nobio bai passa! »

> « Les chemins devraient fleurir,
> Tant belle mariée va sortir ;
> Devraient fleurir, devraient grener,
> Tant belle mariée va passer !

les rires, les ébats joyeux, les exclamations des jeunes campagnards, le mouvement, le bruit, tout enfin, donne bien le ton juste, exact et poétique à la fois d'une noce paysanne ! Et quelle harmonie pittoresque dans ces vers :

Quand on bei blanqueja las sègos negrilhouzos,
Uno noço del puple, ah ! qu'es poulit acó !
 Al brut de bint cansous jouiouzos
Que bous fan tendromen lous gratilhous al cò,
  Un fum de mainados
   Escarrabilhados,
  Un fum de gouyats
   Escarrabilhats,
   Se poutounejon,
   Se calinejon,
  S'encòcon lous dits ;
   Mais, affadits,
  Lèu sauticon, s'agarrejon,
  Se capignon, se pelejon,
   Fan à qui mai rits ;
  Tandis que la nobio aberido,

Quand on voit blanchir les haies noirâtres,
Une noce populaire, ah ! que c'est joli, cela !
 Au bruit de vingt chansons joyeuses
Qui vous font tendrement les chatouilles au cœur,
  Une nuée de jeunes filles
   Sémillantes,
  Une nuée de jeunes garçons
   Sémillants,
   Se baisotent,
   Se caressent,
  Se pressent les doigts ;
   Mais, affolés,
  Bientôt ils sautillent, s'agacent,
  Se provoquent, se taquinent,
   Font à qui rit le plus ;
  Tandis que la mariée espiègle,

En sautican tabé, s'escarto et lous i crido :
  « Aquelos que m'attraparan
            Se maridaran
            Oungan! »

En sautillant aussi, s'écarte et leur crie :
   « Celles qui m'attraperont
            Se marieront
            Cette année! »

Le premier chant est tout ensoleillé de joie et de
bonheur; à peine un léger et rapide nuage, passant
sur le front du fiancé, fait-il pressentir quelque chose
d'insolite. Le second chant, au contraire, est chargé de
tristesse; le vers, qui gazouillait et sautillait naguère
avec la prestesse et la désinvolture des heureux villa-
geois, va prendre l'allure grave des douloureuses confidences de la pauvre aveugle. Il y a dans ce chant
des mots trouvés avec l'instinct divinateur du génie :

 « Jour pes autres, toutjour! et per jou, malhurouzo,
            Toutjour neit, toutjour neit! »
     · Que fai negre luen d'el!...

«Jour pour les autres, sans cesse! et pour moi, malheureuse,
            Toujours nuit, toujours nuit! »
            Qu'il fait noir loin de lui!...

On sait qu'Augustin Thierry, devenu aveugle, avait
coutume de dire, en ses jours de tristesse : *Je vois*

plus noir aujourd'hui. N'avons-nous pas raison de dire qu'il n'appartient qu'au génie de trouver ces expressions si simples et si vraies, qui sont la nature elle-même prise sur le fait, le cri de la souffrance deviné tel qu'il se produira sur les lèvres humaines, et qui font synonymes les mots de poésie et de vérité?

Et lorsque la vieille Jeanne engage Marguerite « à prier Dieu de ne pas tant l'aimer » et que l'aveugle lui répond :

— Jano, mai pregui Dieu, mai l'aimi !

— Jeanne, plus je prie Dieu, plus je l'aime !

n'y a-t-il pas là encore un de ces élans du cœur, comme un grand poète, dont l'œil plonge dans le monde intérieur, peut seul en rencontrer ?

Dès le début du troisième chant, après quelques vers où se peint en traits de maître la situation si différente des deux jeunes filles, l'une toute joyeuse de se voir si jolie en ses atours de mariée, l'autre au désespoir de ses rêves perdus, de son avenir brisé, le poète fait soupçonner le drame prochain. Alors l'action se presse, chaque vers fait tableau, chaque pensée et jusqu'aux réflexions enfantines du jeune frère de l'aveugle, tout concourt, rapide et poignant, au dénouement suprême. Et dans ce dénouement lui-même, peut-on assez louer le goût exquis du poète qui a su rendre inutile, dans la main de la malheureuse jeune fille foudroyée par la mort, l'arme dont elle allait se frapper ? Nous ne saurions trop faire ressortir, en outre, la qualité dominante de ce poème, qualité rare et précieuse toujours, mais surprenante au possible chez un poète des bords de la Garonne : la sobriété. Rien d'inutile en effet ; pas le plus petit détail superflu ne vient troubler la pure beauté de l'œuvre. Jasmin fera plus grand sans aucun doute; il développera ses pensées dans de plus vastes peintures; il élargira ses horizons et fera mouvoir de plus nombreux personnages; mais comme poète, comme artiste, il ne fera rien de plus fini, de plus parfait. Son coup d'essai est un coup de maître.

Ce poème vint consacrer la gloire naissante de Jasmin. Les pièces diverses et déjà nombreuses qu'il avait écrites précédemment, entre autres, le poème si personnel et d'une émotion si communicative de *Mous Soubenis,* « Mes Souvenirs », avaient montré des qualités peu ordinaires, au premier rang desquelles il faut placer le don de sentir vivement et de faire passer dans ses vers le souffle de son âme, condition indispensable de succès et qui explique sa prodigieuse action sur les foules. A Bordeaux, où *l'Abuglo* fut récitée pour la première fois, à la séance publique de l'Académie de cette ville, le 26 août 1835, Jasmin eut un de ces triomphes qui « rappellent de loin ceux de l'antique Provence ou de l'Italie. Il faut dire de plus, ajoute Sainte-Beuve (*Revue des Deux Mondes,* 1er mai 1837), que Jasmin lit à merveille, que sa figure d'artiste, son brun sourcil, son geste expressif, sa voix naturelle d'acteur passionné, prêtent singulièrement à l'effet. Quand il arrive au refrain : *les chemins devraient fleurir,* etc., et que, cessant de déclamer, il chante, toutes les larmes coulent; ceux même qui n'entendent pas le patois partagent l'impression et pleurent. »

Ces quelques lignes d'un maître, écho des feuilles bordelaises où déborde un enthousiasme inconnu jusqu'alors, même dans l'enthousiaste Midi, donnent une idée exacte du talent de Jasmin; lui-même va nous faire connaître son caractère. Dans une épître adressée à un riche agriculteur de Toulouse, qui lui conseillait, après son grand succès de *l'Abuglo,* d'aller à Paris, où il ne manquerait pas de faire fortune, le poète d'Agen s'écrie :

Et vous aussi, sans craindre de troubler mes jours et mes nuits, vous m'écrivez d'aller porter ma guitare et mon peigne dans la grande ville des rois, parce que là, dites-vous, mon humeur poétique et mes vers déjà connus, feraient pleuvoir dans ma boutique des torrents d'écus. Oh! vous pouvez bien me vanter pluie d'or et son nuage tout ruisselant, vous pouvez bien me crier : l'honneur n'est qu'une fumée! la gloire n'est que la gloire, et l'argent c'est l'argent! Allez, je ne vous dirai pas merci... Est-ce que l'argent est quelque chose pour un homme qui sent pétiller dans son cœur l'étincelle de poésie?... Dans ma ville où chacun travaille, laissez-moi donc comme je suis; chaque été, plus content qu'un roi, je glane ma petite provision d'hiver, et après je chante comme un pinson à l'ombre d'un peuplier ou d'un frêne, trop heureux de devenir « cheveux blancs » dans le pays qui m'a vu naître. Sitôt qu'on entend, dans l'été, le joli *zigo-zieu-zieu* des cigales sautilleuses, le jeune moineau s'élance et déserte le nid ou il a senti venir des plumes à ses ailes. L'homme sage n'est pas ainsi... Je reste donc ici ; tout ici me convient, terre, ciel, air ; tout cela m'est nécessaire... Pour chanter la pauvreté joyeuse, il faut être pauvre et joyeux. Je reste donc pauvre et joyeux avec mon pain de seigle et l'eau de ma fontaine.

« Ne dirait-on pas une épître d'Horace ? dit M. Léon Rabain. Et qu'on ne croie pas que ce soit là une boutade philosophique prête à disparaître avec l'impression qui l'a inspirée. C'est une de ces règles de conduite que Jasmin s'était tracées et auxquelles il restera fidèle jusqu'à sa mort. Sa ville d'Agen, son Gravier, sa femme, ses enfants, sa boutique, c'était là son univers, au-dessus duquel la muse planait comme un ange tutélaire, ayant des chants pour toutes les joies, des consolations pour toutes les douleurs. »

De Bordeaux, le poète conduisit sa Muse à Toulouse. La ville de Clémence Isaure, avec son vieux renom académique, l'effrayait un peu, paraît-il, et ce n'est pas sans hésitation qu'il se décida à gravir les marches du Capitole. Il y obtint de si beaux triomphes qu'il promit de payer dignement sa dette de reconnaissance. Jasmin ne s'acquittait jamais par des impromptus, et il a même à ce sujet un bien joli mot que nous nous plaisons à répéter : « Les impromptus, disait-il, peuvent être la bonne monnaie du cœur ; mais ils sont

20

presque toujours la mauvaise monnaie de la poésie. »
Le poète « patois » avait de l'esprit français, on le voit,
et du meilleur.

C'est donc pour acquitter sa dette de reconnaissance que le poète revint à Toulouse en 1840, son nouveau poème de *Françouneto* à la main. Ce poème est
trop connu pour que nous en fassions un examen dé-
taillé. Mais comment ne pas rappeler brièvement cet
heureux début, où le souvenir rapide des exploits san-
glants de Blaise de Montluc sert à indiquer l'époque
et le théâtre de l'action; puis cette fête de village où
l'on croit voir la ronde des danseurs tourbillonner au
son du fifre criard :

> Quin plazé ! la calou fai chimica lous aires ;
>   Res de pus poulit saquelà,
>   Que de beire aqués piffraires
>   Estifla,
>   Et dansairos et dansaires,
>   Biroula ;

> Quel plaisir ! la chaleur fait pétiller les airs ;
>   Rien de plus joli, en vérité,
>   Que de voir ces joueurs de fifre
>   Siffler,
>   Et danseuses et danseurs
>   Tournoyer ;

puis enfin ce portrait de l'héroïne, qui n'a rien de
commun avec les pâles figures des pastorales, et qui

est si bien pris à la réalité, que c'est le portrait vivant
de la propre femme du poète :

> A la vilo coumo à la prado,
> Sabès bé que cado countrado .
> A toutjour sa perlo d'amou.
> Ebé, las voues s'eron junidos
> Pèr la noumo dins lou cantou
> La poulido de las poulidos.

> Mais, pourtan, n'angues pas vous figura, moussus,
> Que siosque tristo, que souspire,
> Que siosque pallo coumo un lire,
> Qu'atge d'èls tout mourents, a miei clucats, et blus,
> Ni lou corps magrestin, fiblat pel la languino,
> Coumo l'aubà que plouro al bord d'uno aiguo fino ;

> A la ville comme à la prairie,
> Vous savez que chaque contrée
> A toujours sa perle d'amour.
> Eh bien ! les voix s'étaient réunies
> Pour la nommer dans le canton
> La jolie des jolies.

> Mais, pourtant, n'allez pas vous figurer, messieurs,
> Qu'elle soit triste, qu'elle soupire,
> Qu'elle soit pâle comme un lis,
> Qu'elle ait des yeux mourants, à demi clos, et bleus ;
> Ni le corps maigrelet, ployé par la langueur,
> Comme un saule qui pleure au bord d'une eau limpide ;

> . . . . Pla vous troumpaias, moussurets ;. . . . . . .
> Françouneto a dus èls vieus coumo dus lugrets ; . . . .
> Semblo que l'on prendrió las rosos à manados
>   Sur sas gautos rapoutinados ;
>   Sous piels soun bruns, rebillounats ;
>   Sa bouco semblo uno cirèjo ;
>   Sas dens encrumirion la nèjo ;
>   Sous pès pitchounets soun moullats ;
>   Sa cambo és fineto, laugèro.
>   Enfin, Françouneto, acos èro
>   Lou cap bien vrai de la beutat
> Sur un bel corps de femno, aci bas empeutat.

> Bien vous vous tromperiez, messieurs ;
> Françonnette a des yeux vifs comme deux étoiles ;
> Il semble qu'on prendrait les roses à poignées
>   Sur ses joues rebondies ;
>   Ses cheveux sont bruns, recoquillés ;
>   Sa bouche semble une cerise ;
>   Ses dents obscurciraient la neige ;
>   Ses pieds tout petits sont moulés ;
>   Sa jambe est fine, légère.
>   Enfin, Françonnette, c'était
>   La tête même de la beauté
> Sur un beau corps de femme, ici-bas entée.

Après l'héroïne, faisons connaissance avec les principaux personnages : Pascal d'abord, le futur amoureux, la fleur des jeunes gens du pays, et Marcel, le favori de Montluc, soldat « à taille énorme », bruyant et despotique. Avec eux nous pénétrons dans le bal

où va se nouer le drame par la lutte des deux préten-
dants au cœur de Françonnette. Les divers épisodes
de la danse, le baiser final en vain disputé par Marcel
et sans peine obtenu par Pascal, la querelle sanglante
qui s'ensuit, forment autant de tableaux où les couleurs les plus gaies, les plus tendres, se marient aux
tons chauds, vigoureux et brillants.

Au splendide été, durant lequel tout rit et chante,
a succédé l'hiver avec ses longues et tristes veillées
devant les grands feux; mais voici Noël, et les soirées
où l'on dévide le fil, — *débanados* — terminées par
des danses, des libations joyeuses et des engagements
d'amour, viennent égayer la froide saison. Ainsi dé-
bute le second chant. Françonnette est toujours la
reine de toutes les fêtes; en attendant que son étoile
pâlisse, elle s'enivre de ses triomphes. En vain Pascal,
cédant aux recommandations de sa mère, qui veut le
détourner d'une coquette, fuit Françonnette; il l'aime,
et saignant encore de sa blessure, il lui reproche son
indifférence dans une délicieuse chanson que la voix
expressive de Jasmin faisait accueillir par des trans-
ports :

> Faribolo pastouro,
> Sereno al co de glas,
> Oh ! digo, digo couro
>
> Folâtre pastourelle,
> Sirène au cœur glacé,
> Oh ! dis-nous, dis-nous quand

Entendren tinda l'houro
Oun t'amistouzaras.
Toutjour faribouléjes,
Et quand parpalhouléjes,
La foulo que mestrejes
Sur toun cami se met
Et te siet.

Mais res d'acos, mainado,
Al bounhur pot mena;
Qu'es acos d'estre aimado
Quand on sat pas aima?

Entendrons-nous tinter l'heure
Où tu t'attendriras.
Toujours tu fais la folle,
Et quand tu papillonnes,
La foule que tu maîtrises
Sur ton chemin se met
Et te suit.

Mais rien de cela, jeune fille,
Ne peut mener au bonheur;
Qu'est-ce donc d'être aimée,
Quand on ne sait pas aimer?

Trois autres couplets disent, avec le même charme,
les amours et les regrets qui suivent partout la jeune
folle. Françonnette, flattée d'un tel hommage, com-
mence à s'intéresser au chansonnier; mais voilà qu'au
milieu des jeux qui se mêlent aux chants et aux danses

de la veillée, survient un incident lugubre. L'un des poursuivants de Françonnette se casse un bras en voulant lui prendre un baiser, et aussitôt l'apparition d'un vieux sorcier et ses prédictions sinistres viennent glacer d'effroi tous les assistants. Françonnette, dit-il, portera malheur à tous ses amoureux, car elle fut vendue au démon par son père huguenot, et

... la pòu del demoun, qu'anèi a peno gragno,
Segabo en gran alors, surtout à la campagno.

... la peur du démon, qui glane à peine aujourd'hui,
Moissonnait en grand alors, surtout à la campagne.

Il n'en fallut pas davantage. Françonnette fêtée, adulée naguère, se voit tout à coup repoussée, abandonnée, objet d'horreur et de malédiction. Pascal seul lui reste pour la défendre, et sa vieille grand'mère pour la consoler. Avec quel art le poète a noté la transformation de la jeune fille ! La coquette est maintenant véritablement éprise. Son cœur s'est épuré au feu du malheur, et sa seule joie est de penser à l'amour de Pascal :

... Oh ! lou sage a razou,
L'amo doulento aimo milhou.

... Oh ! le sage a raison,
L'âme souffrante aime bien mieux.

Mais quoi! l'amour lui-même est interdit à la malheureuse. D'après la funèbre prédiction du sorcier, le lit nuptial se changerait en tombeau pour celui qui l'épouserait. Un tombeau ? Pour Pascal, qu'elle aime, qu'elle adore ! Qui donc pourrait la sauver ? Hélas ! personne sur la terre ! Mais, là-haut, quelqu'un veille sur les malheureux. Oui, elle ira prier la Vierge, elle portera un cierge à son autel, et si le cierge ne s'éteint pas, suivant la croyance populaire, c'est que sa prière sera entendue. Ah ! comme elle accueille avec joie cette espérance ! Sa bonne grand'mère applaudit à son projet. Elle part, elle vole au sanctuaire voisin. C'est un jour de pèlerinage : les malheureux accourent en foule pour demander un secours, une bénédiction. Mais le malheur s'acharne après la pauvre enfant. Au moment où le prêtre présente à ses lèvres l'image bénite, son cierge s'éteint et un orage épouvantable se déchaîne sur la contrée :

Cierge escantit, prièro repoussado,
Et tounerro, maladictioun !

Cierge éteint, prière repoussée,
Et tonnerre, malédiction !

Tous ces détails, si jolis et si navrants, que nous ne pouvons qu'indiquer : les plaintes de la jeune abandonnée, son espoir, son entrée à l'église, et le coup de foudre qui termine cette série de descriptions physiques ou d'analyses morales, sont traitées de main de maître.

Mais ce n'est rien encore. La misérable n'avait eu contre elle jusqu'ici que le dédain ou l'horreur muette de ses semblables. Maintenant elle va avoir à se défendre contre un peuple irrité, furieux, qui la maudit, veut la chasser et raser sa demeure. Et pourquoi? C'est que l'orage qui a dévasté le pays n'a épargné que ses champs et son jardin. Preuve irrécusable d'un pacte infernal. On rappelle d'autres circonstances oubliées. Plus de doute. Et l'on garderait cette malédiction vivante!...

Alors la foule s'ameute ; les colères grondent, les torches s'allument, on met le feu à la grange, et la jeune fille qui apparaît échevelée, éperdue, sur le seuil de la maison, implorant la pitié pour sa vieille grand'mère que de pareilles émotions vont tuer, ne fait que surexciter davantage ses bourreaux.

Ici le poème rustique s'élève à la hauteur de l'épopée.

Enfin Pascal paraît : — il arrête les fureurs de la foule. Marcel intervient aussi et se déclare, malgré tout, prêt à épouser Françonnette; qu'elle dise celui qu'elle préfère. Hélas! le choix de son cœur n'est pas douteux; mais condamner à la mort celui qu'elle aime! — Eh! qu'importe à Pascal? Il préfère mourir avec elle que vivre sans son amour. — Marcel, repoussé, s'éloigne, en jurant de se venger.

Voici le jour des noces. La prédiction du sorcier pèse sur tous les cœurs :

Touts de chagrin an l'amo grosso ;
Boudrion sauva Pascal ; crezon que n'es plus temps,
Et soun aqui plantats, noun pas coumo à sa nosso,
        Mais coumo à soun enterromen.

Tous de chagrin ont l'âme pleine ;
Ils voudraient sauver Pascal ; ils croient qu'il n'est plus temps,
Et restent là plantés, non pas comme à sa noce,
        Mais comme à son enterrement.

Grâce au ciel tout s'explique. Marcel s'émeut à la suprême prière de son rival, lui demandant, comme un dernier office, de veiller sur sa mère quand il ne sera plus. Il dit que, dans sa douleur de perdre celle qu'il aime, il avait tout disposé pour les faire périr et lui-même avec eux. Il raconte que c'est lui qui a payé les prédictions du sorcier, que Françonnette n'est pas vendue au démon, et qu'ils peuvent être heureux. Pour lui, il va chercher la mort à la guerre ; aussi bien, dit-il, « pour se guérir d'un si terrible amour »,

        . . . Val mai enquèro,
    Aulot d'un crime... un boulet de canou !

        . . . Il vaut mieux encore,
    Au lieu d'un crime... un boulet de canon !

Tel est ce poème, dont une analyse ne peut donner qu'une idée bien imparfaite. Jasmin y a développé, au plus haut degré, les qualités maîtresses dont il avait donné les prémisses dans *l'Aveugle*. Si ce dernier poème reste, comme nous l'avons dit, sans rival pour la sobriété du récit et l'émotion contenue qui s'en dégage, *Françonnette* dénote un sentiment dramatique bien plus puissant et une variété de scènes et de tableaux que le premier ne comportait pas. Jasmin a su faire mouvoir ici de nombreux personnages, animer des foules du souffle ardent de la colère et de la haine, les faire gronder, rugir, et les apaiser ensuite à la voix de l'amour, maîtrisant ainsi, de sa main puissante, les grands ressorts de la poésie : l'horreur et la pitié. On croirait entendre parfois comme un écho lointain du chœur antique, faisant planer l'effroi sur tous les auditeurs, tandis que s'agitent autour de lui les passions les plus violentes et les sentiments les plus tendres de l'âme humaine. Et pourtant Jasmin n'a pas étudié son art dans les chefs-d'œuvre d'Eschyle, de Sophocle ou d'Euripide. Ce ne sont pas les lectures de son jeune âge, où Florian et Ducray-Duminil, — bientôt délaissés, il est vrai, pour les grands écrivains du xviie siècle — tenaient la plus large place, qui ont pu lui apprendre les secrets d'émouvoir et d'attendrir. Non ; mais doué d'un instinct créateur et d'une âme aimante, élevé à l'école du malheur, — ce grand maître des âmes fortement trempées — il a écouté les battements et les angoisses de son cœur ; il a observé les grands spectacles de la nature, il a plongé son regard, tantôt baigné de larmes, et tantôt rayonnant d'un divin sourire, au plus profond des misères et des joies humaines, et il a été lui-même, c'est-à-dire un vrai poète, un inspiré.

C'est dans la grande salle du Musée, à Toulouse, que Jasmin lut *Françouneto*. Voici le compte rendu de cette séance par un des assistants : « Jasmin, placé sur une estrade, avait autour de lui les personnes auxquelles des places avaient été réservées et qu'avait attirées la renommée du poète... Ses regards planaient sur cet immense auditoire. Jamais nous n'avons vu rien de pareil... Plus de quinze cents personnes qui écoutent avec le silence le plus religieux, pendant deux heures, plus de deux mille cinq cents vers, et ces quinze cents personnes restant clouées sur leurs sièges, après même que Jasmin avait fini, espérant s'enivrer encore à cette source de poésie. » (Dutour, *Journal de Toulouse.*)

« Après la séance, l'assemblée, au comble de l'enthousiasme, décida, par acclamation, qu'une souscription serait ouverte pour offrir à Jasmin, au nom de la ville, un témoignage d'admiration pour son talent et de reconnaissance pour la dédicace du poème de *Françonnette*... La municipalité, ratifiant le vote par acclamation de la salle du Musée, vota à son tour des remerciements au poète agenais, et lui donna le titre de fils adoptif de la ville de Toulouse. » (*Jasmin, sa vie et ses œuvres*, par Léon Rabain. Paris, Didot, 1867.)

Après les triomphes obtenus dans le Midi, il était tout naturel que le poète songeât à paraître sur un plus grand théâtre, sur celui qui défait ou consacre les réputations provinciales. Des voix amies l'y avaient

appelé plus d'une fois, et il était sûr d'éveiller dans la
capitale tout au moins une grande curiosité, car ses
patrons littéraires s'appelaient Nodier, Sainte-Beuve
et Léonce de Lavergne, pour ne citer que les principaux. Le poète partit donc pour Paris au mois de mai
1842.

« Dans le petit poème qui a pour titre : *Moun
bouyatche à Paris,* « Mon Voyage à Paris, » il raconte,
avec un abandon plein de charme ses impressions de
voyage. Quelques fanfarons de froide indifférence et
de dignité prétentieuse, dit M. Léon Rabain, ont trouvé
que les élans du poète agenais étaient trop naïfs. En
dépit de quelques critiques isolées et inintelligentes, *le
Voyage à Paris* restera comme l'un des meilleurs ouvrages de Jasmin, dans le genre descriptif. L'inspiration est franche et la couleur originale... Il regarde, il
est impressionné et il raconte ; il laisse ses impressions s'échapper bruyamment de son âme, sans s'in-
quiéter si les passants se retournent et rient de ses
exclamations. »

Jasmin écrivait régulièrement à quelques amis
d'Agen. Cette correspondance est un excellent appendice au poème. C'est la même simplicité, la même
verve originale, le même enthousiasme.

Que de belles, que de grandes choses j'ai déjà vues !
Que d'autres plus belles et plus grandes encore je verrai
demain, après-demain, les jours suivants ! M. Dumon
m'a donné des cartes pour visiter Paris, Versailles, Saint-

Cloud, Meudon, enfin tout ce que je désire depuis si longtemps d'admirer. Je sors à l'instant des Tuileries et de la
place de la Concorde. Que c'est beau'! Que c'est grandiose!... En fait de souvenirs historiques, le sol brûle
ici, cher ami... J'ai parcouru nos musées, nos bibliothèques, etc.

Quand il eut noué connaissance avec Paris, ce fut
le tour des visites littéraires.

Sainte-Beuve, écrivait-il, m'a reçu en frère... Il m'a
dit les choses les plus flatteuses sur *Françonnette;* il me
trouve en progrès depuis *l'Aveugle* : « Continuez, brave
Jasmin, m'a-t-il dit, vous faites partie des poètes rares
de l'époque. » Et, me montrant le rayon des vieux
poètes aimés et toujours lus, il a ajouté : « Comme eux,
vous ne mourrez jamais. » Jules Janin, si brusque quelquefois, a été tout miel aujourd'hui; il m'a très bien
accueilli : « Faites toujours des vers, m'a-t-il dit, dans ce
patois qui me paraît délicieux; quelque jour je dirai, dans
un feuilleton, que vous avez beaucoup de talent, parce
que c'est vrai. » Je sors à l'instant de chez M. Charles
Nodier. Oh! ma foi, je l'ai quitté les larmes aux yeux...
Nous avons causé une heure; la moitié du temps, ma main
est restée dans la sienne. Oh! qu'il m'a parlé, lui, de
Françonnette et de tout mon second volume! Je l'aurais
baisé sur les deux joues; mais je ne l'ai osé, me voyant
si loin de lui en fait de modestie et de naïveté.

Le souvenir de Nodier, que ces lignes rappellent
si chaleureusement, se lie du reste de la manière la
plus imprévue et la plus saisissante aux débuts de la

P. Maurou sc.

PETIT CLOÎTRE DES AUGUSTINS DE TOULOUSE

Maison Quantin.

carrière de Jasmin. « C'était en 1832. Charles Nodier était venu à Agen. Un matin, il se promenait sur le Gravier, lorsque tout à coup il fut arrêté par le bruit d'une altercation fort vive qui avait lieu dans une boutique de coiffeur.

« La ménagère criait, et à cette fureur un homme répondait par un rire homérique... Nodier entra. — Tu m'avais pourtant promis de n'en plus faire, disait la femme, un peu calmée par la présence de cet étranger. — Eh! ma chère, certainement; mais... — Mais votre femme a raison, monsieur le coiffeur, dit Charles Nodier, qui crut d'abord qu'il s'agissait de dettes. C'est par là que la misère entre dans les familles. — Ah! ma foi, monsieur, répondit l'artisan avec conviction, si vous étiez poète, vous verriez qu'il n'est pas si facile d'y renoncer. — Poète! je le suis peut-être un peu. — Vous êtes un peu poète! Eh bien! tant mieux, vous allez me donner raison. — Ne l'espérez pas, j'ai compris qu'il s'agit de dettes, et... — Ah! ah! ah! dit le coiffeur que reprenait son hilarité naturelle. Ah bien oui! des dettes. Ce sont des vers, monsieur. — Oui, interrompit la femme, des vers, et de douze pieds, n'est-ce pas une horreur? — Bah! montrez-les-moi, dit Nodier (c'était des vers français), et après avoir lu le quart de la pièce : — Madame, dit Nodier, en s'adressant à l'épouse courroucée, la poésie frappe à votre porte, ouvrez. Celui qu'elle inspire est ordinairement un noble cœur et un esprit distingué, incapable de méchantes actions. Laissez votre mari faire des vers, cela

vous portera bonheur... Puis, se tournant vers le barbier et lui tendant la main : — Comment vous appelez-
vous, monsieur ? — Jacques Jasmin, dit timidement
celui-ci. — Les deux amis, car Charles Nodier et
Jasmin étaient désormais unis d'une étroite amitié,
les deux amis se séparèrent. Bientôt après, le premier
volume des *Papillotes* parut, et l'auteur de la *Fée aux
Miettes* annonçait à la France, qui ne s'en doutait
guère, qu'un poète venait de lui surgir aux bords de
la Garonne, un grand poète qui n'avait de commun
avec Bellaudière, Goudouli, d'Astros et tous ses pré-
décesseurs, que le charme piquant d'un idiome plein
de nombre et d'harmonie, mais qui les surpassait de
toute la portée d'un talent inspiré, un Lamartine, un
Victor Hugo, un Béranger gascon! » (Léon Rabain,
op. cit.)

Cette anecdocte curieuse et vraie nous a éloignés
un instant de Paris. Nous y revenons et nous trouvons Jasmin ne pouvant suffire à toutes les séances
qu'on lui demandait. La cour et la ville — comme on
disait autrefois — se le disputaient. Nous ne pouvons
le suivre partout. La réunion qui eut lieu chez Augustin Thierry mérite pourtant d'être citée, à cause d'un
incident caractéristique qui prouve bien que l'enthousiasme soulevé par notre poète n'était pas factice. On
connaissait ses œuvres, on les lisait avant de les entendre de sa bouche et les applaudissements qu'on lui
donnait n'avaient pas pour cause unique l'entraînement d'une émotion passagère. En voici la preuve.

A la lecture de *l'Aveugle,* le poète, faisant des coupures pour éviter les applications trop douloureuses, Augustin Thierry s'en aperçut et l'interrompit aussitôt : « Poète, lui dit-il, vous passez quelque chose. » Jasmin fut très flatté de cette interruption qui prouvait avec quel intérêt son récit était suivi. Cet incident enflamma encore sa verve. Quand il arriva à ce vers : *Que fai negre luen d'el !* « Qu'il fait noir loin de lui ! » une vive agitation anima le visage d'Augustin Thierry, qui lui dit : « Eh quoi ! Jasmin, auriez-vous été aveugle, vous aussi, que vous peignez si bien les horribles tortures de ceux qui ne voient pas. »

Après avoir été si bien compris, fêté, applaudi par les plus grands noms littéraires, par les hommes d'État et toutes les sommités politiques et sociales de l'époque, Jasmin regagna sa chère ville d'Agen, « où les barbes poussaient » en son absence, suivant le mot spirituel qui lui vint quand il eut assez de Paris, ne voulant pas s'exposer à ce que Paris eût assez de lui. Il devait y retrouver avec bonheur, lui-même nous le dit, « sa femme, sa guitare, son atelier, ses papillotes, son beau Gravier, ses bons amis ». Heureux homme, que les plus beaux triomphes ne purent changer, qui resta toujours fidèle à son passé, à sa muse, à son pays !

Avec *Maltro l'innoucento, Marthe la folle,* le poète nous fait pénétrer plus avant encore dans les profondeurs du cœur humain. Avant lui on s'était étonné de la quantité de larmes que pouvaient contenir les yeux d'une reine. On pourrait s'étonner après lui de la quantité de douleurs que peut renfermer un cœur de paysanne. Et cela sans forcer aucune situation, sans sortir du cadre de la vie rustique et journalière, sans cesser, en un mot, d'être vrai.

Nous sommes au bord du Lot. Marthe et son amie Annette, l'une sérieuse et pensive, l'autre enjouée et légère, s'entretiennent du tirage au sort de leurs amoureux. C'est le mode majeur et le mode mineur appliqués au dialogue. Annette se consolerait facilement du départ de son fiancé. Marthe point. On consulte l'oracle des amours rustiques, et le poète, en des vers heureux et faciles, nous initie aux mystères de la cartomancie populaire. Ce trait de mœurs est bien observé et bien rendu. Au bruit de la foule qui accourt, on devine bientôt que le sort a prononcé. Les jeunes filles s'élancent à la fenêtre. Hélas ! les cartes ont dit vrai. Le fiancé d'Annette est sauvé ; celui de Marthe doit partir :

Dios semmanos apèi, de la gleiso floucado,
La laugèro Annetou sourtió, tout ennoubiado
Et dins l'oustal en dol, un couscrit malurous,
Jaques, la larmo à l'èl et lou sac sul l'esquino,

Deux semaines après, de l'église fleurie,
La légère Annette sortait radieuse en ses habits de noces
Et dans la maison en deuil, un conscrit malheureux,
Jacques, la larme à l'œil et le sac sur le dos,

Disiò d'un aire pietadous
A sa fiançado aqui, touto, touto chagrino,
E touto bagnado de plous :

« Me fan parti, Maltreto, et lou bounur nous quito ;
Mais de la guerro on pòt tourna ;
N'èi res, ni pai, ni mai : n'èi que tu per aima ;
Se la mort espragno ma vito,
Ma vito t'aparten. Espèro ! a nostre auta,
Coumo un bouquet d'amou, vendrèi te la pourta ! »

Disait d'un air touchant
A sa fiancée devant lui toute à son chagrin,
Et toute baignée de pleurs :

« Ils me font partir, Marthe, et le bonheur nous quitte ;
Mais de la guerre on peut revenir ;
Je n'ai rien, ni père, ni mère : toi seule pour aimer ;
Si la mort épargne ma vie,
Ma vie t'appartient. Espère ! à notre autel,
Comme un bouquet d'amour, je viendrai te l'apporter. »

Le printemps ouvre le second chant avec les fleurs et les hirondelles qui l'accompagnent. Oh ! les hirondelles ! Quelles délicieuses confidences va leur faire ce pauvre cœur blessé de Marthe ! « Que fait Jacques ? Où est-il ? Ne m'a-t-il pas oubliée ? Dites, hirondelles, vous que Jacques aimait, — c'est bien lui qui vous mit au cou ce ruban que j'y vois encore ». Et la jeune fille les interroge, les caresse et s'extasie sur leur bonheur : « On ne les a pas séparées, elles, comme nous deux. »

— « Ah ! nul ne tue les hirondelles, et les hommes se
tuent entre eux. » Quels cris du cœur ! Quelle poésie !
Toutes ces plaintes de Marthe sont à retenir :

« Perque dounc n'escrieu plus !... moun Dieu ! qui sat ount 'es ?
Me semblo que van dire : es mort ! toutjour fremissi !
    Aquelo pòu sanglo moun co ;
    Santo Vierges, tira-me lo !
Car la fièvre del clot me burlo, m'escantissi ;
    Et pourtan, bouno mai de Dieu,
    Voudroi vieure se Jacques vieu !...
    — Oun sès, hiroundèlos poulidos ?
Ah ! me plagni trop fort, et vous èi espauridos ;
Pourta-me de bounur ! tournas à moun sourel ;
Gemirèi douçomen per qu'a jou vous estaques ;
    Restas, auzèls aimats de Jacques,
    Ei tan bezoun de parla d'el ! »

« Pourquoi donc n'écrit-il plus !... mon Dieu ! qui sait où il est ?
Il me semble qu'on va dire : il est mort ! toujours je frémis !
    Cette peur sangle mon cœur ;
    Sainte Vierge, ôtez-la-moi !
Car la fièvre du tombeau me brûle, je m'éteins ;
    Et pourtant, bonne mère de Dieu,
    Je voudrais vivre si Jacques vit !...
    — Où êtes-vous, hirondelles jolies ?
Ah ! je me plains trop fort, et je vous ai effrayées ;
Portez-moi du bonheur ! revenez à mon soleil ;
Je gémirai doucement pour qu'à moi vous vous attachiez !
    Restez, oiseaux aimés de Jacques,
    J'ai tant besoin de parler de lui ! »

L'anthologie grecque n'a pas de fleurs plus suaves ; c'est l'âme humaine surprise en ses épanchements les plus harmonieux.

C'en est fait. Marthe va succomber à son chagrin. On riait autour d'elle d'un amour, si excessif, que le monde n'y croit guère. Mais on ne rit plus quand on entend le prêtre s'écrier :

— La mort plano al cabes d'uno jouino doulento ;
Bounos amos, pregas per Maltro agounizento...
  Cadun baichèt lou cat, hountous,
Et del co lous *patèrs* sourtion bagnats de plous !

— La mort plane au chevet d'une jeune souffrante ;
Bonnes âmes, priez pour Marthe agonisante...
  Chacun baissa la tête, honteux ;
Et du cœur les *Pater* sortaient baignés de pleurs !

Marthe est donc condamnée ? Non, une promesse la sauve, et sa résolution vaillante fera le reste. Son vieil oncle vendra sa vigne, son seul bien ; elle, ses meubles, ses bijoux, et, par son travail, complétera la somme nécessaire pour racheter le soldat.

Le troisième chant s'ouvre par un bel éloge du curé de campagne. Le thème est connu, on pourrait dire rebattu, et aujourd'hui bien démodé ; mais il est si bien à sa place et se lie si bien à l'action qu'on n'y trouve rien à redire. Ce brave curé, véritable médecin des âmes, est l'ange sauveur de notre éplorée. C'est à lui que Marthe confie le trésor amassé, c'est lui qu'elle presse de faire revenir son Jacques au pays. Tâche difficile! Jacques a changé de garnison. Où est-il? Nul ne le sait; peut-être où l'on se bat. Enfin on le découvre... il reviendra.

En attendant, Marthe se reprend à l'espoir, à la vie. Elle a tout donné, mais la joie est rentrée à son foyer; elle est pauvre, mais elle travaille, et son rouet tourne au rythme de ses chansons : riche, elle pleurait; pauvre, elle est heureuse. Les filles du pays, touchées, elles aussi, de tant de dévouement, de tant d'amour, partagent sa joie et enguirlandent de fleurs la porte de sa maison. Enfin la bonne nouvelle arrive. Jacques reviendra tel jour.

Tout le village est dans l'attente. Au jour dit, on se rend en foule au débouché du grand chemin; on se lasse à regarder là-bas, tout là-bas, au bout de la longue avenue; on ne voit rien,

Res al miei, res al foun d'aquelo plato rego,
Res que d'oumbro esquissado a brigals pel sourel.

Rien au milieu, rien au bout du sillon plat,
Rien que de l'ombre déchirée à morceaux par le soleil[1].

---

1. « Par terre, tout le long de l'allée, se voyaient des raies de soleil sur l'ombre du chemin. » Edm. de Goncourt, *Chérie*, p. 54. — Cette rencontre entre deux esprits si dissemblables, et comme aux antipodes l'un de l'autre, n'est-elle pas curieuse, et ne serait-elle pas bien étonnante si l'on ne savait que la vérité et la nature se rient des systèmes et des procédés?

Enfin quelque chose paraît, grandit, s'avance.
Deux hommes, deux soldats... le plus grand, c'est
lui... Mais quel est l'autre?... On dirait une femme.

Uno femno, moun Dièu, dambé Jacques! oun vai?
Maltro a lous èls sur es, tristo coumo uno morto;
   Amai lou preste, amai l'escorto,
Tout fremis, tout es mut; es dus s'avançon mai.
Vaci lous, à vint pas, risens, foro d'aleno...
Mais aro, qu'es acòs? Jacques a l'aire en peno;
A vist Maltro... Tramblan, ountous, s'es arrestat...
Lou prèste n'i ten plus : de sa vouès forto, pleno,
   Que fai arruca lou pecat,
   « Jacques, quino es aquelo femno? »
Et coumo un criminèl, Jacques baichan lou cat :
« La miò, moussu curé! la miò... soui maridat... »

Une femme avec Jacques! Mon Dieu! où va-t-elle?
Marthe a les yeux sur eux, triste comme une morte;
   Même le prêtre, même l'escorte,
Tout frémit, tout est muet; eux deux s'avancent de plus en plus.
Les voici, à vingt pas, riant, hors d'haleine...
Mais qu'est-ce maintenant? Jacques a l'air en peine;
Il a vu Marthe... Tremblant, honteux, il s'est arrêté...
Le prêtre n'y tient plus : de sa voix forte, pleine,
   Qui fait se cacher le péché,
   « Jacques, quelle est cette femme? »
Et comme un criminel, Jacques baissant la tête :
« La mienne, monsieur le curé! la mienne..., je suis marié. »

Au cri qui répond à cet aveu, on devine un malheur. Le bon prêtre veut consoler Marthe :

« Ma filho, de couratge ! aci-bas cal souffri ! »
   Mais Maltro brino nou souspiro ;
La fixon... avion pòu que n'anguesse mouri ;
Se troumpon, n'en mort pas ; parei que s'en counsolo ;
   Fixo Jacques beziadomen,
Et tout d'un cot apèi, rits, rits coumo uno folo...
Hélas ! nou poudiò plus aro rire autromen :
   La pauro filho èro innoucento !

« Ma fille, du courage, ici-bas il faut souffrir ! »
   Mais Marthe point ne soupire ;
On la fixe... on craignait qu'elle n'en vînt mourir ;
On se trompe, elle n'en meurt pas ; il paraît qu'elle s'en console ;
   Elle fixe Jacques gracieusement,
Puis tout à coup elle rit, elle rit comme une folle...
Hélas ! elle ne pouvait plus rire autrement :
   La pauvre fille était folle !

Ainsi se dénoue par la folie cette scène poignante. Ici, tout le drame se passe dans un cœur ; mais ce cœur est fouillé de manière à mettre à nu toutes ses fibres, et dans ce cœur ouvert, comme dans un miroir magique, se reflètent toutes les souffrances, toutes les douleurs qui peuvent naître d'un amour malheureux.

Marthe la folle est, pour ainsi dire, le second volume d'une étude du cœur humain prise sur le vif, dont *l'Aveugle* serait le premier. Entre les deux se place *Françonnette,* œuvre poétique plus forte, plus dramatique, mais aussi plus exubérante, et s'il faut tout dire, plus vulgaire, qui n'a pas la sobriété et le charme intime des deux autres, et où le raisonnement remplace quelquefois l'action. Nous savons que *Françonnette* est généralement considérée comme le chef-d'œuvre de Jasmin. Sans nous inscrire en faux contre cette opinion, nous dirons seulement que, pour nous, Jasmin ne serait pas le poète artiste et rare que nous aimons, s'il n'avait pas donné à la séduisante Franconnette les sœurs aimables et touchantes qui s'appellent Marthe et Marguerite.

Le poème de *Françonnette* fut conçu et exécuté de manière à prouver que la langue dont se servait notre poète pouvait se prêter à toutes les manifestations de l'âme et du monde extérieur. Tout en constatant son talent et le parti merveilleux qu'il tirait de son idiome, on ne se faisait pas faute, autour de lui, de condamner une langue qui n'était plus celle des salons et des académies, et l'on comptait devant l'auteur lui-même les jours qui lui restaient à vivre. Les mêmes préventions et les mêmes prétentions existent encore. Jasmin, qui aimait sa langue, comme l'ouvrier son outil, comme l'artiste l'instrument où vibre l'écho de ses joies et de ses douleurs, se sentit piqué au vif et fit *Françonnette*. « Jasmin plaidait pour son idiome, dit le judicieux biographe que nous nous plaisons à citer, et il a fait comme les avocats qui se passionnent pour leur cause : à force de vouloir prouver la vitalité de sa langue, il s'est laissé emporter au delà du but. *Françonnette* a trop de ce qui manque à *l'Aveugle*. Mais *Maltro l'innoucento* rétablit admirablement l'équilibre. » Pour nous, *l'Aveugle* est un tableau de genre, à la façon de Teniers ou de Chardin, et *Françonnette*, si l'on veut, un tableau d'histoire, avec un reste du poncif d'autrefois ; mais il ne manque rien au premier de ce qu'il doit avoir.

Jasmin nous a fait assister, dans ces poèmes dont les peintures de l'amour sont l'âme, — une âme toujours pure, — aux bonheurs comme aux tortures de l'amour jeune, celui qui naît au printemps de la vie et qui en est le charme ou le malheur. Mais ce n'est pas le seul amour que connaisse l'humanité. Et le vrai poète les connaît tous ; il les fait tous vivre dans ses vers. Aussi, dans *Françonnette*, Jasmin a su donner à l'amour maternel des accents inoubliables. Quand la vieille mère de Pascal le supplie de renoncer à son amour pour une coquette, quand elle se jette à ses genoux pour l'empêcher de suivre sa fiancée qui l'entraîne à la mort, tous les sentiments qui vivent dans un cœur de mère sont exprimés avec une vigueur, une tendresse qui ne sont pas les moindres beautés du poème. Dans *la Semaine d'un fils*, l'amour filial prend des proportions héroïques, et nous concevons sans peine que Lamartine lui-même ait été heureux de voir son nom inscrit en tête du poème. *La Semaine d'un fils* parut en mars 1849. A cette occasion, Lamartine écrivit à Jasmin la lettre suivante :

Paris, le 28 avril 1849.

Mon cher confrère,

Je suis fier de lire mon nom dans cette langue que
vous rendez classique ; plus fier encore des beaux vers
dans lesquels vous incrustez le souvenir de nos trois mois
de lutte contre la démagogie pour la vraie république.
Les poëtes sont les pressentiments vivants de la postérité ; j'accepte votre augure.

Le poëme nous a fait pleurer. Vous êtes le seul épique
de notre temps, l'Homère sensible et pathétique des prolétaires. Les autres chantent et vous sentez.

J'ai vu votre fils qui m'a couvert trois fois de sa
baïonnette en mars et avril ; il m'a paru digne de votre
nom.

LAMARTINE.

L'Homère sensible et pathétique des prolétaires ne
devait pas oublier non plus l'amour fraternel, et il l'a
peint avec les plus vives couleurs dans *lous Dous
Bessous, les Deux Jumeaux*. Les deux frères, épris
d'une passion irrésistible pour la même femme, et
poussant l'amour fraternel jusqu'au sacrifice de leur
vie, nous émeuvent autant, dans leur simple et grandiose dévouement, que les drames les plus compli-
qués. C'est par l'intensité de l'émotion ressentie et
qu'il sait faire passer dans ses vers, que Jasmin nous

touche et trouve sûrement le chemin du cœur à travers nos larmes.

A côté de ces trésors de sensibilité, il convient de placer les productions légères d'un esprit dont nous avons déjà noté le tour heureux et primesautier. Dans ce genre, on pourrait citer plusieurs de ses épîtres et quelques-unes de ses pièces détachées qui méritent de survivre aux circonstances passagères qui les avaient fait naître. Nous n'en citerons qu'une, autant pour abréger que parce qu'elle nous paraît être une des meilleures. Nous voulons parler de *Ma vigno, Ma vigne*. Le poète, enfin parvenu à cette *aurea mediocritas* au delà de laquelle n'allèrent jamais ses désirs, lui qui aurait pu gagner gros, si, au lieu de l'amour du bien, il avait eu l'amour du lucre, le poète était devenu propriétaire. Comme le sonnettiste lyonnais *Soulary,* dans ses *Rêves ambitieux,* il n'avait voulu « qu'un arpent, pour le mesurer mieux » et il avait acheté, tout près d'Agen, une vigne, baptisée du nom de *Papilloto,* dont il pouvait aisément compter les ceps.

> D'un bord de sègo à l'autre sègo
> Sa loungou gaire se desplego ;
> Cent atal faion pas la lègo,
> Siès linçols la capelaion.

> D'un bout de haie à l'autre bout
> Sa longueur ne se déploie guère ;
> Cent pareilles ne feraient pas une lieue,
> Six linceuls la couvriraient.

Cette petite vigne fait son bonheur. Écoutez-en la description, digne d'Horace :

> Nòu guindoulès, vaqui moun bos ;
> Dèts cansos fan ma permenado ;
> De pressegués, soun meus ; d'abelanos, soun mios ;
> D'ourmes, n'èi dus ; de founs, n'èi dios.
> Que soui riche ! ma Muso es uno fazendèro...

> Neuf cerisiers, voilà mon bois ;
> Dix rangs de vigne font ma promenade ;
> Des pêchers, ils sont miens ; des noisettes, à moi ;
> Des ormeaux, j'en ai deux, et aussi deux fontaines.
> Suis-je riche ! ma Muse est une métayère...

Il continue sur ce ton, avec la naïve admiration de son humble bonheur, — le seul qu'on admire — pour terminer par un trait *bonhomme* qui rappelle les espiègleries et les larcins de son enfance :

> A ma vigno n'èi pas de porto ;
> Dios roumèts n'en barron lou pas ;
> Quand des picoureiurs, pes traus, vesi lou nas,
> Aulot de m'arma d'uno endorto,
> Me reviri, m'en vau per qu'i posquen tourna ;
> Lou qui jouine panet, vielh, se daisso pana !

> A ma vigne n'est point de porte ;
> Deux ronces en barrent le seuil ;
> Lorsque, par une trouée, je vois le nez des maraudeurs,
> Au lieu de m'armer d'une gaule,
> Je m'en retourne, je m'en vais, pour qu'ils puissent y revenir ;
> Celui qui vola jeune, vieux, se laisse voler !

Nous croyons avoir suffisamment fait connaître le poète. Que dirons-nous de l'homme qui ne soit digne encore de plus beaux éloges? Sa vie n'est pas toute dans ses œuvres poétiques, et on ne le connaîtrait pas tout entier, si on ne consultait que ses beaux poèmes de *Mous souvenis* et *Mous nouvels souvenis,* sorte de Mémoires ou de Confessions en vers, où il ne craint pas cependant de se montrer tel qu'il est, tel qu'il fut surtout dans son enfance pauvre et attristée. La vie de Jasmin est écrite et son souvenir dure encore dans le cœur des malheureux qu'il sauva de la misère, dans toutes les cités du Midi, qui, à sa voix, donnèrent sans compter pour secourir l'indigence, élever ou rebâtir des hôpitaux pour les malades et les abandonnés, des églises, des crèches, des salles d'asile pour l'enfance. Quelle odyssée bienfaisante que celle de Jasmin à travers la France! Jamais il ne refusa son concours à une œuvre de charité. Quand la gloire eut consacré son nom, quand on voulut partout le voir, l'entendre, l'acclamer; lorsque tant de villes l'appelaient à la fois qu'elles étaient obligées de s'inscrire un an à l'avance, il aurait pu, certes, faire de son talent un moyen de fortune. Et qui eût pu l'en blâmer? Il n'en eut pas même la tentation. Il se voua corps et âme, il consacra tout le temps qu'il pouvait dérober au travail journalier, gagne-pain de sa famille, aux œuvres de bienfaisance qui le sollicitaient de toutes parts, prélevant à peine ses frais de voyage et ne gardant rien pour lui des sommes énormes que produisaient ses séances. Le biographe déjà cité, et qui, on le sait, a puisé aux meilleures sources d'information, estime à *quinze cent mille francs* environ le produit des conférences de Jasmin. Les chiffres ont leur éloquence, et ceux-ci en disent assez pour nous dispenser d'insister à cet égard.

Mais ce que nous voulons dire pour répondre au reproche de vanité qui lui a été adressé par des gens qui ne jugent les hommes qu'à la surface, et qu'offusque d'ailleurs tout ce qui dépasse la taille commune, c'est que nul homme ne fut plus simple et d'une plus grande bonhomie. A défaut des témoignages intimes de ceux qui l'ont bien connu, qui ont eu dans leurs mains sa correspondance, et mieux encore, sous leurs yeux sa vie journalière, est-ce que son existence même ne proteste pas contre cette imputation de vanité ou de gloriole, après tout bien pardonnable chez un homme, fils de ses œuvres et recevant des ovations telles que jamais souverains n'en reçurent de plus grandes ? Est-ce que, pendant vingt ans, il ne revint pas avec joie, après chacune de ses tournées triomphales, dans sa boutique du Gravier ? Ce ne fut que « lorsque sa modique pension du Ministère de l'instruction publique fut augmentée et qu'il put être sans inquiétude sur le sort de sa famille, qu'il cessa son métier, pour donner toute sa vie à la poésie et aux bonnes œuvres. Le poète ne s'y est pas enrichi, — nous tenons ces détails de son propre fils, lettre du 25 juillet 1876, — car, le jour de sa mort, il ne laissait pas même de quoi payer de modestes funérailles ; la ville d'Agen s'en chargea, et tous ses habitants suivirent son cercueil. »

Nous ne pouvons résister au plaisir de citer encore
des détails intimes venus de la même source et qui
font aimer l'homme autant que le poète.

« D'une simplicité charmante, vraie surtout, d'une
bonhomie sans pareille, sa parole claire, limpide, toujours imagée, attirait à lui. Quand il disait ou plutôt
chantait ses vers, sa physionomie se transfigurait, ses
yeux avaient des éclairs ou des larmes, et ses lèvres
une expression intraduisible. »

Jasmin a raconté lui-même, dans une lettre à Sainte-
Beuve qu'on peut lire en tête du troisième volume de
ses œuvres, sa façon de travailler. Ajoutons-y ce trait :
« Quand il composait, son premier jet était très abon-
dant; mais après, comme il travaillait sa pièce, élaguait
tout ce qui était inutile ou banal !... Je l'ai vu réduire
à trente ou quarante vers des pièces qui en avaient
plus de cent. » Et celui-ci encore, qui vise le reproche
de gloriole déjà indiqué : « De son génie, de ses bonnes
œuvres, il ne parlait jamais. Où il s'exaltait, dans ses
causeries, c'était en parlant de sa langue; il avait pour
elle les tendresses d'un enfant pour sa mère... Triomphes, ovations, il lui rapportait tout, même ses succès
les plus personnels. »

On sait qu'après avoir reconnu le clinquant et le
faux goût de ses premières lectures, il avait suivi les
conseils de quelques personnes l'engageant à lire les
chefs-d'œuvre français du xviie siècle. Certes, ceux-ci
étaient bien faits pour épurer son goût et agrandir son

horizon littéraire ; mais, à part ce résultat, précieux à coup sûr, il ne pouvait pas en tirer grand'chose pour ses compositions habituelles et rien du tout pour les progrès de sa langue. Il n'a pas non plus étudié la littérature des troubadours ; il n'est pas descendu, par l'analyse, de la langue littéraire du xiiie siècle à l'idiome populaire de son berceau ; il est plutôt remonté, par la méditation et par les recherches ou les inductions laborieuses, du patois à la langue. Il se servit d'abord de celle qu'il entendait autour de lui et qu'il parlait lui-même ; « mais son génie s'y trouvait à l'étroit. Tout lui disait — c'est son fils qui parle — qu'en se francisant elle avait perdu sa pureté native ; que cette langue créée par le peuple à son image et à sa façon devait avoir des mots saisissants pour exprimer sa joie ou sa douleur, ses tendresses ou ses colères : elle devait renfermer des rugissements comme des chants de fauvette. Alors, chercheur infatigable, il s'en allait fouillant, interrogeant, dans les plus humbles maisons, pendant les heures où la famille était réunie autour du foyer... Je me souviendrai toujours quelle était sa joie lorsqu'il rapportait quelque chose. Ce n'était souvent qu'un mot, mais il le faisait diamant, et c'est ainsi que peu à peu il a reconstruit cette langue qui chante en parlant!... »
Jasmin, en effet, a constamment épuré son idiome ; il est curieux, à ce point de vue, de comparer son premier poème, *lou Chalibari, le Charivari,* avec ceux qui l'ont suivi.

N'oublions pas de dire que notre poète, à ses dé-

buts, avait rencontré une difficulté inattendue et bien
singulière. On le comprenait, on l'applaudissait quand
il lisait ou déclamait ses vers ; mais on ne savait pas
les lire. La langue parlée était familière à tous ; la langue
écrite, personne ne la connaissait. Jasmin dut faire lui-
même l'éducation du public. Appelé à Tonneins en
1837 pour une œuvre de bienfaisance, il avait composé
un de ses plus beaux chants, *la Caritat, la Charité*,
une ode remplie de lyrisme et de belles pensées. « Il
y eut un si grand triomphe qu'instantanément il se dit:
« Il faut que je fasse reprendre à ma langue sa place
« au soleil: Me-lire est difficile, me retenir encore da-
« vantage. Eh bien, puisqu'elle est si bien comprise
« quand je la parle, désormais j'accepterai toutes les
« invitations qu'on me fera, et comme je veux lui don-
« ner, à cette langue, un piédestal d'honneur, chaque
« fois je quêterai pour les pauvres ou pour une bonne
« œuvre... ». Dieu sait si le poète a quêté !

« Plus tard, en 1842, à Paris, où ses conférences
furent si nombreuses qu'il en laissa la graine qui y
germa, il dut se traduire pour se faire comprendre.
Quand il vit l'effet que produisait cette traduction mot
à mot, brutale, non préparée, il lui vint à la pensée
que, ses vers étant traduits, il pourrait être compris
dans le Nord comme dans le Midi ; mais, ne voulant
rien devoir qu'à lui-même et sachant sans doute le
proverbe *traduttore traditore*, c'est lui-même qui a
traduit toutes ses poésies. » (Lettre citée de Jasmin fils.)

C'est en suivant le poète dans une de ses traductions littérales, à la soirée d'Augustin Thierry, que l'illustre Ampère disait : « A défaut des vers de Jasmin, on ferait cent lieues pour entendre une telle prose. »

Jasmin donna une nouvelle preuve de modestie et de bon sens en 1848, lorsqu'on vint lui offrir la députation. « De tous les appâts offerts à la vanité humaine, dit le biographe-témoin de sa vie, le plus irrésistible peut-être est celui qui nous porte à jouer un rôle politique. Jasmin sut toujours s'en défendre. Il avait de la célébrité, une popularité immense, même dans sa ville natale ; il ne voulut être ni député, ni conseiller municipal, ni meneur d'élections. Il lui suffisait d'influer sur les destinées de son pays en répandant partout la semence des vertus domestiques et sociales. Pourtant, en 1849, il n'y avait pas un homme en France à qui il eût été plus facile d'obtenir un mandat populaire. Il avait, certes, de grands exemples : Lamartine, après avoir été député, s'était fait le chef d'une révolution ; Victor Hugo argumentait dans un palais législatif et siégeait au sommet d'une montagne où ne s'épanouit guère la fleur de poésie ; enfin, Reboul, le poète-boulanger de Nîmes, désertait à la fois la muse et le pétrin pour briguer les suffrages de ses concitoyens. Au milieu de cet entraînement, Jasmin n'écouta que la raison, qui, chez lui, réglait toujours l'imagination...

« Mais si son plus ardent désir était de vivre en dehors de l'effervescence qui allumait toutes les têtes, il ne put empêcher la population ouvrière de jeter les

yeux sur lui pour en faire son représentant. Une délé-
gation des comités électoraux de la ville d'Agen vint
lui offrir la candidature. Les délégués trouvèrent le
poète à sa vigne, tranquillement assis à l'ombre d'un
cerisier et occupé à écosser des pois.

« Il les accueillit avec sa bonhomie ordinaire, et il
leur répéta les paroles qu'il avait déjà prononcées,
lorsqu'au sein d'un comité où on l'avait pressé de se
rendre, il avait fait sa profession de foi républicaine :

« Je n'ai rien fait pour la République, leur dit-il.
J'étais un de ceux qui auraient voulu sauver la monar-
chie constitutionnelle en la forçant à progresser. Aussi
avais-je tressailli de joie, dans Marseille, le jour où la
régence fut proclamée. La France est sauvée, m'écriai-
je, et mon cri s'était perdu dans celui des Marseillais.

« Mais, le lendemain, des événements graves s'ac-
complissaient : la République fut proclamée dans
toute la France, et les provinces étonnées l'acceptaient
avec calme et dignité.

« Maintenant, les faits sont accomplis. Rétrogra-
der vers le passé, même en pensée, c'est notre perte;
marcher en avant et tous réunis sous le même dra-
peau, c'est notre salut. Le bonheur de la France doit
dominer toutes nos pensées et nos plus ardentes sym-
pathies. Choisissons parmi les citoyens connus par
leur républicanisme sage et fort, ainsi que parmi les
patriotes nouveaux qu'un saint prosélytisme entraîne
à vouloir se faire connaître; la patrie aime les che-
vrons du civisme, elle battra des mains à ceux qui en

ont déjà conquis et à ceux qui veulent en mériter...
Pour que la République vive en France, il la faut
grande, forte et bonne pour tous. La préserver des
excès de sa sœur aînée, c'est la sauver, et en la sau-
vant, nous nous sauvons.

« Pour moi, ajouta-t-il en terminant cet entretien,
je remercie mes concitoyens de l'honneur qu'ils veulent me faire; mais je ne peux l'accepter. D'ailleurs,
dit-il en riant, les affaires de l'État sont trop embrouil-
lées, et ce n'est pas moi qui serais capable de les dé-
mêler.

« Et il se mit à écosser ses pois, sans se douter,
assurément, qu'il réalisait l'idéal des grands hommes
de Tite-Live. »

Acclamé partout, chargé des couronnes et des rameaux d'or de toutes les villes où il avait fait applaudir et bénir ses chants, Jasmin devait encore recevoir
la plus haute récompense académique qu'il eût ambi-
tionnée, et qui faisait de lui non plus seulement une
illustration provinciale, mais une gloire française.

Dans la séance publique de l'Académie française du
20 août 1852, M. Villemain, dans son discours sur
le prix extraordinaire de cinq mille francs accordé au
poète Jasmin, disait : « L'Académie a pensé qu'en
dehors de ces prix si divers et si justes, elle avait
encore à décerner un prix extraordinaire, un prix à
part, et qu'elle pouvait à double titre acquitter, sur les
bienfaits et selon la pensée de M. de Montyon, une
dernière dette envers l'art et la morale, envers le talent

de bien dire employé à faire le bien, sous la forme à
la fois la plus brillante et la plus populaire. Elle n'a
pas craint de ramener ici, dans un rang fort élevé par
la récompense, le recueil, et nous dirons presque la
vie entière d'un écrivain, Français autant qu'on peut
l'être, d'intention et d'esprit, mais qui ne parle dans
ses vers qu'un des patois provinciaux d'où est sortie
notre langue et qu'elle a rejetés. Lorsque le choix de
l'Académie paraît s'écarter de la loi grammaticale
qu'elle-même impose ou du moins recommande, il
faut prévenir chez quelques bons esprits un doute qui
serait une injustice pour le talent que nous voulons
honorer.

« Dans le silence ou l'exil de plus d'une voix illustre, on pourrait croire qu'un zélé qui cherche des
consolations nous fait curieusement découvrir et vanter au delà du vrai les moindres étincelles d'un feu
près de s'éteindre. Il n'en est rien. Aux jours les plus
actifs de l'émulation littéraire, dans le plus grand luxe
de ces plaisirs de l'esprit chers aux peuples heureux et
contents d'eux-mêmes, dans l'élégante liberté des
salons parisiens du dernier siècle, ou dans l'atmosphère hardie du goût britannique, le talent que nous
allons nommer eût rencontré partout justice et faveur.
Car ce talent est celui d'un vrai poëte; et rien,
dans une vocation déjà longue, dans une destinée
modeste et pure, dans l'emploi moral de l'art, dans
sa noble, dans sa secourable influence, n'a dérogé à la
dignité d'un tel nom. Comme le poëte écossais Burns,

Jasmin enrichit de son dialecte et de son âme poétique
la grande littérature nationale dont il ne parle pas la
langue. Jasmin, le coiffeur d'Agen, le poète du Midi,
qui fait accourir les foules à sa voix, qui embellit les
fêtes de l'opulence, qui assainit les joies du peuple, qui
dote en passant des établissements de charité, et achève
ou rebâtit des églises, Jasmin, cette gloire de sa patrie
locale, dans la patrie commune, mérite d'être adopté
par la France entière et proclamé par elle.

« Racine ne nous en blâmerait pas, lui qui, durant ses loisirs solitaires de jeunesse, dans le prieuré
d'Uzès, formait, à l'école antique et moderne des
idiomes du Midi et aux accents sonores des deux
Italies, le beau langage dont il nous a charmés. De
nos jours, l'Académie française et, pour dire plus
encore, l'Institut national, peuvent-ils oublier que
c'est un des leurs et des plus illustres, M. Raynouard,
érudit, poète et législateur citoyen, qui a rendu à
l'Europe savante et à nous une moitié de l'ancien
esprit français, par la restitution de cette langue romane du xiii⁰ siècle, dont les monuments s'étaient
comme perdus sous la gloire du français de Rouen et
de Paris, du français de Corneille et de Molière?

« Aujourd'hui ce n'est plus le souvenir lointain et
l'écho retrouvé des anciennes chansons du Languedoc,
c'est la voix même, la voix vivante de son enfance et
de son peuple, qu'il nous est donné de saluer et de
reconnaître sous une forme agrandie. Ce réveil poétique et populaire, nous le devons au talent d'un

homme qui marque de l'empreinte de l'art et du feu de la passion les formes longtemps dédaignées du langage vulgaire de l'ancienne Provence, et en fait une langue éloquente, parce qu'il en fait un instrument d'œuvres honnêtes et de vertueuses pensées de charité fraternelle et de patriotisme méridional et français.

« Tacite l'a dit quelque part; la renommée ne trompe pas toujours, parfois elle choisit souverainement : *non semper errat fama, aliquando eligit.* Nous l'éprouvons aujourd'hui. Cette approbation enthousiaste et sans contradicteur de plusieurs grandes provinces de France pour un poète populaire ne pouvait être une méprise ; elle nous désignait le dernier, et ajoutons, peut-être le plus grand des troubadours. D'habiles maîtres de la critique en ont ainsi jugé. A part l'étrangeté gracieuse de son idiome sonore, à part, si vous voulez, un peu de prévention actuelle pour ce qu'on répute naïf et populaire, le poète d'Agen est de la meilleure famille des poètes, naturel et travaillant avec art, facile, inspiré, pathétique, rapide et concis dans ses tableaux, heureux et neuf dans ses images. Quelques-uns de ses récits en chants, *l'Aveugle de Castel-Cuillé, Françonnette,* sont des créations que le talent tire, à lui seul, de quelque bloc vulgaire, et qu'il élève à l'immortalité de la poésie; parfois même ce sont des drames, où le mot du cœur déchirant et simple a été rencontré de génie.

« Une autre gloire de ce talent original, un titre qui le désigne à la couronne littéraire préparée par les

bienfaits d'un sage, c'est de ne respirer que les sentiments les plus droits et les plus purs : Dieu, la patrie,
la famille, l'amour bien placé et fidèle, l'amitié recon-
naissante, le zèle pour les pauvres, les orphelins, les
souffrants, pour l'église du village, le presbytère en
ruines du bon curé, pour la statue du héros.

« Tel dans les joies ou dans les douleurs publiques, dans le luxe des riches et commerçantes cités,
dans les châteaux, dans les villages, de Bordeaux à
Toulouse, de Lyon à Marseille et à Pau, de Lectoure
et de Marmande à Vaucluse et à Nérac, Jasmin a mérité de plaire et de plaire toujours à cette brillante et
spirituelle population du Midi, à cette contrée que
Rome victorieuse se plaisait à nommer, non pas une
province de l'Italie, mais, comme dit Pline l'Ancien,
une continuation de l'Italie elle-même, et que vous
tous, au souvenir de Montaigne et de Henri IV, de
Fénelon, de Massillon, de Montesquieu, de Masséna et
de tant d'autres passés, présents et à venir, vous
nommez avec orgueil une des plus belles régions de la
France éloquente, libérale et guerrière.

« Nous croyons répondre à ce sentiment, messieurs, et à la destination patriotique de tous ces prix
de moralité littéraire et d'actions vertueuses, en décer-
nant ici, devant vous, au poète Jasmin, une médaille
frappée pour lui, la médaille du poète moral et populaire. »

Qu'ajouter à cette brillante apothéose ? Rien, si ce
n'est qu'elle fut le monument écrit qui a précédé et

qui devait motiver le monument de bronze qui s'élève
aujourd'hui dans la ville natale de Jasmin, et qui glo-
rifie à la fois l'homme et le poète.

> O ma lengo, tout me zou dit,
> Lançarèi uno estello à toun frount encrumit.

> O ma langue, tout me le dit,
> Je mettrai une étoile à ton front obscurci.

Ces vers, gravés sur le piédestal de sa statue, disent
bien et son rêve et sa gloire. L'étoile qu'il ambition-
nait pour sa langue est venue aussi luire sur son front
inspiré, et la postérité y ajoute une auréole, l'auréole
d'immortalité.

TABLES

TABLE DES GRAVURES

EAUX-FORTES HORS TEXTE

DESSINS DANS LE TEXTE

TABLE DES MATIÈRES

www.ingramcontent.com/pod-product-compliance
Lightning Source LLC
Chambersburg PA
CBHW060935030726
47503CB00003B/598